Sandrine Cohen est comédienne, scénariste et réalisatrice de fictions et de documentaires. Elle se nourrit du réel pour alimenter sa fiction. *Rosine, une criminelle ordinaire*, qui s'intéresse aux mécanismes du passage à l'acte meurtrier, a reçu le prix Dora Suarez du Premier roman ainsi que le Grand Prix de Littérature Policière en 2021. *Tant qu'il y a de l'amour*, son deuxième roman, est publié aux éditions du Caïman.

Rosine
Une criminelle ordinaire

SANDRINE COHEN

Rosine
Une criminelle ordinaire

J'AI LU

Le six juin deux mille dix-huit, dans un appartement ordinaire, à Aubervilliers, le jingle du journal télévisé résonne, comme tous les soirs. Et, comme tous les soirs, avec le son de la télévision en fond, Rosine donne le bain à ses deux filles, Manon et Chloé, six et quatre ans. Sauf que ce soir n'est pas comme tous les soirs. Ce soir est un soir d'ombre, un soir où tout bascule, un soir où le monde bascule, en tout cas celui de Rosine. Mais, pour l'instant, il n'en est pas question, pour quelques minutes encore, il n'y a rien, ni dans l'air, ni dans le monde, qui laisse présager le drame à venir. Debout dans le salon, devant la télévision, Nicolas hésite. Il ne sait pas trop sur quel pied danser. Il vient de dire à Rosine qu'il avait besoin de réfléchir. Il adore Rosine, il adore Manon et Chloé, c'est juste que ce n'est pas le moment, pas encore. Il a vingt-cinq ans, c'est jeune et, s'il compte bien se poser à un moment, c'est un peu tôt. En plus, avec Rosine, ce n'est pas seulement de se poser dont il s'agit, c'est de devenir père. Parce que s'il reste, il devient le père de Manon et Chloé, peut-être pas sur le papier mais dans les faits. Elles sont à demeure. Il hésite, et, même si au fond de lui, il sent bien que quelque chose cloche, il se rassure. Elle a eu l'air de bien le prendre. Il n'a pas vu le sourire de Rosine se contracter, à peine un muscle sursauter, comme un rictus au coin de sa bouche, une demi-seconde, invisible à l'œil nu pour le commun des mortels, rien. Quand même, il s'approche de la salle de bain. Rosine est accroupie près de la baignoire. Manon et Chloé sont dans l'eau, elles ont de l'eau jusqu'au nombril, un peu plus pour Chloé. Elles rient. La mousse du bain moussant fait leur joie, Manon fait des bulles et une barbichette à sa sœur. Elle souffle et rit aux éclats. Elle chante à tue-tête, bientôt rejointe par sa mère et sa sœur.

— Bateau sur l'eau, ma tantirelirelire. Bateau sur l'eau ma tantirelirelo. Maman est en haut qui fait des gâteaux, papa est en bas qui fait du chocolat. Bateau sur l'eau ma tantirelirelire. Bateau sur l'eau ma tantirelirelo…

Chloé fait une drôle de moue avec la bouche comme un « O », le « O » de l'eau, le « O » de « ma tantirelirelo », et d'aise, elle applaudit et éclabousse toute la pièce. Rosine rit. Nicolas est debout dans l'encadrement de la porte. Il hésite encore, il danse d'un pied sur l'autre, maladroit de la situation.

— Tu as besoin d'aide ?

Quel con, mais quel con, bien sûr que non elle n'a pas besoin d'aide, elle n'a jamais eu besoin d'aide pour donner le bain à ses filles, c'est leur moment, un moment privilégié qu'il est en train de saccager. Non, elle n'a pas besoin d'aide, elle a besoin qu'il reste. Soudain, quelque chose, quelque part, il recule, même dans son cœur.

— Rosine, j'ai juste dit que j'avais besoin de réfléchir.

C'est vrai en plus, il a dit ça, il a dit : « J'ai besoin de réfléchir. » Elle peut comprendre quand même, il a vingt-cinq ans, pas trente-cinq, comme elle, et ce n'est pas si simple, déjà, de s'engager, alors à vingt-cinq ans et avec deux enfants dans la balance, oui, elle peut comprendre. Rosine ne lui répond pas, elle n'a même pas eu l'air de l'entendre. Elle a juste suspendu son geste, sa main au-dessus de l'eau pour aller chercher le shampoing au moment où il a commencé à parler, à peine une hésitation, pas même un arrêt, rien, presque rien. Rosine est déjà en train de mettre du shampoing sur les cheveux de Chloé qui commence à râler, elle n'aime pas, c'est la période, c'est une période, elle ne veut pas de shampoing. Manon regarde Nicolas avec, dans son regard, une interrogation, elle sent que quelque chose ne tourne pas rond.

— Rosine, tu comprends ?

Cette fois, les mains de Rosine s'arrêtent clairement sur la tête de Chloé qui, elle, arrête de râler, surprise par la contraction soudaine des doigts de sa mère sur son cuir chevelu. Le silence est un peu trop long. Manon, Chloé et Nicolas regardent Rosine dans l'attente d'une réponse, d'un mouvement, de quelque chose, la vie, qui reprend. Manon se décide à briser ce silence qui devient gênant.

— Maman ?

Rien. Le silence à nouveau. Manon insiste. Il y a un soupçon de peur dans sa voix, plus aiguë.

— Maman ?

Rosine se reprend et sourit, elle regarde Nicolas.

— C'est pas grave.

C'est pas grave ? Qu'est-ce qui n'est pas grave ? Qu'est-ce que c'est cette réponse ? Nicolas ne comprend pas mais il a envie d'entendre que tout va bien. C'est pas grave, elle a dit c'est pas grave, donc ce n'est pas grave, elle a compris, il a eu un peu peur, il la sait sensible.

— Va voir le journal, on finit et on arrive, d'accord ?
— D'accord.

Nicolas hésite encore, pied droit, pied gauche, il a besoin qu'elle lui confirme que vraiment, ce n'est pas grave. Rosine le sent et lui donne ce dont il a besoin, ce dont il a besoin pour qu'il s'en aille car, soudain, elle veut qu'il s'en aille, là, maintenant. Elle sourit, mieux que ça, elle plaisante.

— C'est vrai les filles hein ? On finit et on le rejoint, oui, oui.
— Oui, oui.

Les filles reprennent en chœur le « oui, oui » de leur mère, comme une boutade, une plaisanterie, « oui, oui » comme le petit personnage des livres pour enfants, oui, oui, comme les petites filles sages, oui, oui. Manon s'empare d'un baigneur qui flotte sur l'eau et lui fait dire oui, oui, de la tête. Elle rit, Chloé aussi, qui oublie sur-le-champ le shampoing qu'elle n'aime pas et qui lui dégouline le long du visage, ainsi que la cicatrice mémorielle des doigts de Rosine sur son cuir chevelu. Oui, oui. Manon fait boire la tasse à son baigneur pour rire. Les trois filles sont hilares et Nicolas sourit, tout va bien, alors, allez, pied gauche, il sort, après tout, c'est vrai qu'il veut réfléchir, seulement réfléchir, il les aime beaucoup, ça serait bien peut-être de s'installer là, oui, sûrement. Il sort. Rosine se crispe, quelque chose dans les épaules, presque rien, rien, trois fois rien.

— Rince-toi les cheveux chérie.

Très contente de se rincer les cheveux, Chloé se bouche le nez et plonge la tête sous l'eau. Le regard de Rosine se fige, perdu dans un ailleurs où il n'y a rien cette fois pour de vrai, rien qu'un trou noir. Chloé ressort la tête de l'eau. Rosine lui caresse les cheveux.

— Encore ma chérie.

Chloé se bouche à nouveau le nez et redescend en riant dans la baignoire, sous l'eau elle continue de sourire mais garde les yeux bien fermés, elle n'aime pas les ouvrir, elle a un peu peur, pas comme Manon qui ouvre les yeux et fait déjà de la brasse coulée. C'est important pour Rosine que ses filles sachent nager. Elles ont commencé les bébés nageurs très tôt toutes les deux, elles sont comme des poissons dans l'eau, au sens strict. Chloé se laisse glisser sous l'eau, la main de Rosine l'accompagne. Rosine regarde sa fille sans la voir. Sa main se fait plus ferme, elle appuie. Chloé sent la pression, ouvre les yeux, s'affole, qu'est-ce qui se passe ? Rosine plonge son autre main et même le bras dans l'eau, elle maintient sa fille sous l'eau par une pression conjointe d'une main sur sa tête et de l'autre sur son épaule gauche. Chloé suffoque, les yeux grands ouverts, dans un réflexe de désir de compréhension, de communication, elle regarde sa mère qu'elle ne reconnaît pas. Rosine accentue la pression. Tétanisée, Manon reste interdite, les yeux rivés sur sa mère, cette femme, qu'elle non plus ne reconnaît pas, la bouche ouverte sur un cri silencieux. Chloé se débat, des bulles explosent à la surface de l'eau, des bruits de clapotis, les mains de l'enfant qui battent ses derniers instants de vie et soudain, plus rien. Le corps inerte de Chloé flotte à la surface de l'eau. Manon ne bouge pas. Entre elle et sa sœur, son baigneur flotte lui aussi. Manon respire à peine, elle voudrait disparaître. Si elle prend le moins de place possible, peut-être que maman l'oubliera, pas pour la vie mais pour tout de suite. Peut-être que comme ça, elle ne mourra pas ? Mais non. Maman qui n'est pas maman se retourne vers elle. Dans les yeux de la fillette, une supplique hurlante et muette, s'il te plaît, Maman, reviens. Rosine ne peut pas l'entendre, elle est ailleurs, dans un trou noir, la boite noire, un trou où il n'y a rien.

Il est quinze heures trente à la prison de Fleury-Mérogis dans l'Essonne, c'est un après-midi comme un autre avec ses bruits de clés en métal sur les trousseaux et dans les serrures, les cris des détenus, les échanges de cantine, la promenade, la surpopulation, la chaleur, qui dans ce genre d'établissement peut s'avérer plus difficile encore à supporter que le froid, la promiscuité qui rend les hormones fiévreuses et les odeurs n'en parlons pas. Et ce sont les odeurs surtout qui affolent les nerfs quand il fait chaud, les odeurs de pisse, de merde, de transpiration, les odeurs de peur, de colère et de vomi, la vomissure intérieure et extérieure. Quand il fait chaud, la prison devient insoutenable de puanteur. Clélia le sait. Clélia s'en fout. Clélia veut entrer dans la prison et rien ni personne ne l'en empêchera, surtout pas ce connard de gardien qui a l'air de croire que c'est lui qui fait la loi. Elle est à deux doigts de lui foutre un pain, elle se retient, elle veut entrer. Même si elle ne le sait pas, Clélia trimballe avec elle une odeur pas si loin de celle de la prison, une odeur de peur et de colère. Elle trimballe aussi l'odeur de ceux qui sont enfermés depuis toujours, une odeur de secret rance et tenace, un truc qui colle à la peau même si tu te laves tous les jours. Clélia va le buter, c'est sûr.

— Pas d'autorisation, pas de prison, c'est tout.
— Je l'ai oubliée je te dis, appelle la directrice, elle me connaît, connard.

Le gardien, Didier Coste, cinquante ans de muscles et de machisme travaillés, déteste les femmes, et celle-ci en particulier, celles-ci, ce genre-là. Il les déteste car il rêve de les baiser et il n'y arrive jamais. Ces putes. Ces sales putes. Sale pute.

— Connard ? Tu veux que je t'en colle une ?

Il n'appellera pas la directrice, il décide de qui il fait entrer ou pas, c'est son job. C'est son dernier job, sa dernière prison avant la retraite, il a passé sa vie en prison et il n'a jamais touché vingt mille euros. C'était des francs avant, vingt mille francs, ça fait combien en euros ? Il n'appellera pas la directrice et il ne va évidemment pas lui en coller une, il n'est pas débile et ça lui ferait trop plaisir à cette pute, mais, si elle refuse de partir, il va la foutre dans le sas, avec fouille au corps à la clé, ça lui fera les pieds qu'on lui foute un doigt dans le cul, sale pute. Coste rigole sous les yeux de Maxime Sylvestre, son collègue, un bleu, tout jeune frais émoulu sorti de l'école, nouveau lui aussi, pas de chance pour Clélia, qui ne dit rien. Évidemment il veut éviter les emmerdes. Pas de chance pour Clélia qui tente sa chance, la provocation ça peut marcher et si Coste lui en collait une, c'est lui qui irait au trou, bien fait pour sa gueule. Encore un qui ne pense qu'à la sauter.

— Essaye un peu pour voir ? T'as pas les couilles.

Coste encaisse en souriant.

— Ça ne marche pas avec moi. Tu n'as rien à faire là sans autorisation, qu'est-ce qui me dit que tu entres pas avec de la drogue en douce ? Faut une autorisation pour le parloir, c'est comme ça, c'est la procédure.

Clélia fulmine, elle jette un coup d'œil au sas de sécurité, évalue la possibilité de passer en force, elle sait qu'il n'y en a aucune ou presque, on ne sort pas d'une prison comme ça mais on n'y entre pas non plus facilement.

— Tu sais où tu peux te les mettre tes procédures ? Dans ton cul. C'est quoi ton nom ?
— Ça ne te regarde pas.

— Comment tu t'appelles pauvre con, tu n'as même pas le courage de tes conneries. Laisse-moi entrer je te dis.

Didier Coste souffle et l'ignore, le pire qu'il peut faire pour Clélia.

— Mais tu vas me laisser entrer ducon.

Soudain, c'est elle qui ne se contrôle plus, elle tape du poing sur le rebord de la table où on dépose toutes les affaires personnelles. Didier Coste s'approche, elle l'invective, les procédures c'est des conneries, les procédures ça mène dans des trains qui mènent à la mort, il aurait certainement été de ceux-là, de ceux qui, par leur connerie et le respect des procédures justement, ont fait gazer des Juifs, des Gitans et des pédés. Coste s'approche très près d'elle pour la narguer. Dans un réflexe, Clélia avance sa main pour le repousser. Elle n'a pas le temps de finir son geste, la main de Clélia qui passe la frontière de son espace personnel, son intégrité qui est menacée, c'est exactement ça qu'il attendait, Coste attrape Clélia par le bras et, en un tour de main, il la jette dans le sas de sécurité, cet endroit ni dedans ni dehors, où les détenus restent un temps quand ils arrivent et qu'ils sont « en transit », un no man's land où on fait les fouilles au corps, les mises à nu, au sens strict et au sens figuré, où les affaires civiles sont bien pliées, l'uniforme de détenu enfilé, et où on retire les lacets et les boutons, pour les codes bleus, les risques de suicides.

Derrière la porte doublement sécurisée, par une vitre en plexiglas incassable et des barreaux, Clélia tempête, elle va lui faire payer, elle va le dénoncer. Didier Coste s'en fout, il est dans son bon droit, insultes à un gardien dans l'exercice de ses fonctions, menaces physiques, suspicion de trafic. Il fait appeler des gardiennes. Dommage qu'il ne puisse pas la fouiller lui-même. Il aurait adoré lui mettre personnellement un doigt dans le cul et dans la chatte aussi. Connasse. Sale pute. Tu jouis.

Clélia se calme d'un coup. Elle s'est encore fait avoir. Elle sait bien pourtant qu'elle doit penser objectif, Isaac le lui a suffisamment répété, elle doit faire passer le résultat avant son besoin d'avoir raison, elle, elle dit dénoncer le système. Elle doit apprendre à prendre sur elle et à se calmer. Ces derniers temps c'est redevenu plus difficile. Il faut dire qu'IL va sortir. LUI, Daniel Varennes, l'horreur, son ticket vers la mort qui, paradoxalement, a été son ticket vers la vie, Daniel Varennes va sortir de prison. Merde. Fuck. En attendant, Clélia prie pour que les gardiennes soient des têtes connues, au moins une sur les deux et une avec qui elle n'a pas de contentieux, ce n'est pas évident, elles ne sont pas légion les personnes avec qui Clélia n'a pas de contentieux, à part ses criminels, une qui ne voudra pas se venger, ou seulement l'humilier, sinon elle est bonne pour une fouille au corps en règle et ça, non. Non, elle ne le supportera pas, plutôt crever, personne ne s'introduit dans son intimité sans son autorisation. Soudain, Clélia a le souffle court. Elle s'assoit. De toute façon, il n'y a rien d'autre à faire. Son téléphone est dehors, putain de protocole. Connard. Connards, au pluriel d'ailleurs, car, pour Clélia, le monde en général ressemble à ce gardien en particulier, un monde de merde où les gens sont obsédés par les procédures, leur nombril et leur incapacité à réfléchir un peu plus loin que le risque de leur retraite anticipée. Clélia ne porte pas le monde dans son cœur, et il faut dire qu'il le lui rend bien. Elle en a bavé. Elle s'en fout, elle n'y pense jamais. Putain, connard de merde. Clélia voudrait hurler, elle ne peut rien faire qu'attendre, elle se sent impuissante et ça la ronge. Elle sait, elle sent que chaque minute compte, elle doit voir Damien maintenant. Il est trop fragile pour être là, la prison va le dévorer. Connards, ils l'ont foutu en prison pour trente ans, trente ans, sous prétexte qu'il a tué sa grand-mère, il l'aurait tuée pour cinq cents euros, non mais les cons, les cons, personne ne tue pour cinq cents euros, encore moins à dix-huit ans. Le môme a été sacrifié, il a été programmé pour tuer par une famille d'assassins en puissance, des assassins qui ont commis, eux, un meurtre sans que personne leur reproche quoi que ce soit, c'est facile de tuer des gamins et que ça ne se voie pas. Le nombre de parents qui devraient être emprisonnés parce que la mort, le crime organisé, c'est tellement souvent la famille, mais ce sont des meurtres d'âmes et les corps restent là. Damien est mort à l'intérieur. Évidemment, ils sont incapables de voir ça. Damien est un pauvre gosse, une victime, et ça aurait dû entrer en ligne de compte dans le verdict. La victimologie devrait évidemment avoir droit de cité aux assises mais non, la plupart du temps, ils s'en tiennent aux preuves matérielles. Les idiots, ils ne voient pas plus loin que le bout de leur nez, encore plus quand l'avocat général est aussi retors que ce putain de Lamier, c'est lui qu'on devrait enfermer. Soudain, la directrice, Clarence Milwood, débarque dans le sas de sécurité. Maxime Sylvestre a finalement réussi à faire entendre raison à Didier Coste, au cas où, juste au cas où, cette conne dit la vérité, ils sont tous les deux nouveaux, autant se blinder et éviter un blâme, et puis l'image des trains et des chambres à gaz, ça l'a marqué. Bien lui en a pris, Clélia connaît effectivement très bien la directrice. Sous son aspect de criminelle, elle n'en est pas une, et elle travaille bien avec Isaac Delcourt, un juge d'instruction renommé, il ne faut pas se fier aux apparences. Coste ouvre la porte, victorieux malgré sa défaite, il n'a rien à se reprocher. Clarence reste une seconde en arrêt devant la beauté de Clélia, elle se dit comme à chaque fois que Clélia est vraiment belle, une beauté singulière, sauvage, faite de tatouages, son phœnix sous l'oreille droite, en haut du cou, une envolée d'oiseaux sur le bras droit, les derniers vers du poème de Rudyard Kipling, « Si », sur l'autre, et d'autres encore, plus secrets, une beauté faite d'ambivalence, entre féminité et masculinité, une beauté faite d'hyper sexualité, d'hyper sensibilité, et de colère, oui, Clélia est belle, plus que ça, elle est vibrante, de ses trente-huit ans et presque autant de combats, une beauté émouvante, changeante, solaire et tempétueuse. Et, chaque fois, ça lui coupe le souffle. Sa beauté, Clélia, elle, elle s'en fout, elle se fout de tout d'ailleurs, et du monde, elle se fout du monde parce que le monde, les gens, l'écorchent, à de rares exceptions près et Clarence en fait partie. Dès qu'elle la voit, Clélia bondit. Clélia aime bien Clarence, son nom et sa façon d'être, juste, droite, équitable, Clarence fait ce qu'elle peut avec la surpopulation et la cantine dégueulasse, avec les états d'âme et les états d'être, elle fait ce qu'elle peut mais elle ne peut pas grand-chose, à part être agile dans les procédures. Les deux femmes se retrouvent nez à nez. Clélia lui tend son dos.

— Enlève-moi ça et vire-moi ce connard.

— Bonjour, moi aussi je suis contente de te voir. Coste ne pouvait pas deviner, je te l'ai déjà dit, viens avec une autorisation, ça arrangera tout le monde.

— Je n'ai pas eu le temps.

— Clélia.

— Ça va, ça va, j'y penserai la prochaine fois. Mais quand même, il est naze ce mec.

Clarence frôle la main de Clélia, sa peau si fine sur son poignet, un oiseau prêt à s'envoler, le premier de ceux qui s'envolent le long de son bras, Clarence fait durer le moment un peu, un peu trop.

Clélia le sent, elle laisse faire. Elle sait bien de quoi il s'agit et ça ne lui déplaît pas. Elle regarde du coin de l'œil cette femme, qui a à peine dix ans de plus qu'elle, et qui pourtant la rassure parfois un peu comme une mère. Soudain, Clélia pense aux enfants de Clarence, elle sait qu'elle en a trois, trois grands enfants. Elle se demande qu'est-ce que ça fait d'avoir une mère directrice de prison. Elle se demande d'ailleurs comment une femme comme Clarence a pu devenir directrice de prison. C'est horrible comme travail, absurde, comment devient-on directrice de prison ? Pourquoi ? Clélia se demande ça, comme ça, par habitude des questions. Le pourquoi du comment, c'est son truc. Clélia est enquêtrice de personnalité. Elle cherche dans le passé des criminels, des gens la plupart du temps très ordinaires, ce qui fait qu'un jour, ils basculent et deviennent des criminels ordinaires. Elle sait très bien pourquoi Damien a basculé. Ça faisait des mois qu'il était SDF même s'il le niait. Il a rencontré une fille, une chouette fille, il voulait que sa grand-mère lui prête de l'argent pour partir en vacances avec elle. La grand-mère s'est moquée de lui devant elle, ils sont partis. Mais il est revenu, il a insisté, la grand-mère l'a traité de SDF, il a disjoncté. Il voulait juste prendre des vacances, il voulait juste être aimé mais ça, aucun juré n'a bien voulu en tenir compte. Les cons. Clélia est enfin libre, elle se frotte le poignet. Elle se retient de faire une remarque à Didier Coste, elle sait que ça serait contre-productif alors, pour une fois, elle se tait. Il appuie sur l'ouverture de la porte blindée, le son est violent, crispant. Les deux femmes entrent dans la prison.

Au pas de charge, les boots de Clélia marquent la cadence sur le béton du couloir, elles traversent le pavillon des femmes, sous les cris et les huées, « File moi une clope. » « Fais-moi sortir. » « T'as rien à faire là, salope. » Clélia oblige son cerveau à baisser d'un ton le son qui arrive à ses oreilles sinon elle n'y arrivera pas. C'est difficile. Clélia souffre d'hyperacousie et le bruit la rend nerveuse. Clélia et Milwood pénètrent dans le quartier des hommes. Les cellules sont identiques à celles des femmes, toutes les cellules sont identiques, elles font neuf mètres carrés. Clélia ne s'y fait pas, neuf mètres carrés pour une vie, à deux le plus souvent, c'est peu. Les cris et les huées, un rituel de prisonniers dès qu'un « extérieur » traverse leur univers, se poursuivent, cette fois ce sont des « T'es bonne. » « Vas-y entre. » « Viens me sucer. » « J'te bouffe la chatte. », assortis du bruit des gamelles en fer-blanc tapées contre les barreaux des fenêtres. Le cœur de Clélia s'accélère, elle peut presque voir leurs yeux révulsés, pleins de désir réprimé, certains ne se branlent plus tellement le cul leur manque. Elle peut presque voir leurs bouches ouvertes sur leurs cris d'impuissance dans les deux sens du terme. Elle accélère encore le pas. Milwood en fait autant.

Deux étages et une coursive plus loin, cellule quatre cent vingt-deux, Damien Préjean noue ses draps entre eux. Il est seul. Le matin même, il s'est fait battre par son codétenu, le codétenu a fini au cachot, Damien Préjean a fait une crise de panique et a été placé provisoirement en isolement. C'est pour ça que Clélia est là en urgence. Damien est gros, lourd, obèse de sa vie qui lui a été volée, de ce vide en dedans que rien ne saurait assouvir. Il se lève, il monte sur un tabouret, il passe les draps au-dessus de la barre de soutien du plafonnier. Il repousse le tabouret d'un coup de jambe et tombe. C'est mieux comme ça.

Clélia et Milwood marchent le long de la balustrade. Elles sont à un étage et une coursive de la cellule de Damien. Au milieu des cris et du bruit des gamelles, la sirène d'alarme retentit. Instinctivement, Clélia se met à courir, Milwood lui emboite le pas. Elles arrivent hors d'haleine à la porte de la cellule, en même temps que le médecin de l'hôpital. Deux gardiens sont en train de décrocher le corps de Damien, l'un tient ses jambes, l'autre est monté sur un tabouret pour le dépendre. Le gamin pèse son poids, le médecin se joint à eux pour le descendre, le plus délicatement mais rapidement possible. Clélia s'arrête net. Elle enregistre tout d'un coup, l'érection, le pantalon mouillé d'urine, les yeux révulsés, la langue pendante, l'angle de la nuque. Il est mort, sans doute sur le coup, la nuque brisée. Le corps de Damien Préjean gît sur le sol crasseux de sa cellule, son surcroît de graisse dégouline de sa veste de prisonnier, ils n'avaient pas de taille assez grande, ils avaient commandé une veste à sa mesure, elle devait arriver dans la semaine, il n'en aura plus besoin maintenant. Clélia est atterrée, ce n'est pas un endroit pour mourir, ce n'est pas un endroit pour un enfant, un enfant ne devrait pas mourir. Le médecin tente un massage cardiaque, des minutes qui paraissent des heures, il n'y a rien à faire, Clélia le sait bien, lui aussi, mais c'est son job d'essayer. Il arrête. Il se retourne vers Clélia et Milwood et fait un signe de négation de la tête, tout est fini, c'est sûr, Damien Préjean est mort. Le médecin prononce la date et l'heure du décès, le sept juin deux mille dix-huit à seize heure zéro quatre. Ils l'ont tué. Si elle était arrivée quelques minutes plus tôt, il ne serait pas mort. Clélia rebrousse chemin et part en courant. Milwood sort son téléphone.

Devant le palais de justice, hors d'elle, Clélia sort d'un taxi. Elle monte quatre à quatre les marches, passe l'entrée, fonce, traverse les couloirs et entre dans le bureau de l'avocat général Lamier.

— Il est mort, vous êtes content ?

Lamier est au téléphone. Pas impressionné, il prétexte une urgence, salue son interlocuteur et raccroche tranquillement. Il connaît bien Clélia. Il sait qu'il a le pouvoir, et si elle pouvait faire un faux pas, il en serait ravi, vraiment ravi. Un outrage à magistrat par exemple, il pourrait lui interdire d'exercer et la protection de ce foutu Delcourt ne servirait à rien. Clélia Rivoire et Isaac Delcourt, l'enquêtrice de personnalité et le juge d'instruction, les deux font la paire, la paire de l'emmerdement maximum oui. Il les ferait bien sauter tous les deux tiens. Il sourit.

— Chère Clélia, il faudra bien qu'un jour vous vous rendiez à l'évidence, je n'y suis pour rien, je sers la justice.

La justice ? Quelle justice ? Une justice qui condamne un jeune homme, un enfant, de dix-huit ans à trente ans de prison parce qu'il a tué sa grand-mère. Une grand-mère qui faisait régner la terreur, une grand-mère qui le battait, l'enfermait dans un placard avec la complicité de ses parents, sans parler des insultes conjointes. Un passé de dix-huit ans d'enfer et un avenir de trente ans de cellule, c'est ça la justice ? Damien a préféré se suicider mais ce n'est pas un suicide, c'est un crime. Et c'est lui, Lamier, le criminel. Lui qui a requis une peine maximum, lui qui a plaidé l'homicide volontaire avec circonstances aggravantes, le fameux meurtre sur ascendant, lui qui ne veut pas voir que juger, c'est comprendre. C'est lui le criminel. Clélia vocifère tout ça à la figure de Lamier. En même temps, elle se dit qu'elle est coupable aussi, qu'elle aurait dû crier plus fort aux assises, qu'elle n'aurait pas dû écouter Isaac, vu que sa « bonne présentation » préconisée pour que les jurés soient convaincus de sa crédibilité n'a pas marché. Toujours souriant, Lamier lui répond doucement, très doucement.

— Vous êtes injuste, je ne fais que mon travail. Comme vous d'ailleurs. Mais tant qu'à faire, vous auriez dû dire tout ça comme ça aux assises, qui sait, l'issue aurait pu être différente. Pourquoi vous êtes-vous bridée ? Je ne veux aucun traitement de faveur, vous le savez.

Cette voix mielleuse, ce masque de la sympathie, cette mauvaise foi, cette façon de la culpabiliser avec les bons arguments, comme s'il était entré dans son cerveau, c'est la meilleure façon de pousser Clélia à bout, de la pousser dans ses ultimes retranchements, de la pousser à la faute, ici, ou la prochaine fois, dans le prétoire. Lamier le sait, il en joue. Et ça marche. Clélia n'en peut plus, elle va le tuer. Et puis, soudain, dans un éclair de lucidité, elle s'arrête, elle entend sa manipulation. Elle ne va pas encore se faire avoir, pas comme cet après-midi, connard, connerie de procédure, ça aussi ça l'a tué Damien Préjean. Tant pis, elle lâche l'affaire, elle doit continuer à travailler. Mais Lamier est bien parti, il ne compte pas s'arrêter là, lui ne la lâche pas. Et il est fort.

— Quand même, c'est dommage que vous n'ayez pas eu d'autorisation cet après-midi, un peu plus et vous arriviez à temps.

Dommage que vous n'ayez pas eu d'autorisation ? Comment le sait-il ? Bien sûr, il a ses informateurs et les nouvelles vont vite entre la prison et le palais de justice. Connard de gardien de merde, c'est de sa faute aussi. C'est lui qui l'a tué, pas elle, il n'avait qu'à la laisser passer, il n'avait qu'à passer ce putain de coup de fil. Elle le lui a dit en sortant, elle ne s'est pas gênée, collabo de mes deux, Milwood l'a tancée vertement. Seulement la phrase de Lamier s'immisce dans son cerveau et crée un doute. Si elle avait eu l'autorisation, elle serait passée direct, elle le sait et elle serait arrivée à temps. C'est de sa faute à elle en fait. Non, elle aurait dû attendre pour l'autorisation et elle serait arrivée le lendemain. C'est sûr ? Le juge aurait peut-être fait une exception ? Non, elle a CHOISI d'y aller sans autorisation parce que justement il y avait urgence, elle est partie dès qu'elle a su pour la bagarre et l'isolement. Oui, mais elle aurait pu appeler le juge. Impuissante, Clélia étouffe, elle voudrait le tuer. Elle sait qu'il n'y a pas d'issue à cette conversation absurde sauf contre elle. À ce jeu, c'est lui qui gagne. Alors, elle sort comme elle est venue, en trombe. Elle le déteste. Elle se déteste. Elle se sent responsable de la mort de Damien. Elle l'avait convaincu de passer aux aveux. Elle lui avait promis la justice. C'est de sa faute. Elle n'a pas été assez convaincante aux assises. Elle n'a pas appelé le juge. Sa culpabilité et Lamier, c'est trop. Clélia se sent claustrophobe, à l'intérieur. Elle sort du bureau de Lamier avant qu'il ne soit trop tard.

Clélia déboule au Café des Anges, un rade en bordure des quais pas très loin de Bastille. Dès qu'il la voit, Rico Da Silva, le patron, lui sert un whisky.

Sans un regard ni pour lui, ni pour le whisky, Clélia descend aux toilettes. Au sol, il y a des capotes, aux murs des graffitis, des « je t'aime », des « je te suce ». Ça pue la pisse, ça pue le sperme, ça pue la nuit précédente et celles d'avant. Ça pue autant que la prison mais différemment. Elle s'enferme dans cette puanteur âcre, ferme la porte des toilettes, tire le loquet et s'assoit sur la cuvette. Elle se recroqueville et presse ses mains contre sa bouche pour étouffer un cri des profondeurs. Clélia n'est pas immunisée contre la folie du monde qui la propulse dans la sienne propre où elle côtoie ses abîmes et ses gouffres ancestraux, de ceux dont le commun des mortels ne se relève pas, mais Clélia n'est pas le commun des mortels, et son phœnix n'est pas là par hasard. Elle serre les poings, refoule ses larmes, qu'elle a toujours au bord du cœur, se lève et vomit dans le lavabo tripes et boyaux. Elle se rince la bouche, jette un coup d'œil à son visage dans le miroir tacheté, le plus dingue, c'est que ses excès, d'émotions et d'alcool, de baises, de nuits sans sommeil, de drogue parfois, ne se voient pas. Elle est belle, c'est un fait. Elle s'en fout mais elle le sait. Elle se sourit d'un air narquois.

Plus tard dans la nuit, Clélia écluse des whiskys. Elle rit. Clélia a l'alcool drôle et sexuel. Elle trinque avec un homme, il est noir, pas mal, mieux que pas mal même, même si ça n'a pas d'importance, elle a envie de baiser et c'est lui qui est là. Une fois, elle a baisé avec la mort, un homme en phase terminale de cancer, elle a trouvé qu'elle avait fait une bonne action en plus de se faire du bien. Clélia a baisé des tendres, des moches, des cons, des violents, des gentils, des sentimentaux, des éjaculateurs précoces, des grosses et des petites queues, elle s'en fout. Est-ce qu'on demande à un godemiché d'avoir une personnalité ? Non, voilà, donc c'est pareil, l'important c'est l'objet. Clélia est bourrée même si ça ne se voit pas. L'homme lui passe la main dans le dos, ça l'électrise, elle lui raconte une blague, délibérément provocante, la blague et elle.

— Tu sais pourquoi les mecs n'ont pas de neurones ? Non ? Parce que, quand par hasard il y en a un, il y en a un autre qui arrive et il lui dit. Ben qu'est-ce que tu fous là ? C'est en bas la fête.

Ils rient. Le téléphone de Clélia sonne, une fois, deux fois, elle jette un coup d'œil, c'est encore Isaac. C'est le septième appel d'Isaac depuis deux heures, ça doit être important, urgent, elle s'en fout, il attendra. Clélia coupe son portable et roule une pelle monumentale à l'homme sur lequel elle a jeté son dévolu, elle se colle contre lui, elle sourit intérieurement, celui-ci est bien membré.

Il est presque vingt-deux heures et le palais de justice bruisse du silence de ceux qui savent que la justice ne connaît pas de trêve. Il n'y a pas de trêve pour les crimes. Dans son bureau plein de dossiers, les étagères et sa table de travail submergées de papiers et de peines humaines, de douleurs, d'histoires ordinaires qui virent au drame, de crimes ordinaires, Isaac raccroche. Il est très agacé. Il sait que les ennuis recommencent. Il sait pourquoi, Varennes va sortir et tout ce qu'il a réussi à canaliser chez Clélia depuis dix ans est en train de déborder. Lamier l'a appelé, il s'est plaint au procureur général. Milwood aussi, elle n'avait pas le choix, Coste a fait une note. Clélia est sur la sellette, et lui aussi, il le sait. Isaac se sert un whisky, une mauvaise habitude qu'il a donnée à Clélia, et il prend un dossier caché au fond du tiroir de son bureau fermé à clé. Il s'installe dans un fauteuil devant une table basse. Le dossier est au nom de Clélia Rivoire. Isaac avale son whisky cul sec, ouvre le dossier et le parcourt : il y a des photos, un compte-rendu d'audience, un vieux rapport de police, c'est une affaire classée. Il relit pour la millième fois les mêmes mots, il les connaît par cœur. Pourquoi regarde-t-il encore ce dossier ? Il en sait plus sur Clélia que Clélia elle-même. Que cherche-t-il ? Comment l'aider sûrement. Il se souvient de leur rencontre, l'état dans lequel elle était. Il pense au chemin parcouru, il pense qu'il n'a jamais pu la saisir tout à fait, qu'il n'est pas sûr de l'avoir sauvée. Il a peut-être juste différé une issue déjà décidée ? Il ne sait pas. Il sait qu'il n'aime pas quand elle est comme ça, comme aujourd'hui, sa vulgarité, ses débordements, ses excès. Ça le dégoûte. Mais, elle le touche aussi, son idéalisme, son intégrité, son intelligence, sa force de vie. Il referme le dossier, un léger sourire aux lèvres. Il la rappelle, sans succès, et merde, il va falloir attendre demain. À moins qu'elle ne le réveille cette nuit. Il soupire.

Tard dans la nuit, chez elle, au vingt-septième étage d'une tour, dans un loft sans cloison qui donne sur la ville par une immense baie vitrée, Clélia est au lit avec Cédric, il a absolument tenu à lui dire son prénom et, avant qu'elle n'ait pu l'arrêter, il a même réussi à lui dire qu'il était marié, et qu'il avait des enfants. C'est comme ça, il y a des hommes qui ont besoin de s'épancher avant de la sauter, elle se demande bien pourquoi. Elle le regarde, il est sur elle, concentré, c'est vrai qu'il est beau, ses dents blanches luisent dans l'obscurité, son corps est souple et musclé, l'idéal du godemiché, et même, dans une autre vie, ils auraient pu se rencontrer. Mais là, non, la rencontre ne se fera pas, y compris sur le plan sexuel. Clélia n'est pas à ce qu'elle fait, les appels d'Isaac sans doute, elle a beau dire, elle n'arrive pas à le zapper. Déjà plus tôt, elle n'a pas voulu qu'il la lèche, elle n'avait pas envie de lui donner son plaisir, il lui a demandé pourquoi elle ne se « lâchait » pas. Ça l'a agacée, elle n'a pas à se justifier de si elle a envie de jouir ou pas, aucune femme ne devrait avoir à le faire, l'orgasme n'est pas une fin en soi, sauf quand elle se touche, mais là, c'est autre chose, c'est entre elle et elle. Les pensées de Clélia vont et viennent, c'est mauvais signe. En fait, c'est le signe qu'elle s'ennuie. Et, quand Clélia s'ennuie, elle le dit. Aucune femme ne devrait se sentir obligée de faire semblant. Elle, en tout cas, ne le fait jamais. Cédric s'est arrêté un instant, ça fait un moment qu'il ne débande pas, il a envie de changer de position. Encore un homme qui veut faire jouir une femme pour se rassurer, eh bien mon coco, ce n'est pas pour ce soir. Clélia le repousse gentiment.

— C'est bon. Tu peux partir.
— Tu veux que je m'en aille ?
— Oui.
— Maintenant ?
— Oui.
— Tu me laisses comme ça ?
— Comment ça comme ça ?
— J'ai pas fini.

Ah, donc non, ce n'était pas pour elle, le mec est un peine à jouir. Dommage, elle l'aimait bien mais ça, c'est rédhibitoire. Elle se lève, nue, sa beauté pleine de rondeurs et d'élancements juxtaposés, ses longs cheveux bruns relevés en queue de cheval, ses tatouages apparents dans la lumière de la nuit, même les moins visibles, la lettre Haïm, la vie, en hébreu sur la nuque, un symbole maori au-dessus des fesses, un bouton de rose autour de la malléole de la cheville droite. Elle va à la baie vitrée. Clélia passe souvent du temps derrière sa baie vitrée, la nuit, elle regarde les fenêtres allumées, il y en a toujours, à toute heure, et elle se demande qui sont ces gens, ces vies, derrière chaque lueur. Cédric se rhabille. Il s'approche d'elle, il l'embrasse. Un sentimental en plus, décidément non, rédhibitoire.

Si tu peux voir détruit l'ouvrage de ta vie
Et sans dire un seul mot te mettre à rebâtir,
Ou perdre en un seul coup le gain de cent parties
Sans un geste et sans un soupir ;

Si tu peux être amant sans être fou d'amour,
Si tu peux être fort sans cesser d'être tendre,
Et, te sentant haï, sans haïr à ton tour,
Pourtant lutter et te défendre ;

Si tu peux supporter d'entendre tes paroles
Travesties par des gueux pour exciter des sots,
Et d'entendre mentir sur toi leurs bouches folles
Sans mentir toi-même d'un mot ;

Si tu peux rester digne en étant populaire,
Si tu peux rester peuple en conseillant les rois,
Et si tu peux aimer tous tes amis en frère,
Sans qu'aucun d'eux soit tout pour toi ;

Si tu sais méditer, observer et connaitre,
Sans jamais devenir sceptique ou destructeur,
Rêver, mais sans laisser ton rêve être ton maitre,
Penser sans n'être qu'un penseur ;

Si tu peux être dur sans jamais être en rage,
Si tu peux être brave et jamais imprudent,
Si tu sais être bon, si tu sais être sage,
Sans être moral ni pédant ;

Si tu peux rencontrer Triomphe après Défaite
Et recevoir ces deux menteurs d'un même front,

Si tu peux conserver ton courage et ta tête
Quand tous les autres les perdront,

Alors, les Rois, les Dieux, la Chance et la Victoire
Seront à tout jamais tes esclaves soumis
Et, ce qui vaut mieux que les Rois et la Gloire,
Tu seras un Homme, mon fils.

— C'est mon poème préféré.

Clélia regarde instinctivement son bras gauche, avec les deux dernières strophes du « Si » de Kipling tatouées, il ne peut pas les lire là, dans l'obscurité, et en plus, il n'y a que les deux dernières, bon, il connaît ses classiques. C'est vrai, il lui a dit qu'il était comédien. Cédric n'attend pas de réponse et s'en va. Il connaît « Si » de Kipling, il ne lui demande pas son numéro de téléphone et il a l'art de la sortie, c'est déjà ça. Pour un peu, elle le reverrait bien. Clélia a mis en sourdine la *Petite musique de nuit* de Mozart. Il est une heure moins dix. Elle hésite. Sur son téléphone, il n'y a pas de nouvel appel d'Isaac. Il a laissé plusieurs messages. Elle ne les écoute pas, elle l'appelle.

Il est deux heures quinze du matin, Clélia rejoint Isaac dans son bureau au palais de justice. Les couloirs du bâtiment majestueux sont déserts, les bureaux aussi, sauf une salle qui est allumée, la salle Colette, en passant devant Clélia aperçoit une avocate, une nouvelle, Nathalie Meyer, une ambitieuse, pas la tasse de thé de Clélia, les ambitieux sont mus par un besoin de reconnaissance, ils sont dangereux car ils se font passer avant les criminels qu'ils défendent, ils les « objectivisent ». Clélia est une idéaliste en plus du reste. Clélia pense soudain au délibéré de l'affaire Cyril Waldorf, un homme instrumentalisé par sa maîtresse pour qu'il soit son bras armé, et qu'il tue le mari devant un club échangiste, drôle de vaudeville. Le procès avait duré plus que de raison allant jusqu'au week-end de Pâques, le délibéré avait eu lieu tard dans la nuit, le palais est encore plus solennel la nuit, pour une fois, la justice avait été juste, condamnant la « commanditaire » plus que l'exécutant. Clélia aime la nuit. La nuit, elle ne dort pas. Elle débarque dans le bureau d'Isaac, il l'attendait.

— Tu ne peux pas être injoignable pendant des heures après ce qui est arrivé à Préjean.
— Damien.
— Damien. Et tu ne peux pas m'appeler à n'importe quelle heure de la nuit.
— Faut savoir, je ne peux pas te laisser dans le silence ou je ne peux pas t'appeler.
— Clélia.
— Tu m'attendais.
— C'est pas une raison.
— Tu voulais quoi ?

Isaac hésite une seconde, il voudrait dire à Clélia que même Milwood risque de lui causer du tort, qu'elle a dû témoigner de son incapacité à respecter les procédures, Milwood qui est une alliée, plus qu'une alliée même. Ne parlons pas de Lamier, lui, il se saisira de n'importe quelle occasion pour la faire sauter. Il voudrait lui dire qu'il a de plus en plus de mal à faire tampon. Il voudrait lui dire que le nouveau procureur général, Bernard Lermieux, est un opportuniste et qu'il n'hésitera pas à faire tomber des têtes pour sa carrière. Isaac pense comme Clélia, que les ambitieux sont dangereux dans un palais de justice. Il voudrait lui dire que Lermieux est là aussi parce que Lamier l'a adoubé, ce qui fait qu'il lui est redevable, ce qui n'est bon ni pour elle, ni pour lui, si Lamier peut le faire sauter avec elle, il le fera sans hésiter. Il voudrait lui dire qu'elle doit faire attention et que, si elle ne le fait pas pour elle, elle devrait le faire pour lui, parce qu'il l'impose depuis dix ans mais que si ça continue, oui c'est sûr, il va sauter avec elle. Il voudrait lui dire ce qu'il lui dit depuis dix ans et qu'elle ne veut pas entendre, que ce qui est arrivé à Damien Préjean est injuste mais que c'est comme ça, la justice est injuste parfois. Il voudrait lui dire tout ça et il ne lui dit rien. Il sait que ça ne sert à rien. À la place, il ouvre un dossier sur sa table basse.

— Rosine Delsaux, trente-cinq ans, double infanticide par noyade. Aucun antécédent. Pas de mobile réel. Elle dit qu'elle est un monstre. Elle ne veut pas d'avocat.

Clélia le regarde, l'œil qui frise. C'est une affaire pour eux, c'est une affaire pour elle, une affaire typique, une affaire dont personne ne veut, le coupable ne fait aucun doute et pourtant il, elle en l'occurrence, est un coupable improbable. Déjà, le cerveau de Clélia se met à fonctionner à toute vitesse.

— Tu l'as vue ?

— Oui, j'ai demandé l'affaire. Le parquet m'a saisi. J'ai été la voir à l'hôpital. Elle a tué ses filles hier vers vingt heures, le petit ami était là, c'est lui qui a appelé le Samu et les flics. Elle était en état de choc, d'où l'hospitalisation. Elle dit qu'elle est un monstre, qu'elle ne veut pas d'avocat. Elle ne dit rien d'autre. Elle ne sait pas pourquoi elle a fait ça. Elle veut mourir. Le petit ami venait de lui dire qu'il voulait réfléchir.

— Et tu crois qu'il y a quelque chose derrière.

— J'en suis sûr. Regarde.

Isaac lance un fichier sur son ordinateur. C'est un film de famille fait avec un smartphone. Dans un petit jardin, l'ambiance est chaleureuse et conviviale, il y a un buffet et un barbecue, il y a des rires et des amis, des adultes et des enfants. Rosine tient une petite fille d'environ deux ans dans ses bras, c'est Chloé. Un homme, visiblement le père des filles, fait cuire de la viande sur le barbecue, il s'appelle Christophe. Rosine et Christophe portent une alliance, ils doivent être mariés. Clélia repère également les parents de Rosine, qui se prénomment Claude et Élisabeth. Ils fêtent les quatre ans de Manon. En arrière-plan, Manon est avec d'autres enfants à côté d'un petit bassin avec des poissons rouges. Soudain, Rosine sursaute, Manon veut attraper un poisson, elle est sur le point de tomber dans le bassin, Rosine se précipite. D'un bras, elle tient fermement Chloé contre elle, de l'autre, elle attrape Manon et la repousse loin du bassin. La petite pleure, effrayée par la violence de la réaction de sa mère. Claude récupère sa petite fille et se moque gentiment : « Rosine, elle ne va pas se noyer dans dix centimètres d'eau. » Rosine est une mère poule, c'est sûr. Tout le monde rit. Rosine fait un mea-culpa comique. Elle s'adresse à Nadine, la personne qui filme : « Tu ne vas pas mettre ça sur Facebook ? » « Je vais me gêner. » Elles éclatent de rire. Christophe regarde sa femme. C'est la fin de la vidéo, la dernière image est celle de Rosine qui tient ses deux filles contre elle, l'image d'une mère aimante, d'un bonheur familial. Deux ans plus tard, elle les noie toutes les deux. Qui aurait pu le dire ? Personne. Clélia est déjà en train d'élaborer des théories.

— Tu as raison, elle les aime.
— Développe.

Isaac connaît bien les « fulgurances » de Clélia. Pour elle, parfois, les choses sont évidentes même quand elles sont invisibles à l'œil nu. Clélia le regarde, un sourire au coin des lèvres. Elle sait qu'il a presque soixante-dix ans même s'il ne les fait pas. Elle sait qu'il a toujours cette lumière dans le regard et une élégance en général. Elle sait qu'elle lui doit tout. Elle sait qu'elle ne lui rend pas la vie facile. Elle sait qu'elle devrait faire attention. Elle sait qu'elle adore ces moments où leurs esprits conjoints se mêlent dans une émulation intellectuelle et intuitive.

— Elle les aime. Elle a « vu » la grande tomber alors qu'elle lui tournait le dos. Elle n'a pas lâché la petite. Elle n'est pas d'accord avec son père. Elle a peur de l'eau. Tu dis qu'elle les a noyées ? C'est bizarre.

— Je suis d'accord. Autre chose ?

— Son père se moque, même si ça fait rire tout le monde, peut mieux faire comme réaction. Sa mère ne bouge pas, elle est malade ?

— Je ne sais pas, peut-être, elle est morte l'année dernière.

— OK.

— Quoi d'autre ?

— Le père des enfants soupire quand sa femme a peur et c'est le grand-père qui récupère sa fille et sa petite-fille. Il est hors course.

— Ils ont divorcé juste après.

— Je vois que tu as déjà bien travaillé.

— Elle m'a touchée. Elle travaille dans une PMI, elle s'occupe d'enfants, elle a un profil Facebook lumineux, un peu fleur bleue, son nouveau petit ami a dit qu'il voulait réfléchir, mais quand même, ça ne justifie pas qu'elle tue ses deux filles, filles dont elle poste des photos tous les dimanches.

— Je suis d'accord.

— Elle ne veut pas parler, elle assume, elle ne revendique rien.

— Elle ne sait pas ce qui s'est passé.

— Tu affirmes ?
— Je suggère. Tu lui as posé la question ?
— Oui, bien sûr, à la question qu'est-ce qui s'est passé, elle répond en boucle : « J'ai tué mes filles, je suis un monstre. » Elle ne tient pas le discours classique, je ne comprends pas comment j'ai pu faire ça, je ne sais pas ce qui s'est passé justement, et en même temps, elle ne donne pas de raison, aucune justification. Elle ne fait même pas le lien avec son petit ami qui voulait réfléchir, c'est moi qui le fais à cause de son audition à lui. Elle m'a dit : « Il voulait partir », mais en réponse au lien que je fais, moi, comme si elle voulait me donner raison, j'ai même cru entendre un point d'interrogation après partir. Donc, ce que je sais réellement, c'est qu'elle a tué ses filles, c'est tout. Et je voudrais savoir ce qui s'est vraiment passé, soit entre eux, soit plus vraisemblablement en elle. Pourquoi cette femme aimante, qui n'a même pas une contravention impayée, tue ses deux enfants ? Si tu veux, je te mets sur l'affaire. Sans toi, le procès est déjà plié, avec les circonstances aggravantes, elle sera condamnée à trente ans sans conditionnelle. Elle passera le reste de sa vie en prison, si ce n'est pas pire.

Tous les deux pensent à Damien Préjean bien sûr. Comment survivre à l'univers carcéral quand on n'en a pas l'étoffe ? Quand on est devenu un criminel ordinaire, mais qu'on est avant tout quelqu'un de très ordinaire ? Et une mère infanticide en plus, ils savent le traitement qui est réservé aux tueurs d'enfants dans les prisons. Elle ne tiendra pas plus de quelques mois, peut-être même pas jusqu'au procès. Il faut la mettre en isolement, en cellule individuelle. Il faut demander un code bleu, le risque de suicide maximum.

— D'accord.

— C'est Lamier l'avocat général, il ne lui fera pas de cadeau à elle, mais il ne t'en fera pas à toi non plus. Je veux que tu te tiennes à carreau.

— D'accord. Tu connais l'expert j'imagine.

— Oui, Vatinet, il va la juger responsable.

— Forcément, au cas où sa réputation serait entachée d'un peu de compassion.

— Clélia.

— Quoi, j'ai pas raison ?

— Le parquet n'ouvre pas d'enquête à proprement parler, j'ai déjà eu les directives. Je ne ferai pas d'auditions supplémentaires. Il n'y a pas d'enquête matérielle, Clélia, tu es « invitée » sur cette affaire. Le flic qui est arrivé le premier sur les lieux a pris le dossier. Il s'appelle Samuel Varda. Tu ne le connais pas, il est nouveau.

— Bonne nouvelle.

— Clélia, tu te tiens à carreau.

— Oui.

— Dis-le.

— Putain que tu es chiant, oui, promis.

Clélia descend d'un taxi, laisse un billet de vingt euros au chauffeur avec qui, en plus, elle s'est engueulée. Putain, ça commence à lui coûter cher cette histoire d'accident de moto. Il y a quatre mois, Clélia a percuté une voiture, un connard qui a changé de file brusquement. Elle allait vite, elle a été propulsée sur plusieurs mètres, la moto était pliée, elle, miraculeusement, n'a rien eu à part des hématomes un peu partout. Plus de moto pendant six mois a dit Isaac, sinon, je ne te mets plus sur aucune affaire. Et, si Isaac ne la met plus sur aucune affaire, personne ne le fera, Clélia ne travaillera plus et Clélia ne peut pas se passer de travailler. Travailler, c'est sa manière de respirer. Dans la vraie vie, elle étouffe. Quand même, ça commence à lui coûter cher. Tout l'héritage de sa grand-mère est en train d'y passer, ça craint. Déjà qu'avec le temps qu'elle passe sur chacune de ses missions, ce n'est pas avec ça qu'elle peut vivre. Mais les transports en commun, il n'en est pas question, elle tuerait quelqu'un, cette proximité, cette violence, ça l'insupporte. Vivement qu'elle reprenne la moto, vraiment. En plus, mourir à moto, c'est classe. En tout cas, c'est la vie. Non, Isaac ne trouve pas que c'est la vie, il dit que c'est un suicide déguisé et que, de son vivant, il ne le permettra pas. Isaac. Clélia soupire, elle sourit à son évocation, la seconde d'après, changeante et volatile, elle se crispe, elle est devant le commissariat d'Aubervilliers. Elle n'aime pas les commissariats, elle n'aime pas les flics, tous des cons, et comme ils ont un flingue à la place de leur bite, ils sont encore plus dangereux que les ambitieux du palais de justice. Clélia sait bien que cette pensée n'est pas politiquement correcte. Elle a fait partie de ceux qui ont célébré les policiers au moment des attentats de

Paris, et avant, au moment de *Charlie Hebdo* et de la prise d'otage de l'Hyper Cacher, quand même, elle n'aime pas les flics, les forces de l'ordre. Rien que les mots « forces de l'ordre » ou pire, « maintien de l'ordre », la font frémir. L'ordre de quoi ? Et puis, la seule fois où elle a eu besoin d'eux, ils étaient aux abonnés absents et les conséquences ont été désastreuses, elle préfère ne pas y penser. Bon, en même temps, elle ne serait pas là sinon. Et puis, c'est drôle, quand elle était petite, elle voulait être policière. OK, elle va faire un effort. Forte de cette bonne résolution, Clélia entre dans le commissariat crasseux de ce quartier d'Aubervilliers délaissé. Elle se dit qu'ici, il n'y a que de la grisaille et des capuches, et que les femmes doivent se faire accoster tous les dix mètres. Elle se dit que ça ne devait pas être simple tous les jours pour Rosine à la PMI. Bien sûr, le flic de l'entrée la fouille d'un peu trop près, elle déteste ça, putain de plan Vigipirate, putain de société fliquée tout entière.

— Ça ne vous fait pas chier de me peloter ?

Le flic, un jeune, un bleu, rougit, Clélia va en remettre une couche quand un homme en civil sort d'un bureau du rez-de-chaussée.

— Clélia Rivoire ?
— Samuel Varda ?
— Absolument, votre réputation vous précède et je vois qu'elle n'est pas exagérée.

Samuel a un sourire malicieux dans le regard. En voilà un qui a au moins le mérite d'être direct. Il fait un signe au jeune flic genre « je m'en occupe ». Il passe une main dans le dos de Clélia en prenant bien soin de ne pas la toucher pour la diriger vers son bureau.

— Vous êtes de quelle origine ?

— Mon père est juif polonais, ma mère marocaine musulmane.

— Et votre jambe ?

Samuel est grand, tout dans son corps est longiligne et souple, et musclé, sauf sa jambe gauche, encore un peu rouillée. Il a récupéré quatre-vingt-cinq pour cent de ses capacités mais les quinze pour cent restants sont les plus durs. Merde, d'habitude, les gens ne le remarquent même plus. Elle a un sacré sens de l'observation.

— Un accident de moto.

Un accident de moto ? Isaac a peut-être raison finalement parce que, autant elle s'en fout de mourir, autant handicapée, elle ne pourrait pas le supporter. Il a le mérite d'être direct, oui vraiment, et il fait de la moto, deux points pour lui. Clélia se détend, un peu.

— Je viens pour Rosine Delsaux.

— Je sais.

Tiens, un qui ne lui demande pas ce qu'elle vient trifouiller dans une affaire archi réglée ? Un double infanticide, une coupable, des aveux, qu'est-ce qu'elle cherche ? Elle connaît la chanson par cœur mais là non. Pour un peu, elle est déstabilisée. Elle s'assoit en face de lui.

— Je voudrais le dossier même si, bien sûr, vous pensez que c'est inutile.

— Je ne pense rien du tout de ce type, encore moins que c'est inutile. J'ai été le premier à arriver sur les lieux, c'est utile.

OK, encore un point pour lui. Décidément, elle va devoir la jouer serrer avec lui. Il enchaîne, comme s'il l'avait entendue.

— On n'est pas en guerre.

— Vous êtes psy ?

Samuel sourit.

— Non, il paraît que la psy de nous deux, c'est vous.

— Je ne suis pas psy, mais j'aurais pu. Comme j'aurais pu être flic, mais j'ai trouvé ça trop bas de plafond.

— Merci.

— De rien.

— Vous êtes toujours premier degré ?

— Toujours.

— Bon.

— Donc, Rosine Delsaux.

— Il n'y a pas grand-chose à dire. Je suis arrivé juste après la première patrouille. Elle était en état de choc. Elle était en boucle, elle répétait je suis un monstre, je suis un monstre. Elle voulait mourir. J'ai pris sa déposition, et puis elle est allée à l'hôpital. J'ai interrogé le petit ami, il voulait partir, il a dit réfléchir, mais à mon sens il voulait partir. Il trouvait qu'il était trop jeune, surtout pour se retrouver en charge des deux mômes. Elle a tué les mômes dans un accès de folie. Qu'est-ce que vous cherchez exactement ?

Nous y voilà.

— Je cherche pourquoi.

— Le petit ami voulait se tirer à cause des mômes, elle a cru que ce serait un obstacle de moins ?

— Elle a cru ? Elle a dit ? Ou vous extrapolez ?

— J'extrapole.

— Tant mieux parce que si toutes les femmes larguées pour cause de maternité tuaient leurs enfants, les cimetières seraient pleins et les écoles vides.

Samuel rigole.

— Un point pour vous.

— Je croyais qu'on n'était pas en guerre.

Samuel rit franchement.

— C'est vrai, deux points pour vous.

Clélia sourit, Samuel aussi. Oui, elle est à la hauteur de sa réputation. Mais bien plus encore, elle est fine, très fine. Il s'en doutait mais c'est au-delà de ce qui lui a été rapporté. Samuel a potassé et il a été impressionné par les résultats de Clélia. Elle obtient des aveux, elle trouve des mobiles, parfois, elle trouve le « bon » coupable, des complicités. Ça, plus le fait qu'elle soit la protégée de Delcourt, un type qu'il admire depuis toujours et dont les jurisprudences font le droit, ça l'intrigue. Il va collaborer avec elle. Il va le faire même s'il risque de se mettre ses collègues à dos, en particulier Thierry Lamothe, le chef de la division. Lamothe a été très clair : « C'est une casse-couilles qui casse du flic aux assises, elle mérite une leçon, faites de la rétention, dites oui, oui, mais ne dites rien, et si elle fait un faux pas, on la coince. » Tant pis pour Lamothe, Samuel n'aime pas qu'on lui dicte sa conduite, ce n'est pas pour rien qu'il est devenu un flic « volant ». Samuel est un électron libre et la vivacité de la nana lui plaît bien.

— Je suis sapiosexuel.

— Sapiosexuel ?

— L'intelligence m'excite, me fait triper, bander, entrer en transe.

— C'est une proposition ?

— Pourquoi pas.

— Pourquoi pas ? J'ai jamais baisé avec un boiteux.

— Putain, vous êtes rude.

— Non, réaliste. Et votre remarque était déplacée.
— C'est vrai, pardon.
— C'est vous qui êtes arrivé en premier donc.
— Oui, enfin juste après la patrouille. C'était terrible, vraiment dur.

Samuel se dit que la guerre n'est pas finie mais que la bataille s'annonce amusante, stimulante en tout cas. En attendant, il se concentre, vraiment, les crimes d'enfant, il ne s'y fait pas. Oui, la scène était terrible.

6 juin 2018 – 20h40

Samuel entre chez Rosine, un petit pavillon de banlieue, bien ordonné. Le salon semble complètement sens dessus dessous alors que tout est bien rangé. Nicolas, le compagnon de Rosine, est assis sur le canapé, prostré. À côté de lui, deux flics de patrouille se tiennent debout, hagards. La télévision est allumée. Le jingle sonne la fin du JT. On lui a dit : « Deux enfants, deux petites filles, mortes, leur mère ne veut pas les lâcher, c'est pas beau à voir, il y a un risque de drame encore plus grand. » Un drame encore plus grand ? Quel drame peut être encore plus grand que la mort de deux enfants ? La mort de la maman ? Celle, en plus, d'un policier ? On ne sait pas, et tout peut arriver, la mort est si vite arrivée. Depuis quelque temps, les consignes sont claires, « on » empêche les drames sur les drames, « on » fait preuve de psychologie, « on » ne fait pas la une des journaux, « on » évite les bavures et les gros bras. « On » respecte le citoyen, même criminel. La police doit se refaire une santé, les attentats sont loin, et depuis, il y a eu « nuit debout » et quelques bavures. Samuel éteint la télévision. Depuis le couloir, une comptine s'élève, la voix est haut perchée, affolante. « Bateau, sur l'eau, ma tantirelirelire, bateau sur l'eau ma tantirelirelo. Maman est en haut qui fait du gâteau. Papa est en bas, qui fait du chocolat... Fais dodo, cola mon p'tit frère, fait dodo, t'auras du lolo... » Le sang de Samuel se glace, c'est ça la sidération des autres, le sens dessus dessous du salon, la terreur dans l'air. Les flics indiquent le couloir. Samuel se dirige vers la salle de bain. À la porte, il s'arrête un instant, saisi par le spectacle qui s'offre à lui. Assise par terre, dans une flaque d'eau, Rosine berce ses deux petites filles, mortes. Elle les embrasse, les caresse et chante son étrange mélange de comptines. Samuel a un frisson d'horreur. Il se ressaisit et s'approche doucement de Rosine. Elle chante plus fort. Il lui parle comme à une enfant. Il est désolé, il faut lâcher les petites, c'est fini, elles sont parties. Rosine s'accroche à ses filles. Elle est comme une louve, prête à tuer pour protéger ses petits. Samuel pense rapidement à son flingue coincé dans sa ceinture, à sa jambe qui ralentit très légèrement, même s'il a d'excellents réflexes. Il est là le drame en plus : une mère qui ne veut pas qu'on lui enlève ses filles mortes. Il insiste, rassurant, assez proche pour lui dire, je suis avec toi, assez loin, pour lui dire, je ne te ferai pas de mal. Il l'appelle par son prénom, il répète, elles sont parties, Manon et Chloé sont parties Rosine, il faut les laisser maintenant. Rosine l'invective, non elles ne sont pas parties, elles dorment. Il ne peut pas voir ? Qu'est-ce qu'ils ont tous ? Elles dorment. Elle le sait bien elle, elle est leur mère. Elles dorment. C'est normal, c'est l'heure ! Quelle heure ? C'est la fin du JT, le début du film, elles devraient être au lit d'ailleurs. Elles dorment. Elles dorment ? Une seconde, Rosine hésite. Soudain brutal, suivant son instinct et saisissant le trouble de Rosine, Samuel la prend par le bras et l'oblige à le regarder droit dans les yeux. Il répète trois fois, fermement la même phrase. Elles sont mortes. Elles sont mortes. Elles sont mortes. Rosine le regarde, regarde ses filles, interloquée. Soudain, elle comprend. Elle hurle.

— Non !

Elle hurle et c'est un hurlement d'outre-tombe, un hurlement à la mort. Rosine lâche ses filles et hurle à la mort. Les petites reposent sur le sol carrelé de la salle de bain comme deux pantins désarticulés. Rosine hurle, elle a compris, elle souffre. Elle veut mourir, elle veut se faire du mal, tout pour que le mal intérieur s'arrête. À nouveau le drame en plus est proche. Il est encore plus proche quand la tête de Rosine heurte violemment le rebord de la baignoire, elle n'a pas vu le revolver de Samuel et c'est l'arme la plus évidente qu'elle ait trouvée. Avant que Samuel ait eu le temps de la retenir, elle recommence, elle projette sa tête contre le rebord anguleux de la baignoire une deuxième fois. Le sang gicle. Ce sont les premières gouttes de sang sur cette scène de crime immaculée. Samuel enfonce rapidement son revolver un peu plus loin, bloque le cran de sûreté puis, il se glisse au sol, ceinture Rosine et la serre très fort contre lui. Il sait qu'il ne peut rien contre sa violence intérieure mais il peut l'empêcher de se tuer. C'est son job. Il doit sauver des vies, même quand elles ont pris la vie.

— Voilà, c'était terrifiant mais simple. Le dossier est vide. Affaire classée.

Ah voilà, ça y est. Finalement, il est comme les autres, le dossier est vide. Clélia émet un petit rire méprisant, oui, le dossier est vide, au sens strict et au sens figuré, sauf si la question n'est pas qui mais pourquoi ? Sauf s'il s'agit de comprendre, comprendre qu'est-ce qui s'est passé en Rosine, qu'est-ce qui a rendu un tel drame possible. Et, pour Clélia, juger, c'est comprendre, elle ne le répétera jamais assez. Dans ce cas, il y a un dossier, et il n'est pas vide, ou, en tout cas, il ne demande qu'à être rempli. Samuel l'entend presque penser, il répond alors à la question qui lui paraît la plus importante et dont la réponse devrait être dans le dossier parce cette réponse induit qu'il y a un pourquoi à chercher et donc une affaire.

— Je l'ai vue comprendre qu'elles étaient mortes. Je l'ai vue le réaliser sous mes yeux. Je l'ai obligée à le réaliser pour qu'elle les lâche, pour qu'elle lâche, pour que la vie revienne, même à ce prix. Elle a compris et elle a voulu mourir. Dans la panique, elle s'est juste entaillé le crâne, mais l'intention était bien de mourir. Même après, elle pleurait dans mes bras et elle me suppliait de la tuer. Je l'entends comme si j'y étais, « Je suis un monstre, tuez-moi. Je vous en prie, tuez-moi. » Je suis sûr qu'elle ne feignait pas. J'en suis sûr.

— OK. Et après ?

— Après ?

— Vous avez fait quoi après ?

— J'ai appelé une ambulance. J'ai prévenu le père de Rosine par téléphone, je voulais absolument que quelqu'un l'accompagne. Il est arrivé assez vite, ils sont voisins. Il est resté dehors le temps que les brancardiers la bourrent de calmants et qu'on puisse l'emmener au salon, je ne voulais pas qu'il voie ses petites filles comme ça. J'ai interrogé le petit ami sur place. Le gars est un bon gars, il avait seulement parlé d'une pause. Il voulait réfléchir. À moi, il a dit qu'il ne se sentait pas forcément capable de devenir père, mais c'est à moi qu'il l'a dit, pas à elle. En tout cas, il ne m'a pas dit qu'il lui avait dit. J'ai extrapolé. Le petit ami est parti. J'ai attendu la scientifique. C'est la procédure, je m'en serais bien passé. Ils vont découper ces deux petites filles pour rien, ça m'étonnerait qu'il y ait des révélations. Ça devrait arriver dans la matinée. Je vous ferai envoyer le compte-rendu en même temps qu'à moi.

— OK. Merci.

Bon, en fait, le mec est intègre et intelligent, Clélia apprécie et c'est rare. Elle n'aura peut-être pas besoin de se tenir à carreau avec lui. Sapiosexuel ? Est-ce qu'elle serait sapiosexuelle elle aussi ? Peut-être ? Elle adore l'émulation intellectuelle avec Isaac, ça l'excite, même si elle ne couche pas avec lui. Clélia s'en va avec les photocopies du dossier. Au moment de passer la porte, elle se retourne, il a failli la distraire.

— Et le père ?
— Le père ?
— Oui, le père, le père de Rosine Delsaux, il a réagi comment ?
— Normal. Enfin, étant donné les circonstances, je ne sais pas ce que ça veut dire, normal. Il avait l'air hébété, abasourdi, il faisait ce qu'on lui demandait.

Samuel marque une pause, Clélia la saisit.

— Et… ?
— Non, rien, il n'a pas demandé comment elles étaient mortes… Les petites, il n'a pas demandé. Mais, est-ce que je demanderais moi ? Je ne sais pas.
— Merci.
— Christophe Sauveur, en revanche, le père des filles, il s'est effondré et il a demandé tout de suite : « Qu'est-ce qui s'est passé ? ».

Samuel marque une courte pause et cette fois, enchaîne.

— Après, il a demandé comment elle allait. « Comment va Rosine ? » J'étais sur le cul. Moi déjà que je déteste mon ex, elle tuerait ma fille, j'aurais envie de la flinguer. Je la flinguerais d'ailleurs. Je ne demanderais pas de ses nouvelles.

— Vous avez interrogé Christophe Sauveur ?

— Non. Je suis allé lui annoncer la mort de ses filles.

— Rien d'autre ?

— Je ne vois pas.

— OK, merci.

— De rien, je fais mon boulot.

Oui, Clélia va peut-être revoir son jugement sur les flics en général, il a parlé de lui-même du père des petites, il s'engage, et pour Clélia, l'engagement est la plus grande des qualités, avec l'honnêteté intellectuelle dont, visiblement, il fait preuve. Elle est sur le pas de la porte, elle se retourne. Quand même, elle ne peut pas partir comme ça.

— Si toutes les femmes larguées même pas pour cause de maternité tuaient leurs enfants...

Samuel l'interrompt, il rigole.

— Allez, ça va, dégage.

— On se tutoie ?

— Non, c'est vrai, dégagez.

Clélia s'en va, le sourire aux lèvres, pas longtemps, elle a appris à se méfier, immédiatement son cerveau lui envoie des warnings. Il est nouveau, trop de séduction tue la séduction, et cette proximité trop rapide, le mec cache sans doute quelque chose. Elle n'a pas eu le temps de faire son enquête, elle va vérifier.

À la morgue, les corps de Manon et de Chloé reposent sur deux tables d'autopsie. Le parquet, comme la procédure l'exige en cas de crime soudain et violent, a demandé une autopsie complète. Les petites filles reposent nues. Une cicatrice en « I » recousue grossièrement les traverse du pubis aux épaules. Elles ont les yeux fermés, étonnamment apaisées après la douleur. L'air est calme comme si leur âme avait laissé un parfum d'innocence même ici, dans le froid métallisé de cette salle impersonnelle et clinique. Elles ont été lavées, leurs cheveux coiffés. Elles sont légèrement maquillées, à peine, juste pour atténuer leur pâleur cadavérique, pour qu'elles aient l'air de dormir. Dans un coin de la pièce, Frédérique Maurois, la médecin légiste responsable de l'institut médico-légal, tape son compte-rendu. Elle retranscrit les notes qu'elle a prises juste avant sur un dictaphone. Elle est face au spectacle saisissant de ces deux corps d'enfants, nus, intacts à part le charcutage de l'autopsie et une cicatrice d'environ cinq centimètres de diamètre sur le genou de Manon, une chute à vélo récente. Cette proximité ne la choque pas, elle en a vu d'autres depuis plus de vingt ans de carrière, elle s'y est faite. C'est comme ça, la mort donnée par autrui survient partout, n'importe où et même à la maison. En fait, c'est même là qu'elle advient le plus souvent, même si la plupart des gens ne le savent pas, ou plutôt ne veulent pas le savoir. Les enfants sont les premières victimes de ces crimes familiaux, juste avant les femmes. C'est comme ça, c'est la réalité et c'est son travail. Frédérique Maurois n'a fait qu'un compte-rendu pour les deux petites filles, la conclusion est la même : mort par noyade. Elle aurait pu leur épargner l'autopsie, c'était une procédure bien inutile, évidemment, le flic avait raison, elle n'a rien trouvé. Un chieur celui-là, un nouveau qui fait preuve d'un zèle déplacé. Il l'a engueulée parce qu'elle n'allait pas assez vite, mais les tiroirs de la morgue sont pleins et plus personne ne veut faire le sale boulot, encore moins les enfants. Elle est au taquet, elle bosse douze heures par jour, bien sûr qu'elle aussi elle regrette que ces deux petites soient restées deux jours enfermées. Bien sûr, elle ne le lui a pas dit. Elle n'allait pas se justifier. Elle lui a demandé s'il voulait venir faire son travail à sa place. Elle rigole intérieurement. À sa place, il ne tiendrait pas plus de deux jours. Personne ne tiendrait plus de deux jours à sa place. Peu de gens peuvent supporter les corps mais aussi les identifications et la peine, oui, la peine surtout, toute cette peine dégoulinante, il faut être outillé pour ça. Elle l'est. C'est son job. Elle imprime son compte-rendu dans lequel elle a détaillé les conditions de la noyade et ce que celle-ci a provoqué sur le corps des deux enfants : comment la mort est advenue exactement. Elle retranscrit par le détail, les souffrances que les petites filles ont subies. La mort par noyade est une mort atroce, longue, on se voit mourir. Qu'ont-elles pensé ? Qu'ont-elles ressenti ? C'est leur mère qui leur a fait ça. Un enfant ne peut pas comprendre que sa mère lui veuille du mal et pourtant si. Et même, Frédérique Maurois le sait bien, ça n'est pas rare du tout que les mères fassent du mal à leurs enfants mais ça, il ne faut pas en parler, ça, c'est tabou, le tabou le mieux partagé au monde après la difficulté d'enfanter peut-être. Peut-être que c'est la même chose d'ailleurs ? En tout cas, c'est sûrement lié. Elle signe son compte-rendu, le scanne et l'envoie au flic, assorti du permis d'inhumer et d'un message sec lui demandant d'aller à la mairie dans la journée afin que les corps puissent être enlevés. Elle a besoin de place. Par ailleurs, il n'a qu'à communiquer lui-même le compte-rendu à Clélia Rivoire, elle ne le fera pas, ce n'est pas la procédure. Clélia Rivoire. Elle va encore vouloir comprendre. Mais quand est-ce qu'elle comprendra que parfois, il n'y a rien à comprendre. Elle aussi elle devrait venir faire un stage ici, tiens. Parce que les corps ne mentent pas et ils ont toujours raison sur sa psychologie à deux balles. Frédérique soupire. Elle sait qu'elle défendra les petites aux assises, contre leur mère, contre les pseudo-explications de Clélia Rivoire. Elle fera parler leurs corps, elle les fera parler. Ça valait la peine finalement de les ouvrir. Frédérique ouvre un sac dont elle sort des affaires. Ce sont les vêtements de Manon. Elle les pose consciencieusement sur une table, à côté de Manon. Elle fait la même chose pour les vêtements de Chloé. Elle les dispose comme sur les planches de ce jeu de poupées en papier à habiller, sauf que là, ce ne sont pas des poupées en papier mais de vraies petites filles, mortes. Frédérique Maurois ne s'en souvient plus mais elle jouait à ce jeu quand elle était petite, cette mise en place, c'est son rituel. Il y a pour Manon une culotte blanche, une blouse bleu clair à manches longues, un jean, des chaussettes blanches et des baskets, un petit collier avec son nom en lettres reliées et un bracelet de pacotille. Pour Chloé, il y a une culotte blanche, une robe vert pâle, un gilet blanc, des socquettes blanches et des souliers vernis avec une bride sur le côté, un collier comme celui de sa sœur et une barrette dorée avec un papillon bleu pour les cheveux. Frédérique met la barrette dans les cheveux de Chloé, juste une mèche retenue sur le côté gauche du visage, comme sur la photo qu'elle a vue. Elle demande toujours une photo. Les photos de Manon et de Chloé, elle les a regardées, enregistrées, maintenant ces petites font partie de sa famille, elle n'a pas besoin de les regarder encore, elle sait comment elles étaient. Elle reste en suspens une seconde. C'est le moment de les habiller, et chaque fois, elle attend un peu. Son intimité avec les deux petites filles ne sera plus pareille après. C'est comme ça. Dès qu'elle les habille, les morts s'en vont, ils ne restent pas. Frédérique hésite une seconde, elle garderait bien Chloé avec elle un peu plus longtemps, mais c'est la plus petite et elle risque d'avoir froid plus vite. Elle soupire. Elle enfile la culotte de Chloé, la remonte le long de ses jambes avec le plus de précautions possible, comme si elle habillait sa propre fille. Elle se dit qu'elle a bien fait de ne jamais être mère. Ensuite, elle lui met sa robe. La robe est un peu ajustée, mais c'est sa robe préférée. Heureusement qu'elle a des manches courtes, c'est plus facile. La rigidité des bras aurait empêché de faire passer des manches longues. Elle dit toujours aux familles, prévoyez des vêtements amples. Bien sûr, la plupart du temps, les familles oublient cette indication. Ils choisissent les vêtements préférés, ou des défunts, ou le plus souvent d'eux-mêmes, c'est fou ce que les gens sont égoïstes. En même temps, elle peut comprendre, les vêtements représentent, pour ceux qui restent, une certaine idée du défunt, celle qu'ils veulent garder. Parfois, chacun a son idée. Elle se souvient d'une fois en particulier, c'était une femme assez jeune encore, une cinquantaine d'années, morte d'une rupture d'anévrisme, mais sur la place publique. Le père voulait absolument l'habiller avec un tailleur bordeaux et noir un peu sévère alors que ses deux filles voulaient lui mettre une robe légère à fleurs, ample, c'est aussi pour ça que Frédérique s'en souvient, par mesure de praticité, la robe allait mieux. L'aînée des deux filles avait beaucoup insisté mais le père avait eu gain de cause, la morte lui appartenait. D'ailleurs, il n'avait pas laissé à sa femme son collier, il l'avait gardé, une chaîne avec deux pendentifs, une plaque d'une drôle de forme, gravée en hébreu, et un Haï, la défunte devait être juive. Il y avait ajouté son alliance à elle, et il avait accroché le tout à son cou. Oui, il voulait la garder, la posséder. Elle peut comprendre oui, c'est humain, mais les filles lui avaient fait de la peine, surtout l'aînée. La plupart du temps, elle évite ça, elle évite de rencontrer les familles, elle donne ses indications et ne réceptionne pas les vêtements. Elle précise juste, amples si possible, elle déteste avoir à redemander quand vraiment ça ne passe pas. Bon, la plupart du temps ça passe, ou elle fait de légères incisions si besoin mais, ça non plus elle n'aime pas trop. Les morts méritent une tenue impeccable. Frédérique a mis à Chloé son gilet. Elle lui attache son collier. Chloé est si mignonne comme ça. Frédérique s'arrête une seconde. C'est drôle, ce n'est pas comme d'habitude, Chloé ne s'en va pas. Elle attend peut-être sa sœur ? Oui, sans doute, elle attend sa sœur. Frédérique regarde les vêtements de Manon, pas le même style, pas la même personnalité, Manon devait être un peu garçon manqué. Elle lui ébouriffe les cheveux, comme elle a vu sur la photo et lui enfile sa culotte.

Sur les tables d'autopsie, les deux petites filles sont habillées. Ça y est, elles sont parties. Frédérique prend son téléphone portable, elle vérifie un numéro sur le dossier. Elle appelle, elle tombe sur un répondeur. Tant pis, elle n'aime pas, mais elle laisse un message. Maintenant qu'elles sont parties, Frédérique veut absolument que les corps des petites filles s'en aillent.

— Monsieur Sauveur, Frédérique Maurois de l'institut médico-légal de Paris. Vos filles sont prêtes, vous pouvez venir les chercher. Le plus vite possible, si possible. Nous attendons du monde. Je ne serai pas là, mais je transmets le dossier à mon assistante pour qu'on s'occupe de vous.

Elle raccroche. Elle signe le formulaire de mise à disposition des corps.

Christophe Sauveur arrive à l'institut médico-légal, il demande à voir ses filles. L'assistante de Frédérique Maurois n'est pas là, Leïla Hanine, une employée polyvalente le conduit derrière la glace prévue à cet effet. À l'institut médico-légal, les familles ne peuvent pas toucher les morts une dernière fois, c'est comme ça, c'est la procédure. Une procédure faite pour protéger les vivants, les corps qui passent par ici ne sont souvent pas beaux à voir. Là, c'est dommage, cet homme aurait pu embrasser ses filles, la cicatrice de l'autopsie ne se voit pas sous les vêtements. Remarque, une fois, une mère a voulu voir, elle a déboutonné la chemise de son petit garçon et elle a hurlé qu'on lui avait abîmé son fils, c'était déchirant et très gênant. Après cette histoire, ça a été un non systématique. La plupart des familles n'insistent pas. Christophe n'a pas insisté. Il s'approche de la vitre, il voit ses filles, elles dorment. Il se dit ça : on dirait qu'elles dorment. Il sait bien qu'elles sont mortes, mais quand même, on dirait qu'elles dorment. Si on disait qu'elles dorment ? Il serre un sac contre lui. Il leur a apporté leurs jouets préférés : un ballon de foot pour Manon, une poupée noire, Sasha, pour Chloé, et le doudou de chacune un lapin pour la grande, une souris danseuse pour la petite. Frédérique Maurois apprécierait, Christophe veut que ses filles s'en aillent vraiment comme elles étaient, pas comme il les voyait, et il ne veut pas qu'elles soient toutes seules. L'employée va poser les jouets à côté de chacune des petites filles. Après l'institut médico-légal, les pompes funèbres viendront les chercher et elles seront enfermées dans leur cercueil avec leurs jouets pour être enterrées ou brûlées. C'est la dernière fois que Christophe voit ses filles. De l'autre côté de la vitre, il ne bouge plus, il ne respire plus, il n'existe plus. Il est avec elles. Il revoit tous ses souvenirs, de leur premier cri à aujourd'hui. Il se souvient tellement bien de leur naissance. Il a assisté à l'accouchement pour les deux, il y tenait. Il disait à Rosine : « Je veux être là dès qu'elles arrivent, tu comprends. » La première fois, personne ne les avait prévenus que ça pouvait être si dur. L'arrivée de Manon a duré quatorze heures, quatorze heures de travail, des douleurs extrêmes, la péridurale qui n'a pas fonctionné, l'épisiotomie, les forceps, Rosine qui hurlait, et finalement la délivrance, et la joie, ce déferlement de joie, les cris de Manon, les larmes de Rosine et les siennes mêlées, le sang, le placenta, l'urine et le bonheur à couper le souffle. Il a coupé le cordon ombilical et il a tout oublié, tout sauf cette toute petite tête sur le sein de sa femme, sa femme, sa fille, la félicité, les premières nuits partagées, le cododo, la sensualité du nouveau-né, les premiers pas, les premiers mots, la première fois qu'elle lui a tendu les bras, papa. Et puis, il y a eu l'arrivée de Chloé, Chloé n'était pas prévue, pas si vite, c'était un accident mais c'était bien. Chloé est arrivée vite dans tous les sens du terme, l'accouchement a été rapide, deux petites heures et une souffrance sans commune mesure. Christophe se souvient de la joie extatique de Manon quand elle a pris sa petite sœur dans ses bras. Il se souvient aussi, bien sûr, de toutes les premières fois de Chloé mais surtout de leur complicité à toutes les deux, leurs jeux, leurs langages, leurs secrets. Les deux petites ont toujours été si proches. Et puis, Manon qui se met au foot, son enthousiasme, sa gagne, sa volonté. Personne ne regardait le foot chez eux, ils se sont demandé d'où ça lui venait, mais Manon était comme ça, curieuse, intrépide, déterminée, un peu « garçon manqué », même si Rosine disait que cette expression n'avait pas de sens. Chloé, elle, était une « vraie fille », elle voulait faire de la danse, elle voulait des poupées, elle était timide, discrète et réservée. C'était difficile de ne pas les comparer. Manon était très protectrice par rapport à sa sœur. Ils avaient lu plein de livres sur la jalousie des aînés, il ne sait pas pourquoi Rosine, qui était fille unique, s'inquiétait beaucoup de ça. Mais non, il n'y avait pas de jalousie. Manon n'a jamais été jalouse de sa sœur, elle l'aimait. Rosine était tellement heureuse de voir que ses deux filles s'entendaient si bien. Rosine. La plupart des souvenirs que Christophe a de ses filles sont des souvenirs avec Rosine. Rosine et les filles au parc. Rosine et les filles à la piscine.

Rosine et les filles devant un dessin animé, à la cuisine en train de faire un gâteau. Rosine qui savait faire avec les bébés comme si elle avait fait ça toute sa vie, même avec Manon, la première, elle savait d'instinct le maternage. Rosine qui berce. Rosine qui parle. Rosine qui câline. Rosine qui joue. Rosine qui rit. Rosine qui décide de reprendre ses études. Rosine qui décide que c'est bien de travailler avec les enfants. Rosine. Le cœur de Christophe se serre de douleur, d'immenses couches de douleur qui se superposent les unes aux autres, celle d'avoir perdu ses filles, mais aussi celle de ses souvenirs perdus sous la culpabilité et cette question qui le hante : qu'est-ce qu'il n'a pas vu ? Qu'est-ce qu'il aurait dû voir ? Chérie, pourquoi tu as fait ça ? Soudain, Christophe a peur. Il ne veut pas que Rosine meure à son tour, ce serait trop pour lui, oui, vraiment. Rosine.

Il en est là quand Claude, le père de Rosine, le rejoint. Christophe aurait aimé rester seul un moment de plus avec ses filles, mais le temps est compté, l'institut a besoin de place et il n'a pas eu le cœur de ne pas lui proposer de venir. Leïla l'a fait entrer discrètement, puis elle s'est éclipsée. Claude s'arrête, devant la vitre, il ne le salue pas, il regarde ses petites-filles, son profil d'aigle un peu mou encore accentué par le chagrin.

— C'est elle qui devrait être morte.

Christophe sursaute. Il n'a pas envie d'entendre ça, il n'a pas envie de conflit, il n'a pas envie de haine, il a envie qu'on le laisse tout seul avec ses filles, il a envie de les prendre dans ses bras, il a envie qu'elles se réveillent, il a envie qu'elles soient vivantes, il a envie de vie, il ne veut pas entendre parler de mort.

— Pourquoi tu as mis un jean à Manon ?
— C'était sa tenue préférée.
— Une robe, ça aurait été mieux.

Ta gueule. Le cœur de Christophe hurle ta gueule et sa tête aussi. Ta gueule. Tu peux entendre ça ? Ta gueule. Ce sont mes filles. Mes filles. Pas les tiennes, connard. Christophe respire par petites saccades, il est dépassé par ses pensées. Christophe est un gentil d'habitude.

— Je me suis occupé des pompes funèbres pour qu'elles soient enterrées avec leur grand-mère.

Non. Non. Non. Hurlement dans son cœur et dans sa tête. C'est pas vrai, mais ce n'est pas vrai, il ne peut pas lui foutre la paix, dégager, le laisser avec SES filles.

— Je suis désolé mais elles seront incinérées au Père-Lachaise.
— Élisabeth aurait voulu que ses petites-filles soient avec elle. Elle les adorait. C'était convenu comme ça.

Et soudain, c'est trop, Christophe explose.

— Non. Non, ce n'était pas convenu comme ça. Non, ce n'était pas DU TOUT convenu comme ça. MES filles ne devaient absolument pas mourir comme ça, pas maintenant, pas un an après votre femme qui elle avait soixante-douze ans. Elles avaient six ans et quatre ans. Six ans et quatre ans. Pardon, mais ce n'était pas convenu comme ça. PAS DU TOUT. Elles seront incinérées au Père-Lachaise, nous avons convenu ça parce que c'est comme ça, parce que c'est ce que Manon voulait, c'est ce qu'elle avait dit à la mort de sa grand-mère justement. Et parce que Chloé voudrait être avec sa sœur. Il faut qu'elles soient ENSEMBLE.

— Tu n'es pas obligé de crier.

— JE CRIE SI JE VEUX.

Leïla passe une tête pour vérifier que tout va bien. Elle a l'habitude des drames, surtout avec les enfants, et puis, après l'horreur des attentats de Paris, elle est blindée.

— Ça va ? Vous avez besoin d'aide ?

Christophe se ressaisit d'un coup.

— Non, non, excusez-moi, ça va très bien. Merci.

Elle ressort. Ça va très bien ? Bien sûr que non. Mais ce père va faire ce qu'il peut. Il va vivre avec, ou pas. Ces deux pères devrait-elle dire.

Chez elle, assise à un bureau, la baie vitrée offrant une vue époustouflante sur la ville, les tours, les toits, Clélia surfe sur Internet, elle boit une bière. Clélia se renseigne sur Samuel, le flic, le nouveau. Elle se dit qu'elle aurait dû le faire avant, elle aurait eu l'avantage, ou en tout cas, elle aurait été au même niveau que lui. Oui, elle devrait le faire, se renseigner sur les gens qu'elle rencontre, tout le monde le fait, bizarrement pas elle. Clélia cherche, mais elle ne trouve pas grand-chose en tout cas sur le plan personnel. Samuel n'a pas de profils sur les réseaux sociaux ou peut-être mais dissimulés. Elle n'est pas vraiment surprise, il fait un boulot où il vaut mieux éviter le réseautage. Elle-même n'a que des profils fictifs pour accéder aux comptes des criminels sur lesquels elle enquête. La plupart des gens ne pensent pas à paramétrer leur compte en privé, du coup, elle a accès à tout. Elle hésite, elle pourrait appeler Isaac qui, lui, doit tout savoir. Clélia ne sait pas comment il fait mais Isaac connaît parfaitement chacun de ses collaborateurs, ça frise la paranoïa parfois. Non, elle ne l'appellera pas, il trouverait ça malvenu et ce n'est pas le moment d'en rajouter. Donc, finalement, ce qu'elle apprend, c'est en gros ce que Samuel lui a dit : il a quarante-cinq ans, il est séparé, il a une fille et l'entente n'a pas l'air cordiale avec son ex. Il vient d'arriver à Paris, son ex est restée à Marseille avec sa fille, et il a l'air célibataire.

Il a l'air célibataire, il n'en a pas le genre. Il est peut-être venu pour une femme ? De toute façon, pour Clélia, ça ne change rien, célibataire ou pas, si elle le veut, elle l'aura. En cherchant beaucoup, Clélia trouve quand même un article concernant son accident de moto. Samuel est rentré dans un poids lourd, il se serait endormi au guidon de sa moto. Est-ce qu'il se drogue ? Il aurait pu y passer en tout cas. La photo de l'article montre la moto en vrac. Combien de temps d'hospitalisation ? Il doit avoir un sacré mental pour avoir tout récupéré à part ce léger boitillement ou il a eu énormément de chance ? Ou les deux ? Sûrement les deux. Sur le plan professionnel, par contre, Clélia trouve pas mal d'informations. Samuel est un flic intello. Il est diplômé en criminologie, spécialisé en crimes sexuels et en prise d'otages, il est aussi médiateur. Clélia se dit que, comme ça, il était sûr d'être sur le terrain et d'avoir affaire à de « vrais » crimes. C'est aussi sans doute pour ça qu'on l'a appelé sur l'affaire Delsaux, il était à même d'éviter un autre meurtre ou un suicide et c'était un risque. Samuel a passé dix ans affecté au grand banditisme à Marseille donc. Ça ne l'étonne pas, il y a un peu de toutes ses spécialités dans les crimes de sang de la pègre. Il a aussi donné des conférences sur différents sujets dont le crime de proximité, la grande affaire de Clélia justement. Elle écoute un extrait. « Contrairement à ce que la littérature, les films ou les séries vous font croire, quatre-vingt-cinq pour cent des crimes sont des crimes de proximité. Le criminel est votre père, votre frère, votre tante ou votre maîtresse, votre employé ou votre voisin, bref, quelqu'un que vous connaissez, en qui vous avez confiance, et c'est ça, le plus difficile à comprendre. » Il est bon, il sait de quoi il parle et il sait capter l'attention. Samuel est également réputé pour ses prises de position radicales à la barre des témoins. Il a défendu un parrain piégé par des policiers véreux après avoir mis fin à leur trafic. C'est pour ça qu'il est arrivé à Paris ? Pourquoi a-t-il changé d'un coup ? Son accident ? Maintenant, il est policier volant, un profil créé spécialement pour lui par la PJ. Bon, le mec est nickel, trop beau pour être vrai. Méfiance donc.

Son téléphone bipe. C'est un texto de Samuel justement, il a des antennes ou quoi ? Comment a-t-il eu son numéro ? Ah oui, il figure sur la feuille de conduite de l'enquête. Calmos, Clélia, sinon tu vas vriller parano toi aussi. Elle ouvre le texto.

Rapport d'autopsie dans ta boite mail.
On se tutoie donc.
Oui, plus simple.
Si je veux.
Si tu veux.
...
Tu veux ?
OK.
Désolé du retard, cette conne n'a pas voulu te l'envoyer en direct et j'étais en taule.
Cette conne ?
La gonzesse de l'IML.
Ah oui, elle. Tu la connais ?

Non, mais c'est une conne, elle dit que ce n'est pas la procédure. CQFD, c'est une conne.

Décidément, il est vraiment nickel. Merde.

C'est parce que c'est moi.
???
Elle ne m'aime pas.
Tu n'as pas que des amis dis donc.
Je n'ai pas d'amis.
OK. Bon, je file emmener le permis d'inhumer à la mairie je vais être en retard et ils vont me faire chier, mais je ne veux pas que les petites passent une nuit de plus là-bas. Rapport dans ta boite mail. Tu verras, pas de révélations. Qui est-ce qui te l'avait dit ?
...
Tschuss.
Tu parles allemand en plus ?
Non.
OK.
Salut.
Salut.

Oui, vraiment très bien. En plus, il écrit les textos tout comme il faut. Merde. Clélia lance l'impression du rapport d'autopsie, elle se lève et va chercher une deuxième bière dans le frigo. Il est temps de se mettre au travail.

Pendant qu'elle imprime le rapport d'autopsie, Clélia cherche les comptes Facebook et Instagram de Rosine. Elle veut la rencontrer elle d'abord, en tout cas sa représentation virtuelle, avant de rentrer dans le dur de l'affaire. Et c'est fou ce que les profils des réseaux sociaux racontent d'une personne pour peu que l'on sache les lire. C'est une mine d'informations, en plein et en creux, ce que les gens ne postent pas dévoilent autant de choses que ce qu'ils postent. Douée d'une mémoire visuelle hors norme, Clélia « photographie » tout ce qu'elle voit. Les comptes de Rosine sont publics, qu'est-ce qu'elle disait. Le mur Facebook de Rosine est celui d'une affective. Elle poste des informations intimes, une photo de ses filles tous les dimanches comme Isaac le lui a dit, des mots de deuil et des photos pour la mort de sa mère, des publications sur l'enfance sans doute liées à son travail, et depuis quelques mois, des selfies romantiques avec Nicolas, son petit ami, l'amour exhibé sur Internet. Si ce n'était pas de l'amour, en tout cas, ça en donne l'image, assez fusionnelle d'ailleurs. Avant, il y avait des selfies de toute la famille, Rosine, Christophe et les deux filles. Clélia note intuitivement que Rosine est passée de la représentation idéale de la famille à la représentation idéale du couple. Pour ses publications et dans ses commentaires, Rosine utilise abondamment les petits cœurs et autres émoticônes fleuries. Clélia note que son profil est plus actif depuis deux ans, depuis la séparation d'avec son ex-mari et le film qu'Isaac lui a montré, posté par Nadine Valmont, celle qui a fait le film, avec des cœurs et des poussins, « pour la plus poule des mamans ». Cette évolution est normale, Facebook est un moyen d'entrer en lien, de se sentir moins seul, même si c'est une illusion. Entre la disparition des photos de famille et les selfies à deux, Clélia note les noms de deux hommes qui apparaissent soudain régulièrement, mais il n'y a pas de photos d'eux. À vérifier, mais il semblerait que Rosine soit passée de Christophe à Nicolas. Il n'empêche que Christophe n'a jamais vraiment « disparu » de son mur. Rosine a dû rester en bons termes avec lui, ce qui expliquerait que l'ex-mari demande comment elle va. Pourquoi se sont-ils séparés ? Il l'aime toujours ? En tout cas, lui, n'a pas refait sa vie. Sur son profil, au moment de la séparation, il y a eu l'apparition d'une certaine Nadia Vintimille, à l'opposé de Rosine, grande, plantureuse, toute féminité dehors, c'est sans doute Christophe qui est parti et sans doute pour cette femme, mais elle n'est pas restée longtemps. Rien qu'en jetant un œil au profil Facebook de Nadia Vintimille, Clélia peut voir qu'elle est une séductrice, à part Christophe, il y a de nombreux commentaires d'hommes, pas étonnant que Christophe ait pu craquer et même divorcer pour elle, elle a le profil d'une croqueuse d'hommes, sans doute manipulatrice. Elle ouvre un petit carnet bleu avec écrit « Rosine » sur la première page. Elle note : « Christophe a une faille narcissique ? » Clélia retourne sur le profil de Christophe. À part cette Nadia et les photos de Rosine sur lesquelles il est identifié, son mur n'est pas très fourni. Il ne publie pas grand-chose, quelques photos de ses filles, et des photos de chantiers, il bosse dans la construction visiblement. Il y a aussi quelques articles politiques. Il y a pas mal de publications pour son anniversaire. Christophe a l'air d'être un bon père, un homme apprécié de ceux avec qui il travaille et impliqué dans le respect des droits sociaux. Un mec bien. Clélia se dit qu'en même temps, il s'appelle Sauveur et que ce n'est pas rien, c'est un nom qu'il faut porter. Est-ce que Rosine l'a aimé aussi pour ça ? L'autre homme de la vie « montrée » en tout cas, de Rosine s'appelle Vagabond, Nicolas Vagabond, ce n'est pas rien non plus. Clélia sourit, l'histoire des noms, c'est une autre histoire, mais ça raconte des histoires. Donc, Nicolas Vagabond. Clélia va sur son profil et la première chose qu'elle voit c'est qu'il est jeune. Il est jeune, plus jeune que Rosine, au moins dix ans. Est-ce que Samuel le lui a dit ? Est-ce qu'elle a zappé cette info ? Elle note dans son carnet : « Nicolas Vagabond cherche une mère ? » L'hypothèse est un peu facile, mais quand même. Le profil de Nicolas est essentiellement professionnel, des annonces, des publications de jeux, d'applications, le profil d'un mec qui cherche un boulot dans l'informatique et qui vient d'en trouver un visiblement, rien de bien signifiant. Clélia passe aussi sur le profil de Nadine Valmont, parmi les amis de Rosine, surtout des femmes d'ailleurs, Nadine est la plus active, commentant chaque photo et chaque publication de Rosine. Clélia se dit que c'est normal vu son profil à elle assez fourni. Nadine poste beaucoup, essentiellement des selfies, seule ou avec des copines, des photos de fêtes et des jeux proposés par Facebook qui « révèlent » ses origines, sa personnalité, ou son profil « star ». Elle semble être une femme sociable, visiblement célibataire et même en recherche de l'âme sœur. Elle est assez différente de Rosine, la face « cachée » de Rosine ? Tous les quatre étaient Charlie. Tous les quatre ont mis une bougie au moment des attentats de Paris. Les trois premiers n'utilisaient pas vraiment Instagram. Nadine Valmont, elle, si, mais avec le même contenu que son Facebook. Ce sont quatre profils assez standards. Il n'y a pas de révélations. Clélia regarde rapidement les profils de trois autres « amies » de Rosine et celui de ses deux « prétendants » qui sont apparus entre Christophe et Nicolas, c'est pareil. Clélia laisse ses pensées vagabonder, Rosine est donc une femme affective, en quête d'amour, vivant grâce à l'amour, entourée de deux hommes assez pragmatiques, avec une copine un peu délurée, une femme en lien, avec un réseau classique, pas débordant, pas inexistant, « middle » comme on dit. Une femme ordinaire. Sauf que cette femme ordinaire a tué ses deux filles. Et ça, ça n'est pas ordinaire.

Clélia finit une troisième bière et pose le cadavre de la bouteille près des deux autres. Elle récupère le compte-rendu d'autopsie qu'elle a imprimé. Il n'y en a qu'un seul pour les deux petites filles, Frédérique Maurois a lié les deux victimes, elle joue sur l'affectif du juge, elle veut qu'il ait un double choc. Le compte-rendu est cruel : « Mort par asphyxie suite à l'absorption d'eau dans les poumons. » « Hypoxie totale sans retour à la surface, inhalation d'eau prolongée indiquant que les victimes ont eu la tête sous l'eau durant tout le processus de la noyade. » « Eau dans les rétines signifiant que les victimes avaient les yeux ouverts. » « Les deux décès sont concomitants, mais les poumons de Manon Delsaux contiennent de l'urine, ce qui indique qu'elle serait sans doute la deuxième victime. Les deux vessies sont vides ce qui pourrait signifier que les deux petites ont uriné de peur. En effet, Chloé n'ayant pas d'urine dans les poumons, elles n'ont pas uriné avant le début d'asphyxie de Chloé. » « La cyanose du visage et les conjonctives hyperémiées vont également dans le sens d'une "vraie" noyade : au moins six minutes dans l'eau sans discontinuer avant que la mort survienne par arrêt cardiaque. » « au moins six minutes » « aucune trace de substance médicamenteuse. » Clélia sait très bien ce que ce compte-rendu veut dire, elle sait très bien ce que Frédérique Maurois va dire : « La mère a dû appuyer pendant au moins six minutes sur la tête de Chloé Delsaux pour la noyer sous les yeux de son autre fille, Manon Delsaux. Les quatre étapes de la noyade sont simples. Il y a d'abord l'aqua stress, la phase "bouchon", Chloé Delsaux a essayé de se débattre sans succès, agitant dans des spasmes réflexes ses mains et ses jambes dans tous les sens, elle n'a pas pu crier vu qu'elle avait la tête maintenue sous l'eau par sa mère, mais elle ne l'aurait pas fait de toute façon. Dans un réflexe, en cas de noyade, le corps se sert de chaque microseconde pour respirer. Il y a ensuite la petite hypoxie, Chloé Delsaux était épuisée mais toujours à la surface de l'eau. Ensuite, survient la grande hypoxie. Après au moins cinq minutes, Chloé Delsaux a commencé à couler, elle était moins consciente mais quand même encore. Enfin, donc cinq minutes au moins après le début de la noyade, survient l'anoxie. Chloé Delsaux n'était plus consciente, elle est restée au fond de l'eau. Environ une minute après, son cœur a cessé de battre. Le processus s'est répété avec l'autre fille, la grande, Manon Delsaux. Vraisemblablement dans cet ordre oui, selon les traces d'urine dans les poumons de Manon Delsaux. La mort par noyade occasionne d'atroces souffrances, sensations de brûlures au niveau des poumons, panique, tachycardie. Aucune douleur n'a été épargnée par des médicaments. Les petites filles ont eu le temps de se voir mourir. Une mort douloureuse et silencieuse. » Et, même si Frédérique Maurois ne saura pas expliquer « scientifiquement » pourquoi Manon n'a pas crié alors qu'elle, elle le pouvait, quand sa mère était en train de noyer sa sœur, elle émettra l'hypothèse vraie, évidente, que la petite était tétanisée. En toute honnêteté, Clélia rajouterait même que, peut-être, en ne disant rien, Manon a cru qu'il ne lui arriverait rien, qu'elle pourrait échapper à la mort. C'était sa mère après tout. Une mère ne peut pas devenir une meurtrière pour son enfant. Eh bien si.

Clélia se lève, elle va chercher une quatrième bière. Le cas ne va pas être simple à défendre, mais elle sent qu'il y a quelque chose à défendre. Tout va dépendre de Rosine, de ce qui s'est passé pendant ces douze minutes. Douze minutes pendant lesquelles elle a tenu la tête de ses filles sous l'eau. Qu'est-ce qui s'est passé dans sa tête à elle pendant ces douze minutes ? Plus en réalité, il faut ajouter quelques minutes avant et de nombreuses minutes après, jusqu'à ce que Samuel lui fasse prendre conscience de la réalité en fait, qu'est-ce qui s'est passé dans sa tête pendant une bonne cinquantaine de minutes ? Où était-elle tout ce temps ? Dans quel endroit terrible qui l'a menée en enfer et ses filles à la mort ? C'est un acte pulsionnel. Clélia a vu le film, son mur Facebook, elle sait que Rosine Delsaux aimait ses filles. Elle sait que l'absence de médicaments indique une absence de préméditation. Et, même si un acte pulsionnel de plus de douze minutes est compliqué à comprendre, le black-out est un fait avéré. Clélia ouvre le dossier. Aussi vide soit-il, la réponse au pourquoi est déjà cachée là, quelque part dans cette dizaine de feuilles de papier.

Qui est Rosine Delsaux sur le papier ? Rosine Delsaux est la fille unique de Claude et Élisabeth Delsaux. Elle est née le six mai mille neuf cent quatre-vingt-trois. Elle travaille à la PMI d'Aubervilliers depuis le trois septembre deux mille douze. Clélia note : « Qu'est-ce qu'elle a fait avant ? » Elle s'est mariée en juillet deux mille trois, Clélia se dit que Rosine avait vingt ans, c'est jeune. Manon est née le cinq mai deux mille douze et Chloé le quatorze mars deux mille quatorze. Elles sont mortes le six juin deux mille dix-huit. Clélia se dit que Manon a mis du temps à arriver. Elle note : « Difficulté à avoir un premier enfant ? » La mère de Rosine, Élisabeth Delsaux, est née le vingt-sept mai mille neuf cent quarante-cinq, elle est morte le dix-sept juin deux mille dix-sept, il y a un an pile, presque jour pour jour. Le père de Rosine, Claude est né le vingt-sept juin mille neuf cent quarante-cinq. Il n'y a rien de plus les concernant. Cela dit c'est déjà pas mal qu'il y ait une copie du livret de famille et complète en plus, c'est rare, le flic fait bien son travail. Où l'a-t-il eue ? Il a dû chercher lui-même via la mairie. Oui, il est bon, et engagé. Clélia lit l'audition de Nicolas. « On était ensemble depuis quelques mois, dix exactement. Je l'aimais beaucoup mais je suis jeune et je n'étais pas prêt à me caser, encore moins avec deux petites filles même si je les aimais bien. Je viens juste d'être embauché dans une start-up. Je lui ai dit que je voulais réfléchir, je n'ai pas dit partir, j'ai dit réfléchir. Je comptais bien rompre mais en douceur. » « Je ne me suis pas inquiété, tous les jours, c'était le même rituel, elles commençaient le bain au début du journal, ensuite elle les mettait en pyjama, elles jouaient un peu, et puis elles venaient me voir à la fin du journal. Là, ce qui m'a surpris c'est que je n'entendais plus que Rosine qui chantait en boucle cette horrible comptine, alors je me suis levé et je les ai trouvées là où vous les avez vues, dans la salle de bain. Elle tenait les filles contre elle et elle chantait, elle n'arrêtait pas. Elle ne m'a même pas regardé mais quand je me suis approché pour prendre les filles, elle les a agrippées et m'a lancé un regard… J'ai cru qu'elle allait me tuer si j'insistais. » Clélia voit la scène, elle pense que oui, il y avait un risque qu'elle le tue ou qu'elle se tue. Maintenant, il n'y a plus que le risque qu'elle se tue. Elle note mentalement : rappeler Isaac pour le code bleu. Dans l'audition de Rosine, il n'y a rien. Elle dit : « Je les ai tuées. Je suis un monstre. » À la question pourquoi les avez-vous tuées ? Elle répond : « Je suis un monstre. » Elle ajoute : « Il voulait partir. » Et c'est tout. Effectivement, elle ne fait pas vraiment de lien entre « Je les ai tuées. » et « Il voulait partir. » Rosine dit : « Il voulait partir. » comme si c'était la seule explication plausible, une explication qu'Isaac a suggérée, et, Clélia le sent, même s'il n'est pas écrit, il y a bien un point d'interrogation. Rosine demande l'approbation d'Isaac ? De toute façon, toute plaisanterie mise à part, on ne tue pas ses filles parce qu'un homme veut partir, au mieux c'est l'élément déclencheur, pas la raison profonde. D'autant que dix mois c'est court et que cela n'avait pas l'air d'une folle passion destructrice, mais plutôt d'une passion de jeune fille qui dit « regardez comme on s'aime ». En premier lieu donc, Clélia doit vérifier si son intuition, et celle d'Isaac, est juste. Elle doit vérifier si Rosine donne la « raison » que la « raison » donne à son acte. En gros, est-ce que Rosine donne la réponse qu'on attend d'elle, il voulait partir, et non pas la « vraie » raison. Y en a-t-il une ? Oui, il y en a une. Clélia n'est pas d'accord avec Frédérique

Maurois, il y a toujours, ou presque, une raison, un élément de vie, qui permet de comprendre un passage à l'acte criminel, personne ne tue « juste comme ça », mu par une pulsion venant de nulle part, à l'exception des crimes de masse qui sont apparus ces dernière années, mais ça, Clélia ne comprend pas comment c'est possible, pas du tout, et, quoi qu'il en soit, ce n'est pas le cas de Rosine. Enfin, dans le dossier, il est notifié que Rosine ne veut rien dire de plus et refuse toute défense. Elle aura un avocat commis d'office. Clélia se lève et va chercher une autre bière. La nuit est en train de tomber. Clélia regarde les lumières de la ville. Elle a toujours aimé imaginer toutes ces vies d'inconnus, là devant elle. Elle laisse son esprit vagabonder. Qui est Rosine ? Pourquoi a-t-elle tué ses filles ? Pourquoi ce jour-là ? Qu'est-ce qui s'est passé ? Comment en est-elle arrivée là ?

Après trois jours d'hospitalisation, Rosine est transférée à la prison de Fleury-Merogis en fourgon blindé. Elle n'oppose aucune résistance, elle ne parle pas, elle accepte son sort. C'est comme ça, elle est un monstre, elle mérite ce qu'il lui arrive. Elle mérite pire même. Si la peine de mort existait, elle mériterait la peine de mort. Elle entre en détention provisoire. À l'entrée de la prison, elle passe par le sas de sécurité. Elle se déshabille entièrement, elle peut presque sentir le regard du gardien de l'autre côté du mur. Elle n'aime pas ce regard, un regard lubrique. Didier Coste l'a trouvée à son goût c'est vrai, il le lui a signifié d'un gloussement, elle a baissé les yeux. Elle se tient là, debout, elle n'ose pas s'asseoir, elle a bien plié ses vêtements et enfilé la combinaison de taularde, une combinaison orange trop grande dans laquelle elle flotte. Rosine n'a jamais été épaisse mais là, elle est vraiment devenue fluette. Il faut dire qu'elle ne mange rien depuis trois jours. Ses cheveux blonds mi-longs lui collent au visage, elle n'a pas eu le courage de prendre une douche à l'hôpital. Elle se dit subrepticement qu'elle aurait peut-être dû. Les douches en prison doivent être encore moins confortables. Elle se touche machinalement la bosse qu'elle s'est faite sur le haut du crâne, la blessure était superficielle, elle sent la croûte. Heureusement qu'elle n'est pas morte en fait, elle n'aurait pas pu payer, il faut qu'elle paye. Au bout d'un moment, Rosine s'assoit quand même, c'est ça ou elle tombe et elle ne veut pas faire d'histoires. Rosine attend, assise, les mains l'une sur l'autre sur ses genoux, bien sagement, oui, bien sagement comme une petite fille sage. Deux gardiennes entrent, elles savent pourquoi Rosine est là. D'office, elles ne l'aiment pas, elles ne seront pas les seules et personne ne lui fera de cadeaux. En prison, on n'aime pas les tueurs d'enfants. Elles le lui font comprendre immédiatement. Nue, on lui avait dit nue, elle sait ce que c'est ? À poil. Elle a droit à la fouille intégrale et elles ne vont pas se gêner. Rosine a peur mais elle se tait, elle se déshabille. Elle ferme les yeux, pendant qu'elle se penche et qu'une des gardiennes lui fouille son intimité, devant et derrière avec un gant en plastique. Elle ferme les yeux, et pourtant, elle peut sentir le regard du gardien derrière la cloison, elle se demande comment se fait-il que les prisons soient mixtes. Et puis, tout de suite après, elle se dit qu'elle n'a que ce qu'elle mérite.

Nathalie Meyer arrive à Fleury-Merogis, elle est l'avocate commise d'office. Normal, elle est une jeune avocate, pas si jeune, elle a trente-six ans, mais jeune de son cabinet tout propre tout neuf qu'elle vient d'ouvrir. Elle doit faire ses preuves, elle prend ce qu'on lui donne. Et, pour l'instant, on ne lui a donné que des cas de correctionnelle sans intérêt. Elle, elle veut les assises. Elle a fait des pieds et des mains, elle a harcelé le nouveau procureur pour une affaire aux assises. Elle a voulu les assises, elle les a eues, mais il lui a donné un cas indéfendable. Elle va au casse-pipe avec ce double infanticide, elle n'a aucune chance, le verdict est déjà écrit : trente ans sans conditionnelle. En plus, Rosine refuse toute défense. Nathalie n'est là que parce que Rosine est « obligée » à une défense. C'est comme ça, la défense est un droit inaliénable. Nathalie fait son travail en venant quand même, mais elle ne le fera qu'une fois. Elle se dit que c'est déjà ça, tant qu'à perdre aux assises, autant ne pas perdre trop de temps. Elle n'a pas perdu de temps à venir non plus, tant qu'à faire, autant faire vite, Rosine a été incarcérée dans la matinée, il est quatorze heures. Il faut dire aussi qu'Isaac Delcourt l'a appelée, il lui a dit l'urgence de demander un isolement et un code bleu, même s'il l'a fait lui-même, il voulait qu'elle double la demande.

Isaac Delcourt. Pas mal pour une première affaire en solo, il est bon, il a une réputation qui n'est plus à faire, un précurseur du droit, ce serait bien qu'elle se le mette dans la poche. Nathalie pense à tout ça dans son tailleur siglé et ses talons hauts pendant qu'elle attend au parloir. Elle pense à ça et aussi qu'elle a hâte de partir. Elle n'est pas fan de l'air de la prison, son truc à elle c'est la cour, la robe, ça, elle adore. Une gardienne arrive. Rosine Delsaux refuse de monter au parloir, elle ne veut pas d'avocat, et si elle est obligée d'en avoir un, elle n'est pas obligée de lui parler. Elle ne veut pas lui parler. Elle est désolée de lui faire perdre son temps. Elle est désolée. Nathalie repart. Elle a sa conscience pour elle, mais elle ne sait pas ce qu'elle va dire à la cour. Elle pourrait la défendre par sa négation de défense ? Elle n'est pas un monstre vu qu'elle dit qu'elle est un monstre et qu'elle refuse qu'on la défende ? Un peu tordu mais ça peut marcher. Une fois dehors, sur le parking, Nathalie Meyer se dit qu'elle n'a pas parlé de l'isolement, ni du code bleu. Tant pis.

Un taxi dépose Clélia devant la prison. Putain, un taxi jusqu'à Fleury-Merogis, elle doit absolument renégocier avec Isaac cette histoire de moto, sinon, bientôt, il faudra aussi qu'elle vende la maison de sa grand-mère, et ça, elle n'y tient pas, pas du tout. En plus, elle se retrouve devant l'entrée du parking, les taxis ne peuvent pas aller plus loin, et elle a au moins deux cents mètres à faire à pied. Elle s'apprête à les faire à grandes foulées quand elle croise Maxime Sylvestre qui prend son service. Elle se doute bien que c'est lui qui a fait appeler Clarence la dernière fois. Elle le regarde vraiment pour la première fois, un petit rouquin qui ne doit pas avoir plus de vingt-cinq ans, petit au sens de l'âge, parce que sinon par la taille, il est grand, au moins un mètre quatre-vingt-dix. Comment devient-on gardien de prison ? Il lui répond très sérieusement que c'était le boulot le plus simple et le plus proche de chez lui. N'importe quoi, encore un qui va passer à côté de sa vie parce qu'il ne la connaît pas. La silhouette de Maxime se détache en ombre sur le mur de l'enceinte de la prison. Quelque chose se passe dans la vibration, quelque chose de sexuel, quelque chose que Clélia n'attendait pas, et Clélia n'aime pas ce qu'elle n'attend pas. À quelques pas de la porte de la prison, pour lui indiquer le chemin, c'est ridicule, il n'y a pas de chemin, il n'y a que la prison, Maxime lui prend le coude. Il exerce une pression tangible qui veut clairement dire : « Faisons-nous plaisir », ou « Je peux te faire plaisir, ça me ferait plaisir ». Clélia se dégage, elle aime décider et elle le signifie. Je te croque si je veux et quand je veux. Maxime se le tient pour dit, il la laisse entrer dans la prison la première. Didier Coste est au contrôle, Maxime le rejoint derrière pour prendre ses fonctions et relever le deuxième gardien. Clélia tend son autorisation à Coste.

— Bien, je vois que vous avez fait des progrès.

Ta gueule ou je te tue. Clélia se mord la langue, elle a promis, elle doit se tenir à carreau. Elle se répète en boucle dans son esprit : Il a le pouvoir. N'oublie pas ce que tu veux, entrer, voir Rosine Delsaux, faire ton job, tu t'en fous d'avoir raison sur ce gros connard libidineux. C'est dur. Elle rêve de lui foutre au moins un coup de pied dans les couilles. Elle déteste son regard.

— Vous avez raté son bavard ou plutôt sa bavarde à cinq minutes. Elle a refusé de la voir. Ça m'étonnerait que vous ayez plus de chance.
— J'ai une visite obligatoire. C'est qui son avocat ?
— Je n'ai pas à vous le dire.

Putain de merde enfoiré de connard de mes deux. Il la provoque. Le mantra. L'autre : Pardon, merci, je t'aime, en boucle, pour ne pas lui sauter à la gorge et lui arracher un morceau de langue avec les dents. Tu ne sais pas ce dont je suis capable. Clélia laisse son téléphone portable et ses clés à l'entrée, elle déteste avoir à les laisser à ce gros porc mais elle est obligée. Elle pense soudain à Cédric, elle voudrait qu'il la lèche, là, tout de suite, ça la soulagerait. Il était beau, noir dans le noir, et sa queue était douce. Elle respire. Elle entre.

— Bonne visite.

Connard.

Dans le parloir, Clélia attend. Elle sent l'air, la puanteur de la prison, elle n'aime pas spécialement cette odeur, et en même temps, elle lui est familière. Elle se demande comment Rosine Delsaux vit cet enfer de la prison, la puanteur mais aussi la promiscuité, la solitude, l'enfermement, la peur, le bruit permanent, la cantine dégueulasse, l'horizon plus jamais accessible, un futur qui disparaît. Rosine a fait dire qu'elle ne voulait pas la voir. Clélia a renvoyé la gardienne fissa. Cette conne ne connaît pas son travail, « invitée » ou pas sur l'affaire, Clélia doit rendre un rapport, elle a droit à une visite obligatoire pour faire ce rapport et elle compte bien en profiter, voilà, donc elle revient avec Rosine, c'est tout. Putain, mais les gens ne peuvent pas faire leur travail correctement. Elle perd du temps. La porte s'ouvre. Enfin. Mais non, c'est le rouquin. Qu'est-ce qu'il vient foutre ici ? Il croit quoi ? Qu'il va la sauter dans le parloir ? Le parloir qui sent déjà le sexe interdit et fait à la va-vite, les larmes et le désespoir, super bien si on a les crocs mais là, non, vraiment, ce n'est pas le moment. Clélia est énervée, elle s'apprête à aboyer, quand même, cette odeur lui tape sur le système. Elle n'a pas le temps de dire quoi que ce soit, Maxime la devance.

— Nathalie Meyer. L'avocate de Rosine Delsaux, c'est Nathalie Meyer. Je me suis dit que vous aimeriez avoir la réponse avant de voir la détenue.

Bon, elle s'est trompée sur ses intentions, il est sympa en fait. Nathalie Meyer, la nouvelle, l'ambitieuse, elle n'a pas insisté, elle est repartie bredouille, elle va bâcler l'affaire, elle n'a pas encore vu le potentiel médiatique. Elle va laisser tomber Rosine et Lamier n'en fera qu'une bouchée aux assises, merde.

— Je peux te laisser mon numéro de téléphone ?

Clélia rigole intérieurement. Ah non, elle ne s'était pas complètement trompée sur ses intentions. En tout cas, le rouquin n'a pas froid aux yeux et il a pris un risque. Même si, de manière factuelle, Coste n'est pas son patron, usuellement, l'ancienneté fait office de grade. Un allié, c'est précieux, surtout dans une prison. Soudain, Maxime revêt un autre intérêt à ses yeux. Quand même, ELLE décide.

— Non. Je sais où te trouver.

Maxime s'en va, pas démonté pour un sou. Il y a des hommes comme ça. Des femmes aussi.

Finalement, Rosine arrive, accompagnée de la gardienne et menottée. Rosine a changé en quelques jours, elle est plus mince, son regard est plus grave mais paradoxalement plus clair que sur les photos. Il n'y a pas de trace de son désir de mort, sans doute une bosse cachée sous ses cheveux. Sa queue de cheval lui donne un air juvénile, on dirait qu'elle a quinze ans. Rosine n'a rien à faire en prison, Clélia sent ça. Rosine ne sent pas l'odeur de la prison, même s'il y a quelques gouttes de peur, cette fille sent l'eau de Cologne à la fleur d'oranger, cette fille sent la gentillesse, qu'est-ce qu'elle fait là ? C'est ça que Clélia veut savoir, qu'est-ce que cette femme fait en prison ? Et puis, soudain, Clélia se dit que de toute façon, Rosine est enfermée ailleurs, dans le rien qui a tué ses filles.

Rosine n'a plus ses lacets, ils ont respecté le code bleu, c'est déjà ça. En revanche, ils n'ont pas accédé à la demande de détention en isolement. La prison est surchargée et Clarence estime que rien ne justifie le placement en isolement. Quelle conne, elle croyait cette femme intelligente, mais non. Tout justifie l'isolement de Rosine. Elle n'a pas sa place ici, elle va en baver, en cinq secondes, elle va être broyée, et, même si elle ne se suicide pas avec ses lacets enlevés, cette fille est trop fragile. Elle va mourir de l'intérieur, être laminée, dévastée, c'est sûr. Elle n'a aucune arme pour se battre dans la jungle des codétenues, encore moins en tant que mère infanticide. Putain, si elle meurt ça va encore être de sa faute. Clélia se reprend mentalement ça va être de la faute de ces cons, décidément, elle déteste l'administration et ses procédures à la con.

— Enlevez-lui les menottes.
— Non.

Connasse, je vais te foutre mon poing dans la gueule si tu continues.

— Enlevez-lui les menottes.
— Non.
— Elle n'est pas dangereuse, enlevez-lui les menottes.
— C'est votre responsabilité.
— Quoi ?
— S'il arrive quelque chose c'est votre responsabilité.
— OK.
— OK.

Ah quand même. La gardienne enlève les menottes à Rosine et sort. Clélia et Rosine se retrouvent seules. Un ange passe. Alors, Clélia se met à parler. Elle parle sans discontinuer, ses yeux rivés sur ceux de Rosine. Elle lui explique ses droits, ses certitudes, que tout le monde ne devient pas criminel, que dans tout criminel il y a un enfant à entendre, qu'elle est humaine, que la monstruosité n'existe pas, que ce qu'elle a fait est monstrueux mais qu'elle ne peut pas être réduite à cet acte, qu'elle a le droit et même le devoir de comprendre pourquoi elle a fait ça, pour que ce qu'elle a fait serve, pour elle, pour les générations à venir, pour Christophe, pour qu'elle prenne la responsabilité de son acte, même s'il était pulsionnel. Et puis, Clélia questionne, interroge, interpelle Rosine. Elle a tué ses filles, c'est un fait mais pourquoi ? Elle ne veut pas savoir pourquoi ? Dans une histoire où il y a un meurtre, il y a toujours une histoire avant le meurtre. Elle a forcément vécu une tragédie elle-même. Ou ses parents ? Un destin pareil ne peut pas être le fait du hasard. Elle n'est pas devenue tueuse d'enfants en une seconde. Pourquoi ? Parce que Nicolas voulait réfléchir ? Ce n'est pas une raison suffisante pour tuer ses enfants. Personne ne tue ses deux petites filles pour un amant qui veut réfléchir. Ça n'existe pas. Pas plus qu'un gamin ne tue sa grand-mère pour cinq cents euros. Alors pourquoi ? Elle ne veut pas savoir pourquoi ? Clélia sait que Rosine aime ses filles, ça saute aux yeux, partout ça saute aux yeux. Alors pourquoi ?

— Je ne sais pas. Je ne sais pas pourquoi. Je les aimais tellement.

Clélia s'arrête, surprise elle-même. Ça y est, Rosine a entrouvert la porte et sa sincérité est évidente. Clélia avait raison et Isaac aussi, le « Il voulait partir. » n'était qu'un prétexte, une raison plaquée, un élément déclencheur tout au plus. Comme si cet aveu était déjà trop pour elle, Rosine se tait. Alors, Clélia reprend le mouvement de sa pensée et de ses mots. Elle entraîne Rosine avec elle. Elles vont trouver, elles vont trouver ensemble. Elles forment une équipe. Elles vont trouver et elles vont rendre justice aux filles pour que leur mort ne soit pas vaine. Y a-t-il un enfant mort dans la famille ? Est-ce que Rosine a vécu un drame ? Une agression ? Ses parents ?

Une histoire sordide dans un passé plus ou moins proche ? Une répétition ? Y a-t-il quelqu'un qui est mort noyé dans la famille dans le passé ? Elle sait bien que ça peut faire psychanalyse de bas étage, mais c'est une réalité, il y a des choses absolument surprenantes quand on cherche dans le passé, des phénomènes scientifiquement indémontrables mais empiriquement vérifiables de morts qui se répètent, ou d'accidents, ou de traumatismes, des répétitions incroyables, parfois des copier-coller sur plusieurs générations.

— Mais non, j'ai eu une enfance merveilleuse. Mes parents s'aimaient tellement. J'ai toujours été protégée de tout. Jusqu'à la mort de ma mère, l'année dernière, ça, ça a été dur. Mais j'ai tenu le coup, elle voulait que je tienne le coup. Elle disait : « Ce que femme veut, Dieu le veut. » Non. Rien. Je n'ai pas de raison d'avoir fait ce que j'ai fait.

Clélia note mentalement : déni.

Clélia sort de prison à la fois satisfaite et poisseuse. Satisfaite car elle sait qu'elle a établi un lien et poisseuse parce qu'elle sait que cette histoire va être glauque, qu'elle va trouver un truc sordide, et qu'elle a la sensation étrange qu'elle prend un risque, un risque personnel, et ça, ça ne lui arrive jamais. À moins que ce ne soit le regard de Coste qui la poursuit. Décidément, elle a besoin d'oublier un peu.

Cédric sonne à la porte de l'appartement de Clélia. Elle est nue sous son tee-shirt, un boxer short sous son jean. Les baies vitrées sont ouvertes sur les lumières de la nuit, l'air est moite, sexuel, la beauté de Clélia est ravageuse, mélange de pulsion vitale et de colère. La beauté fait des ravages quand elle est tempête. Clélia se fait chatte, elle attire Cédric à elle, elle sourit d'un sourire immense et lui prend la bouche. Il est bon, elle a envie de le mordre. Cédric s'écarte et sourit aussi, il est hilare, une lueur de gaîté folle dans son regard. Les clowns sont tristes. Cette pensée traverse Clélia. Cédric enchaîne.

— Comment tu as eu mon numéro de téléphone ?

— Je suis flic, je ne t'ai pas dit ?

— Non, tu ne m'as rien dit.

— Tu t'appelles Cédric Adamo, tu as quarante ans, tu as quatre enfants, ça tu me l'as dit, dont deux que tu ne vois plus depuis un divorce déplorable. Tu es né en Côte d'Ivoire, tu es arrivé en France vers six ans, tu as six frères et sœurs, tu es infidèle et un bon père, pour ceux que tu vois. Tu pourrais être violent, tu l'as été deux fois, des bagarres avec ton ex-femme, je me dis que c'est pour ça que tu ne vois plus tes deux grands enfants, pour éviter de te confronter à elle. Tu voudrais la tuer ? Tu es comédien, ça tu me l'as dit aussi, plutôt de théâtre, tu es bon. Tu rêves d'écrire. Tu aimes la photo. Tu voudrais réaliser un film. Tu regardes régulièrement du porno mais tu préfères globalement pratiquer.

— Arrête, tu me fous les jetons.

— J'en ai encore sous le pied.

— Oh putain.

Ils rient, il l'attrape par la taille, Cédric se fout de tout ça, c'est un funambule, un clown, triste ou pas, il aime la vie et les surprises et il aime faire l'amour et il est là pour ça. Il l'embrasse, leurs peaux se répondent, ce n'est pas si souvent et Clélia se laisse faire, elle pense que c'est l'effet des phéromones, mais aussi, lui, sa joie, sa force, ses mains qui vibrent sur ses reins.

— Tu t'appelles comment ?

— Clélia.

— Je vais te faire jouir Clélia.

Elle devrait détester cette phrase mais là, elle ne veut que ça, qu'il la lèche, qu'il la baise et qu'il la fasse jouir.

— Je ne suis pas flic, pas vraiment.

Il lui enlève son tee-shirt, lui caresse les tétons, déboutonne son jean, glisse sa main dans sa culotte, elle mouille. Il lui caresse doucement le clitoris, il enfonce son doigt, il remonte et lui caresse le clitoris encore, elle est contre le mur de son appartement, debout. Soudain, elle ne pense plus à rien. Elle jouit.

Clélia interroge Nicolas Vagabond chez lui. Il est en jogging. Son studio sent le renfermé, les hormones et la peur. Il est encore sous le choc. Clélia pense qu'il se sent coupable aussi. Nicolas a un peu l'impression d'avoir tué ces petites filles, même et justement parce qu'il s'en défend. Non, il n'a jamais dit qu'il voulait quitter Rosine à cause des filles. Il n'a même pas dit qu'il voulait la quitter, il a dit qu'il voulait réfléchir. Il voulait réfléchir avant de s'engager. Être le beau-père de deux petites filles, il n'avait pas inscrit ça à son programme. Leur histoire a été si vite. Au bout de deux mois, ils se voyaient tous les jours. Oui, c'est vrai, il avait dans l'idée de la quitter en douceur mais il ne le lui a pas dit, il lui a dit qu'il voulait réfléchir. Elle lui a répondu : « C'est pas grave. » Elle lui a dit deux fois d'ailleurs, une fois dans le salon et une autre fois dans la salle de bain, quand il a insisté sur le fait qu'il avait juste dit qu'il voulait réfléchir, elle a répété : « C'est pas grave. » Il s'est même dit qu'il allait vraiment réfléchir en fait, qu'il n'était pas si sûr de la quitter, qu'il l'aimait beaucoup, et les filles aussi, qu'il allait rester. Oui, elle a pu penser qu'il allait la quitter mais non, il ne l'a pas dit. Comment elle était avec ses filles ? Adorable, Rosine était adorable, elle était adorable avec tout le monde. En fait, elle était maternelle avec tout le monde. Elle voulait toujours que tout se passe bien. Clélia sort son petit carnet. Ça ne le dérange pas si elle prend quelques notes ? Non. Clélia note : « Mère surprotectrice ? » « Inversion du rapport aux autres. » « Besoin d'être aimée. » Oui, elle était aux petits soins avec lui. Elle lui envoyait au moins quinze textos par jour, des textos d'amour, de sexe, de quotidien. C'était étrange, elle était très attentionnée, elle lui faisait des cadeaux, comme s'ils étaient au tout début de leur rencontre et en même temps, elle lui apportait la rassurance des habitudes et du quotidien comme s'ils étaient ensemble depuis plusieurs années. Clélia note : « Dépendance affective. » En fait, ils étaient ensemble depuis quelques mois, dix mois exactement. La sexualité ? Très bien. Elle était plutôt demandeuse. Elle lui faisait plaisir. C'est ça qui était top avec elle, elle était maternelle et en même temps sexy. Est-ce qu'il cherche une mère ? Non, surtout pas, il a déjà assez de sa mère, qui l'appelle pour un oui ou pour un non, même s'il l'adore. Clélia note : « Cherche une mère mais ne le sait pas. » La première chose qui lui vient quand il pense à elle ? Son sourire. Rosine souriait tout le temps. Rosine s'occupait de tout le monde et elle souriait tout le temps. Non, rien n'aurait pu le laisser prévoir qu'elle puisse faire une chose pareille. Mais, comme il l'a déjà dit, ils n'étaient ensemble que depuis dix mois. Au fond, il la connaissait à peine. Elle était bien plus proche de Christophe, son ex-mari, que de lui.

Chez lui, Christophe est effondré. Il a perdu ses filles. Il s'en veut de tout, de n'avoir rien vu, de n'avoir pas empêché, d'être parti. Clélia garde ses distances, l'excès de culpabilité, ça l'agace. Elle regarde les photos de famille sur l'ordinateur de Christophe : Christophe, Rosine et leurs filles, toute la famille avec les parents de Rosine, Élisabeth et Claude, Christophe et ses filles. Il y a des vidéos aussi. Elle transfère tout sur un disque dur.

— Je sais que je ne suis pas coupable, mais je me sens responsable. J'étais le plus proche d'elle. Après sa mère.

En tout cas, il est honnête. Clélia se dit qu'elle doit questionner le lien de Rosine avec sa mère.

— J'ai tout revu dans tous les sens. Je ne comprends pas. J'ai lu sur internet... Vous croyez que c'est un acte psychotique ?

Soudain, Clélia s'anime. Non, ce n'est pas un acte psychotique, pas au sens classique. Peut-être une décompensation. Mais de quoi ? Rosine n'avait pas de problème, elle était la gentillesse et la joie de vivre incarnées. Même à la mort de sa mère, elle était là pour lui, pour son père, pour les soutenir. Alors que sa mère était tout pour Rosine. « Le plus proche d'elle. Après sa mère. » « Alors que sa mère était tout pour Rosine. » Clélia note dans son carnet : « Lien fusionnel à la mère ». Pourquoi est-il parti alors ?

— On s'est rencontrés, on avait dix-neuf ans. Elle était ma première et j'étais son premier. Elle me disait : « On est comme mes parents. Ils sont ensemble depuis cinquante ans. On va rester cinquante ans ensemble. Ou plus. » Et elle riait. Je suis parti pour une passade, il y a deux ans, parce que je voulais connaître autre chose. C'est la pire connerie que j'ai faite. Après notre divorce, on est restés très amis, je voulais... Elle est la femme de ma vie vous savez. Je l'aime. Même aujourd'hui. Je suis allé à l'hôpital et puis à la prison. Elle ne veut pas me voir. Elle ne répond pas à mes mails. Elle m'a juste fait dire qu'elle était d'accord pour l'incinération.

Sa voix se brise dans les morceaux épars de son cœur. Clélia note : « Dépendance affective de l'ex-mari. » Et comme mère ? Rosine était la meilleure des mères. Elle adorait ses filles, elles étaient « la prunelle de ses yeux ». La prunelle de ses yeux ? Clélia n'aime pas cette expression. Depuis quand un enfant est-il un organe parental ? Un enfant ne devrait jamais être une excroissance du parent. Elle note : « Fusion. » « Dévoration. » Elle enchaîne en montrant les photos, pourquoi pas ses parents à lui ?

— Mon père est mort, ma mère, je ne la vois plus, elle était, elle est... C'est une grande perverse. On était très proches des parents de Rosine, c'était bien comme ça, ça suffisait.

Clélia note : « L'ex-mari a un problème de "mère". » Les couples ne se forment pas par hasard contrairement à ce que tout le monde croit. Pour Clélia, l'amour, c'est la rencontre de deux névroses qui s'emboitent. Celle de Christophe répond à celle de Rosine et réciproquement, un problème de mère donc, forcément remarque, assez cohérent vu que le crime est un infanticide.

Au cimetière du Père-Lachaise, Clélia est en avance pour l'incinération de Manon et de Chloé. Il est dix heures et la cérémonie est à onze heures. Il fait beau, le ciel est bleu azur et l'air est doux, on entend la brise du vent dans les feuilles des arbres. Elle se dit que c'est un beau jour pour partir. Elle se dit qu'elle aime bien les cimetières et celui-là en particulier, son relief accidenté, sa nature éparse et sauvage, son nom, le Père-Lachaise. Elle ne peut pas s'empêcher de faire un lien, Christophe et Rosine voulaient absolument que les filles soient incinérées au Père-Lachaise et dans Père-Lachaise, il y a père. Clélia se dit que ça ne veut pas dire grand-chose en fait. Parfois, son esprit fait des associations d'idées à tout-va et certaines sont inutiles. Cela dit, une autre se fait jour, une association qui, elle, a un sens, quelque chose tout près mais qui ne lui revient pas immédiatement. Clélia cherche dans sa mémoire. Elle passe en revue tout ce qu'elle a « photographié », des bouts de phrase, des mots : « atroces souffrances » « six minutes » « je t'aime maman » « dix-sept juin ». Voilà, c'est ça. Nous sommes le dix-sept juin et la mère de Rosine, la grand-mère des filles est morte le dix-sept juin de l'année dernière, un an pile de date à date. Ça, ça raconte quelque chose. Les concordances de dates racontent toujours quelque chose. Ça en aurait raconté plus si elles étaient mortes à la même date, comme un sacrifice, une loyauté. Là, c'est vrai que le hasard s'en est peut-être mêlé, avec les délais d'autopsie notamment. Quand même, elle note mentalement : de mères en filles, loyauté. Soudain, Clélia pense à sa grand-mère. Sa grand-mère était la mère de sa mère et elle s'appelait Yvette, quel drôle de nom Yvette, un nom de femme tiré d'un nom d'homme, une sacrée bonne femme qui lui a servi de père et de mère remarque, alors le prénom, ça valait la peine. Clélia a de la peine encore aujourd'hui quand elle pense qu'elle ne la reverra plus jamais. Ça fait pourtant plus de dix ans maintenant, c'était juste avant Daniel Varennes, et Isaac. Clélia se laisse caresser par un rayon de soleil sur le haut de son bras, son débardeur laisse voir la pointe de ses seins, elle ne porte pas de soutien-gorge. Elle ferme les yeux un instant, elle se demande ce qui serait arrivé si elle n'avait pas rencontré Isaac, ce qui arriverait si leur secret était révélé. Soudain, malgré le soleil, elle a froid. Elle ne veut pas y penser mais, pour ce qui est des dates, Daniel Varennes sort de prison le quinze octobre de cette année et cette fois, Isaac ne peut rien y changer. Il a fait son maximum et Daniel Varennes, même avec son comportement exemplaire, a vu toutes ses demandes de liberté conditionnelle rejetées. Il a purgé la totalité de sa peine, dix ans, de date à date. Clélia remet son blouson de cuir.

Christophe arrive le premier, en jean et en chemise blanche, il a décidé de sourire à l'adversité. Elle se demande comment il tient. Finalement, elle éprouve une certaine sympathie pour cet homme qui cherche à comprendre et qui ne cède pas à la facilité de la haine. Quelques personnes le rejoignent, le serrent dans leurs bras. Échange de larmes. Clélia peut presque lire sur leurs lèvres : « Ce n'est pas possible. » Ce n'est pas possible, elle sait bien que ce sera la phrase récurrente de la journée et que, dans l'entourage de Rosine, elle restera dans l'air pour un moment. Et pourtant, si, c'est possible, la preuve. Isaac arrive tôt lui aussi, impeccable dans son costume bleu marine. Ça ne l'étonne pas qu'il soit venu même s'ils ne se sont pas consultés. Il est comme ça et puis, c'est son travail à lui aussi de venir, de voir, de sentir, de repérer les liens invisibles qui se connectent dans ces moments d'émotions exacerbées. Il écrit un texto. Le téléphone de Clélia vibre.

Tu es où ?
J'arrive.

Clélia reconnaît Claude, le père de Rosine. De loin, elle ne « sent » pas cet homme. Elle n'est sans doute pas objective, elle sait qu'il est la seule personne que Rosine réclame et il refuse d'aller la voir, elle n'aime pas ça, ce jugement avant la justice. Elle s'oblige à un peu de compassion : cet homme a perdu sa femme et ses deux petites-filles, en un an. Il va aller fleurir la tombe de sa femme au cimetière Montparnasse en sortant si ça se trouve. Ce qu'il vit est inimaginable. Parfois, la blessure rend antipathique. Christophe et Claude se saluent mais sans plus. Clélia se dit qu'elle doit en parler à Christophe, le rapport entre les deux hommes ne ressemble pas à celui qui transparaît sur les photos de famille : même sur celles d'après le divorce, Christophe est proche de ses beaux-parents. Clélia note mentalement qu'elle n'a pas vu de photos de famille depuis un an. Elle se demande si Élisabeth, la mère de Rosine, était le ciment de la famille. Un groupe de femmes arrive, en larmes, Clélia reconnaît les collègues de Rosine, Clarisse Cora, la directrice de la PMI prend les choses en main, elle distribue des tournesols aux autres, c'est bien comme choix, les tournesols, pour deux petites filles. Clélia reconnaît d'autres visages aussi, des visages qu'elle a vus sur le film d'anniversaire de Manon ou sur Facebook. Peu à peu, le parvis du funérarium se remplit de monde, des hommes et des femmes qu'elle reconnaît ou pas, et puis des enfants, les amis des petites filles sans aucun doute, une foule colorée, qui pourrait presque paraître joyeuse de loin. Clélia sait qu'il n'en est rien mais les enfants sont les enfants, ils vivent dans le présent et certains se courent après comme dans une cour d'école. Elle sourit. Elle reconnaît Nicolas Vagabond, à l'écart, visiblement mal à l'aise. Christophe se déplace et le rassure. Il est parfait ce Christophe, un peu trop ? La perfection apparente cache souvent des zones d'ombre. Clélia reprend une vue de haut et se perd dans la contemplation de ce tableau. Il y a du monde, Rosine était une femme appréciée, même si aujourd'hui, ces gens sont là pour Christophe et les filles et certainement pas pour elle à quelques exceptions près, mais il y a du monde. Clélia se dit que c'est bien. Parfois, il n'y a personne. Parfois, aussi, il y a énormément de monde alors que dans la vie, la personne défunte était seule ou se sentait seule. Là, il semble que la mort des petites filles ressemble à ce qu'était leur vie, pleine d'amour. Comment Rosine a-t-elle pu contredire à ce point ce qui apparaissait comme une vie « parfaite » ? Clélia voit arriver Nadine Valmont, elle sait maintenant qu'elle est la meilleure amie de Rosine, sa plus ancienne amie, la marraine de Manon, Rosine a dit « comme une sœur ». Clélia note mentalement : une histoire de sœur ? Nadine ressemble à son profil Facebook mais avec un air infiniment triste. D'autres gens arrivent encore, ils sont tous habillés en couleur, Clélia sait que c'est un souhait de Christophe et de Rosine, c'est bien, c'est gai, ça allège. Tout le monde est là. Tout le monde est là ? Non, il manque une personne. Il manque Rosine. Rosine arrive en fourgon blindé justement, elle a eu une permission spéciale. Le fourgon s'arrête devant les marches qui montent au funérarium. Le silence se fait. Sans que personne le leur dise, les enfants arrêtent de courir. Rosine sort du fourgon, elle est gracile dans son jean et son chemisier blanc. Elle flotte, au sens propre et au sens figuré, elle est bourrée de calmants, ça se voit jusqu'ici. Le ciel est toujours limpide et pourtant, un nuage assombrit les visages. Instinctivement, la foule se recule, les épaules se voûtent, les regards se détournent. Rosine est menottée. Elle manque de tomber. Une gardienne la remet debout, un peu fort. Il y a un temps en suspens. Rosine cherche quelqu'un des yeux. Elle avance vers le funérarium. Christophe veut la rejoindre, elle se détourne, il s'arrête. Rosine monte les marches, elle cherche toujours quelqu'un du regard. Elle croise celui de Nicolas. Elle cherche encore, et elle trouve. Elle s'arrête, elle regarde son père. C'est lui qu'elle cherchait. Elle articule quelque chose comme, « Je suis désolée ». Claude détourne le regard. Rosine baisse la tête, elle entre dans le funérarium, menottée, encadrée des deux gardiennes, seule.

Le téléphone de Clélia vibre, c'est Isaac.

Qu'est-ce que tu fais ?
Je suis là. J'arrive.

Clélia descend de son poste d'observation, elle va rejoindre Isaac et assister à la cérémonie, travailler et dire au revoir à ces deux petites filles qu'elle n'a pas connues, qu'elle a pourtant l'impression de connaître. En même temps qu'elle rejoint Isaac, elle voit arriver Samuel. Samuel ? Qu'est-ce qu'il fait là ? Elle n'a jamais vu un flic à un enterrement quand l'affaire est bouclée.

Le funérarium est plein à craquer. Les cercueils des petites filles sont exposés au milieu de l'allée centrale. Clélia ne se fera jamais à la taille des cercueils d'enfant, chaque fois, ça lui fait un choc. Il faut dire que personne n'est préparé à ça, à la mort d'un enfant. Les enfants ne devraient pas mourir. Sur les cercueils, il y a des photos de Manon et Chloé en vie, tellement pleines de vie. À droite de l'allée, toute seule au premier rang, toujours menottée et encadrée par les gardiennes, Rosine fixe le mur, droit devant elle. Les deux rangs derrière elle sont vides alors qu'il y a des gens debout au fond. L'infanticide est-il contagieux ? Christophe hésite, il ne sait pas de quel côté se mettre. Il voudrait rejoindre Rosine, mais elle ne le regarde pas. Alors, il rejoint Claude qui est déjà assis à gauche. Les enfants présents tiennent tous une longue bougie blanche, comme des cierges, dans leurs mains. La *Sonate au clair de lune* de Beethoven résonne. Des adultes allument les bougies. Il y a un brouhaha, le temps que toutes les bougies projettent leur flamme en ombre portée sur les murs du funérarium. C'est beau. Clélia est sensible à cette image. Elle s'est mise au fond au milieu, histoire d'avoir une vue d'ensemble. Isaac et Samuel sont à côté d'elle. Le responsable du funérarium lance un diaporama, des photos des filles défilent sur un écran, des photos dont Rosine est exclue. Clélia se demande en quoi le crime efface le bonheur précédent ? En quoi être une mère infanticide raye Rosine de la carte des mères ? Clélia regarde Rosine qui vacille, prête à tomber. Elle cherche encore son père des yeux, sans succès. Dans le cas de Rosine, être mère infanticide la raye aussi de la carte des filles. Clélia sent une animosité monter en elle. Elle se raisonne, cet homme a perdu ses deux petites-filles. Oui, mais Christophe a perdu ses deux filles. Qu'est-ce qui fait la différence ? Pourquoi l'un rejette tandis que l'autre continue d'aimer ? Et pourquoi Rosine veut-elle absolument le pardon de son père alors que celui de Christophe lui est acquis ? Pourquoi chercher l'approbation qu'on n'a pas plutôt que la consolation qu'on nous donne ? Une petite fille vient devant pour lire un poème. Elle lit « Le Dormeur du val » d'Arthur Rimbaud. Un infanticide serait une guerre ? Christophe dit quelques mots. Il remercie tous ceux qui sont présents. Il dit son amour pour ses filles. Il dit qu'elles sont ensemble, qu'il ne peut en être autrement. Clélia note l'importance de la sororité, l'importance qu'elles soient ensemble, ça a déjà été dit, ou elle l'a rêvé ? Clélia aurait bien aimé avoir une sœur ou un frère à la mort de sa grand-mère. Clélia se perd un instant dans ses pensées. Elle est ramenée à la réalité quand soudain, contre toute attente, *Billie Jean* de Michael Jackson retentit dans le funérarium. C'est inattendu, joyeux. D'un coup, quelque chose respire. La mort est-elle forcément triste ? La chanson se termine, c'est le moment des adieux. Christophe rejoint Rosine, il voudrait la prendre dans ses bras. Bien sûr, il ne peut pas, les gardiennes y veillent, c'est leur job, de l'empêcher de fuir mais aussi de la protéger, n'importe quel homme voudrait la tuer. Alors, Christophe reste là, il regarde Rosine droit dans les yeux, il ne veut pas la tuer, il veut qu'elle vive. Il veut comprendre. Il la regarde dans les yeux et la foule baisse les yeux comme si la vision de ce couple allait contre toute décence. Elle a tué ses filles, quand même. Clélia les regarde. Jusqu'où peut aller l'amour ? En les regardant, Isaac pense fugacement aux parents de Clélia, lui aussi se demande jusqu'où peut aller l'amour ? Celui pour son conjoint. Celui pour ses enfants. Et quand l'un doit être sacrifié ? Tout est silencieux. Christophe lâche Rosine du regard, il sait qu'elle va le suivre, il sait que c'est important qu'elle leur dise au revoir maintenant, vraiment, avec lui. Il se dirige vers les cercueils. Effectivement, Rosine le suit, menottée, les gardiennes juste derrière elle. Elle pose les mains sur le cercueil de Manon, elle sursaute au bruit des menottes sur le bois. La foule est immobile, suspendue à cet instant qui ne devrait pas être. Rosine cherche à nouveau son père des yeux et, cette fois, Claude la fixe. Son regard est dur, implacable, elle a tué ses petites-filles, c'est elle qui devrait être entre quatre planches. Rosine baisse les yeux, elle doit céder la place, il ne viendra pas la consoler, la consoler de quoi d'ailleurs ? Rosine est inconsolable parce qu'elle n'a pas le droit d'être triste, elle est la coupable, celle par qui le malheur est arrivé, elle ne va pas en plus se plaindre. Rosine entend, comprend, cède la place, elle s'en va. Clélia remarque qu'elle ne s'est pas recueillie sur le cercueil de Chloé, la plus petite, celle qu'elle a tuée en premier. Elle note mentalement : la question de l'aînée ? Ou simplement la pression de la violence du regard de son père, un oubli, l'oubli de soi. Si c'est ça, Clélia prie pour que Rosine s'en rende compte et prenne le temps de dire au revoir à Chloé aussi, il n'y aura qu'une seule fois, certaines choses ne se rattrapent pas. Comme si elle l'avait entendue, Rosine se retourne et effleure le cercueil de Chloé, elle reste un instant, ne cède pas la place tout de suite, ma petite fille, pardon. Et puis, cette fois oui, elle s'en va. Elle sent le regard de son père mais aussi celui de tous les autres ou presque, elle n'a rien à faire ici. Pour un peu, elle serait d'accord avec eux. Rosine remonte l'allée centrale. Christophe reste à côté des cercueils. Claude se lève et dépose une rose blanche sur chaque cercueil. La porte du funérarium se referme sur Rosine.

Devant le funérarium, Clélia attend que les dernières personnes s'en aillent. Elle veut parler à Christophe, elle veut comprendre pourquoi il est comme ça. Il est tout trop, trop gentil, trop aimant, trop parfait. Elle allume une cigarette. Merde, ça fait dix ans qu'elle avait arrêté. Elle tire trois taffes et l'écrase. Elle hésite une seconde et jette son paquet à la poubelle, elle soupire, cette histoire va lui coûter aussi cher que les taxis. Christophe s'approche d'elle.

— Merci d'être venue.
— C'est mon travail.
— Oui, pardon.
— Non, non, en même temps, je voulais montrer à Rosine que j'étais là.
— Je suis sûre que ça l'a touchée.

— Que je sois là pour elle, c'est normal, que vous, vous soyez là pour elle, ça l'est beaucoup moins.

— …

— Elle a tué vos filles quand même.

— Et alors, vous croyez que la haïr va les ramener ?

Un point pour lui. Il est peut-être vraiment parfait. Non, ce n'est pas possible, on n'épouse pas une femme qui a le potentiel d'une mère infanticide pour rien. Rosine a exprimé quelque chose pour eux deux, tout se fait toujours à deux, les enfants et le reste, même les morts, volontaires ou non, a fortiori celles-ci.

— Qu'est-ce que vous reprochez à votre ex-beau-père ?

— Rien.

— Je vous en prie.

— Il voudrait que Rosine meure, qu'elle soit châtiée. C'est vrai qu'il adorait ses petites-filles, mais… Il devrait être là pour sa fille non ?

— Il était là avant ? Pour elle ?

Christophe réfléchit un peu trop, il ne s'était sans doute jamais posé la question, mais quand même, il réfléchit un peu trop.

— Oui, enfin, je crois, Rosine a toujours été très proche de sa mère, je vous l'ai dit, moins de son père. Rosine s'est beaucoup rapprochée de son père cette année.

— Et vous ?

— Moi ?

— Oui, vous vous entendiez comment avec vos beaux-parents ?

— Très bien, ils étaient ma famille, même après le divorce d'ailleurs, ils ne m'en ont jamais voulu. J'étais moi aussi très proche d'Élisabeth. C'est vrai que depuis qu'elle n'est plus là, ce n'est pas pareil. Mais... Je trouve que depuis un an, Claude est devenu dur avec Rosine, alors qu'elle fait tout son possible pour lui. J'en ai parlé à Rosine d'ailleurs. Et là... Je trouve que son attitude n'est pas juste pour elle... Elle a besoin de son aide.

Ça se tient.

— Pourquoi avez-vous vendu votre entreprise de bâtiment ?

Christophe est surpris par la question.

— Pour être disponible pour mes filles, si Rosine acceptait la garde alternée. Je voulais aussi être disponible pour elle, je crois.

— Vous vouliez aller devant un tribunal ?

— Non, je ne l'aurais jamais obligée, je lui en avais parlé, elle m'avait dit qu'elle allait y réfléchir. En fait, on n'en a jamais reparlé.

Il laisse un silence que Clélia saisit.

— Oui ?

— Je crois qu'elle n'aurait jamais accepté, les filles étaient la prunelle de ses yeux.

Encore cette histoire de prunelles. Soudain, Clélia fait une association d'idée, deux filles, deux prunelles, deux yeux, l'aveuglement. Qu'est-ce que Rosine n'a pas voulu voir ? En elle ? Elle va creuser cette histoire de garde alternée aussi. Est-ce que Rosine a eu peur ? De perdre ses filles ? Elle les aurait tuées pour que personne ne les ait ? C'est tiré par les cheveux quand même. Ça ne ressemble pas à Rosine, ni à Christophe d'ailleurs, il a raison, il ne les lui aurait jamais enlevées de force.

— Ça n'a pas de sens. Pourquoi elle a fait ça ? Elle les aimait tellement. Elle a peut-être disjoncté ? Je ne sais pas. Mais je sais que Rosine n'est pas une criminelle. Même avec ce qu'elle a fait, sa place n'est pas en prison.

Dans la cour de la prison, Rosine est assise sur un banc, seule, à l'ombre du haut mur du mirador avec, au-dessus de sa tête, les barbelés. Sous le regard des gardiennes, les prisonnières vivent leur vie pendant ces quelques minutes de liberté relative, les seules en tout cas pendant lesquelles elles peuvent voir le ciel sans barreau. La prison de Fleury-Merogis est mixte mais les unités sont séparées et les horaires de promenade aussi, évidemment, on ne mélange pas les hommes et les femmes. Certaines prisonnières parlent, d'autres jouent au ballon, d'autres encore marchent et d'autres font leur cantine. Soudain, en une fraction de seconde, des prisonnières fondent sur Rosine, l'entourent, la cachent un instant, puis se dispersent, aussi vite qu'elles se sont regroupées. Rosine hurle. Elle se lève, hagarde, paniquée. Ses cheveux sont en feu. Les gardiennes se précipitent sur elle.

Dans son bureau, Isaac est au téléphone avec Milwood.

— Tu me la mets en isolement.

— Impossible.

— Tu sais bien qu'avec le traitement réservé aux tueurs d'enfants, elle ne fera pas six mois. On en a déjà parlé. En moins d'une semaine tu vois ce qui est arrivé. Tu me la mets en isolement.

— Non, je jongle avec les plannings, la prison est surchargée. Impossible, je te dis.

Isaac réfléchit une fraction de seconde.

— Tu me la mets en isolement et je laisse tomber l'enquête sur le suicide de Préjean.

— Delcourt, tu sais bien que je n'y suis pour rien.

— J'avais demandé un code bleu dès qu'il est sorti du box à la fin de l'audience, il n'était pas encore dans le fourgon. J'avais demandé un code bleu et tu le sais.

— Oui, je sais, mais on est en sous-effectif…

— Je te colle l'inspection sur le dos et tu sautes.

— OK, je la mets en isolement.

Isaac raccroche, énervé. Un mort pour un vivant. C'est ça la justice ? Au fond, il est d'accord avec Clélia, il n'y aura pas eu de justice pour Damien Préjean.

Au Café des Anges, Clélia appelle Clarence. Elle la pourrit par répondeur interposé, ils lui avaient dit qu'il fallait la mettre en isolement, elle est comme les autres, elle ne peut compter sur personne, en fait, c'est de sa faute si Damien est mort et ça aurait été de la sienne si Rosine avait fini brûlée vive, à moins que ça ne l'arrange finalement, ça résout son problème de surpopulation, n'est-ce pas ? Elle raccroche.

— Rico, un autre.

Clélia avale un whisky cul sec, il est quatorze heures, c'est trop tôt.

— Putain, mais ils me font tous chier.

Son téléphone sonne, c'est Isaac.

— Oui.
— Clélia, tu arrêtes, immédiatement.
— Quoi ?
— Tu arrêtes ce que tu es en train de faire, la cigarette, l'alcool, les beuglements, les insultes, le langage ordurier, tu arrêtes. Tu arrêtes de te mettre à dos tout le monde. Tu arrêtes. Tu arrêtes et tu retournes travailler.
— Mais…

— Il n'y a pas de mais, si tu continues comme ça, ça va mal finir, tu le sais.
— Isaac...
— Il n'y a pas d'Isaac, tu arrêtes. Stop. Tu retournes travailler.
— C'est Clarence qui t'a appelé ?
— Clélia, tu arrêtes d'accord. Tu arrêtes et tu retournes travailler. OK.
— OK.

Clélia raccroche, elle tremble à l'intérieur, elle voudrait bien commander un autre whisky mais non, elle sait qu'il a raison, elle le sait. Elle sort, elle jette un paquet de cigarettes quasiment plein à la poubelle. Elle hèle un taxi. Elle s'assoit à l'arrière, direction Fleury-Merogis. Elle respire. Merde, elle n'a pas parlé de cette histoire de taxi avec Isaac. Bon, ce n'était peut-être pas le moment. Clélia sourit intérieurement.

Au parloir, Clélia attend Rosine. Rosine arrive. Dès qu'elle la voit, Clélia se lève, la gardienne ferme la porte. Clélia se rassoit, Rosine s'assoit en face d'elle. Elle a soudain les yeux pleins de larmes. Toutes ces larmes qu'elle n'a pas versées, enfouies dans son cœur à double tour sinon elle en meurt, elles tombent là, soudain, en silence, le chagrin, la peur et autre chose aussi, le fait de savoir qu'elle peut compter sur quelqu'un. Oui, elle peut compter sur quelqu'un, Clélia est là, elle peut compter sur elle et ça la fait défaillir. Rosine a failli dire non, elle a failli dire je ne veux pas la voir, une manière de dire, je mérite ce qui m'arrive, je ne vaux pas mieux. Dans un sursaut de survie, elle a dit oui, elle a dit oui et elle pleure de ça aussi. Elle va vivre alors ? Elle va vivre avec son crâne brûlé et ses filles tuées, elle va vivre. Si elle avait dû mourir, ça aurait déjà été fait. Clélia entend tout ça, elle sait, au fond d'elle-même, ce qui se trame, et ce qui se trame, c'est un choix au plus profond de Rosine. Elle laisse l'orage passer, sans rien dire. Et puis, l'orage s'apaise, Rosine relève la tête.

— Je suis désolée.
— Il ne faut pas.
— Merci. Merci d'être venue. Et merci d'être venue à l'incinération.
— C'est normal.
— C'est votre travail.
— Oui, aussi.

Oui, c'est aussi son travail, Clélia a besoin de Rosine pour avancer dans son enquête, en venant, elle veut continuer à instaurer un rapport de confiance mais, en toute sincérité, elle voulait aussi lui dire qu'elle était là, elle, « on est responsable de ceux qu'on apprivoise ». Il y a autre chose aussi, Clélia avait besoin de voir Rosine. Pourquoi ? Elle ne sait pas, c'est comme ça, Rosine la touche. Les larmes de Rosine se sont tues, il reste le brillant dans ses yeux. Clélia la regarde, un pansement lui recouvre tout le crâne. Elle a eu de la chance, une gardienne a eu le réflexe de lui couvrir la tête avec sa veste, ça a étouffé le feu. Rosine a perdu ses cheveux mais pas la vie. Les brûlures au premier degré vont guérir, elles ne se verront pas, à part une trace peut-être, comme une larme le long de sa joue droite, la trace de son chagrin et de son geste fou, imprimée dans sa chair. À part cette trace, le visage de Rosine est intact et il est ouvert, clair, lumineux. C'est étrange, c'est comme si Rosine s'allégeait avec la souffrance. Clélia pense tout ça en vrac. Rosine la regarde avec des yeux francs, elle ne s'excuse pas, elle souffle.

— Je suis désolée, je ne sais pas si je vais être très utile.
— On n'est pas obligées de parler.

Rosine a l'air épuisée, sur le point de se briser.

— Retourne te reposer, on se voit plus tard. On peut se tutoyer ?
— Oui, pas de souci. Je suis désolée, je voudrais aider.
— Il ne faut pas, vraiment. Je peux avancer avec tout ce qu'on s'est dit la dernière fois. Allez, file.

Clélia se lève et Rosine aussi, presque désincarnée tellement elle est mince, Clélia appelle la gardienne.

— Évite les allumettes la prochaine fois que tu sors.

Merde, humour de merde, heureusement qu'elle n'a pas ajouté, mets la tête dans l'eau plutôt, comme elle avait envie de le faire. Fuck, Clélia ne veut pas blesser Rosine. Mais non, Rosine sourit et répond sur le même ton.

— En tout cas maintenant j'ai la cour pour moi toute seule. Ça a du bon.

Clélia sourit aussi, en plus elle a de l'humour, oui, elle l'aime bien. Rosine sort, elle se retourne.

— Merci.

La porte du parloir se referme. Clélia sort à son tour. Elle était déjà décidée avant mais là, sa détermination est encore plus grande, elle va aider Rosine, elle va comprendre. Elle va trouver, savoir, crier au monde, ce qui l'a amenée là, en prison après avoir tué ses filles. Sur le chemin de la sortie, Clélia se retient de demander à voir Clarence, elle voudrait lui dire ce qu'elle pense de la délation, elle se retient très fort, elle sait que ça va jouer contre elle, contre Rosine, et pour une fois, elle fait passer son besoin d'avoir des résultats avant son besoin d'avoir raison. Elle fait passer son enquête avant elle. C'est elle qui pourrait dire merci.

À la terrasse d'un café, Clélia commande un café, elle a failli dire une bière, il est dix-huit heures, c'est l'heure, mais elle s'est reprise, elle bosse, Isaac a dit stop. Elle sort son petit carnet qui commence à être bien rempli, de mots, de phrases, d'hypothèses et même de dessins, des prénoms reliés entre eux, des flèches, comme pour résoudre une énigme, exactement comme dans les séries policières. Clélia sourit, elle est fan de séries policières depuis toujours. Elle, elle ne relit que rarement ses notes mais ça l'aide de les fixer sur le papier. Elle a bien bossé depuis deux jours, elle a vu le « premier cercle » des connaissances de Rosine, Rosine lui avait fait une liste la première fois qu'elle se sont vues. Ce sont surtout des femmes, quelques connaissances de son BTS de comptabilité, des anciennes collègues assistantes de direction du groupe Accor, le premier job de Rosine, toute l'équipe de la PMI d'Aubervilliers et des mères, les mères des copines de Manon et Chloé. Elle a même croisé les deux prétendants de Rosine, les deux hommes apparus sur son mur Facebook entre Christophe et Nicolas, qui n'étaient, effectivement, que des prétendants. Rosine est une amoureuse. Il ne manque plus que Nadine Valmont qu'elle attend justement. Clélia note sur son carnet ce qu'elle a pensé en voyant Nadine arriver le jour de l'incinération : « Comme une sœur. » « Une histoire de sœurs ? » Elle laisse son esprit divaguer. Tous ont décrit Rosine comme une femme bien dans sa peau et de très bonne compagnie. « Elle était la joie de vivre incarnée. » « toujours le sourire » « hyper attentionnée » « gentille » « très proche de ses filles » « toujours prête à rendre service » « très sociable » « Elle était à l'aise avec tout le monde. » « prévenante » « à l'écoute » « sachant parler aux gens, aux autres mères et aux enfants » « Elle avait un don pour comprendre les enfants. » « très appréciée des enfants, adorée par ses filles » « drôle » « pas fêtarde mais toujours prête à fêter » « conviviale ». Ils ont dressé le portrait d'une femme joyeuse, vive, douce et très attentive, une amie, une collègue, une employée et une mère parfaite, une femme formidable avec les enfants en général et ses filles en particulier. Une femme forte aussi, qui ne s'est pas plainte quand elle s'est retrouvée seule, alors que son couple paraissait indestructible et que le divorce a surpris tout le monde, qui a été affectée par la mort de sa mère bien sûr, mais qui s'est vite remise en selle et qui a retrouvé un amoureux. Donc pour eux tous, rien, absolument rien ne pouvait laisser prévoir ce qui allait arriver. Ils ne s'en sont encore pas remis. Ce drame vient contredire toute leur vision de Rosine. D'une certaine manière, même confrontés à la réalité des faits, la plupart n'y croient pas encore vraiment. Ce n'est pas possible. Clélia note : « Trop parfaite, cache, se cache, une zone d'ombre. » Nadine arrive à ce moment-là. En une seconde, Clélia se rappelle toutes les informations qu'elle a déjà sur elle. Nadine est vendeuse dans un magasin de mode, elle n'est pas mariée, elle n'a pas d'enfants. Nadine était, est, l'inséparable, la « comme une sœur », la « marraine » de Manon. Elle est la seule, avec Christophe à avoir essayé de voir Rosine à l'hôpital et en prison. Rosine n'a pas voulu. Clélia se dit que ça montre son courage, même si elle ne peut pas en vouloir aux autres, le meurtre sidère. En tout cas, elle est la seule amie qu'il lui reste, avec Christophe. Clélia se dit aussi qu'elles sont très différentes, en tout cas en apparence. Nadine est aussi extravertie que Rosine est discrète et leur vie est à l'opposé. Elles seraient l'envers et l'avers d'une même médaille ?

— Désolée, je suis en retard, c'est difficile de finir plus tôt quand on prépare les soldes. J'aime beaucoup votre look, ça vous va bien ce féminin-masculin, vous pourriez le casser avec une mini-jupe et des bottes de moto aussi. Vous voyez ? Je suis désolée, déformation professionnelle. Comment va-t-elle ?

Oui, Nadine est une bonne amie. Clélia hésite soudain, pourquoi parler de l'agression que Rosine a subie en prison ? Pourquoi rajouter de la peine à la peine ?

— Comme c'est possible que ça aille.
— Vous savez, ça me fait tellement de peine ce qui s'est passé, je ne sais pas où le mettre dans mon esprit. En plus des filles, c'est comme s'il fallait que je fasse le deuil de mon amie, de ma meilleure amie et de tous les souvenirs qu'on a ensemble. C'est presque ça le plus dur. Je m'en veux tellement de n'avoir rien vu et je lui en veux de ne m'avoir rien dit. Je ne comprends pas. Je n'arrête pas d'y penser et je ne comprends pas.

Nadine s'interrompt, la voix brisée par l'émotion. Clélia voit très bien de quoi elle parle, les gens qui ont une double vie ne se rendent pas compte, le plus dur pour ceux qui restent, c'est le deuil des faux souvenirs. C'est vrai, comment faire avec tous ses souvenirs à reconstruire ? Dans le cas de Rosine, ce n'est pas pareil. Rosine n'avait pas de double vie, si ce n'est en elle, tout ce qu'elle vivait était donc vécu comme vrai. Mais quand même, pour Nadine et les autres, le résultat est le même. Ils se demandent qui était Rosine ? Et si leurs souvenirs sont fiables. Sauf Christophe qui lui ne doute pas, c'est sa force.

— Rosine ne pouvait pas vous dire quelque chose qu'elle ignorait elle-même. Et vous, vous ne pouviez pas voir ce qu'elle se cachait à elle-même. Partant de ce point de vue, tous vos souvenirs sont vrais, et votre amie est votre amie.

— Vous êtes sûre ?

— Quasiment.

— C'est ça que vous cherchez ? Ce qu'elle ne savait pas d'elle ?

— Oui, et je crois que c'est ce « ça » qui a pu tuer Manon et Chloé.

— Ce n'est pas possible. Je me moquais d'elle, je la traitais toujours de mère poule, la meilleure des mamans poules, la plus poule des mamans.

— Je sais.

— Qu'est-ce que je peux faire ?

— Parlez-moi de Rosine. Parlez-moi de vous et Rosine. Parlez-moi de sa famille. Parlez-moi de tout ce qui vous passe par la tête.

Alors, Nadine se met à parler. Clélia la relance parfois, prend des notes, et réfléchit en même temps qu'elle écoute très attentivement.

— J'ai toujours adoré Rosine et ses parents. Ils m'ont accueillie comme si j'étais de leur famille, sa mère surtout, Élisabeth. J'adorais Élisabeth. Elle était parfaite, douce, attentionnée, on pouvait lui parler de tout. Claude était plus distant, plus réservé, mais très gentil aussi et tellement amoureux de sa femme, comme au premier jour, ça me faisait rêver. C'était un couple idéal, une famille idéale, vous savez comme dans les vieilles publicités, la famille Ricoré. Ils étaient « ma » famille Ricoré en vrai, sauf qu'ils n'avaient pas de chien.

Nadine sourit. Clélia voit très bien, la famille Ricoré, le modèle de la famille idéale façon société de consommation, elle n'y croit pas du tout. Elle sait que derrière la famille Ricoré se cachent souvent des tas de secrets inavouables. Plus ça a l'air parfait, moins ça l'est. Et, dans le cas de Rosine, cette perfection est incroyablement présente, racontée par tous, avec les mêmes mots. Les mères sont parfaites de « mère en fille » et les couples idéaux de « mère en fille » aussi. Ça fait vraiment beaucoup de perfection sur deux générations.

— J'adorais aller chez eux pour dîner ou le week-end, c'était la maison porte ouverte. Je passais plus de temps chez eux que chez moi. J'allais aussi en vacances avec eux. Ils n'avaient pas beaucoup d'argent, Claude était courtier en assurances et Élisabeth ne travaillait pas, mais Claude avait des prix par son comité d'entreprise et ils m'invitaient tout le temps. C'était le bonheur pour moi. Tout l'inverse de chez moi. Chez moi, il n'y avait pas d'argent du tout mais il y avait de l'alcool et des roustes. Mon père était cheminot, il avait la main leste et ma mère, de toute façon, était conne. Je vous assure, j'aurais adoré avoir une famille comme celle de Rosine. En fait, ils sont devenus ma famille. Quand Élisabeth est morte l'année dernière, j'aurais préféré que ce soit ma mère. Et maintenant...

Nadine ne termine pas sa phrase, incapable de parler plus, de nommer l'innommable, la perte de deux petites filles qu'elle aimait, de son amie qui était « comme sa sœur », de son rêve de famille idéale. Clélia comprend peut-être mieux que Nadine elle-même. Elle la laisse se reprendre sans intervenir, empathique à l'extérieur et réfléchissant en même temps. Une enfance merveilleuse et une enfance merdique ? Clélia n'y croit pas. Clélia croit aux affinités souterraines, les gens se rencontrent souvent parce qu'ils ont les mêmes histoires, les mêmes questions à résoudre. Elle note : « Une maltraitance dans l'enfance de Rosine ? Ou celle de sa mère ? Une maltraitance oubliée ? »

— Je ne comprends pas, Rosine était tellement joyeuse, gentille, attentionnée, avec tout le monde, mais si vous l'aviez vue avec ses filles...

Clélia note mentalement que ce sont encore les mêmes mots qui qualifient Rosine, que Rosine fait, ou plutôt faisait, l'unanimité. Que signifie ce besoin d'être aimée par tout le monde ? Personne ne peut être aimé par tout le monde.

— Et l'amour ?
— C'est-à-dire ?
— L'amour, les garçons, les hommes.
— Ah, l'amour n'a jamais été une question pour Rosine, elle a rencontré l'homme de sa vie à dix-neuf ans. Elle a eu de la chance. C'est pas comme moi qui cherche toujours.

Clélia pense à toute vitesse. Rosine et Nadine, l'envers et l'avers d'une même médaille ? Une grande volonté de construire contre une impossibilité de construire ? Deux réponses opposées à la dépendance affective ? Où est la blessure de Rosine ? Celle qui fait qu'elle a un besoin éperdu d'amour ? Soudain, Clélia se demande s'il y a eu quelqu'un avant Christophe, dix-neuf ans, c'est tard. Et c'était il y a suffisamment longtemps pour que Rosine n'y ait pas pensé.

— Et avant ?
— Avant quoi ?
— Avant Christophe ?
— Avant Christophe, Rosine a eu un petit ami, Alex. Ça n'a pas duré très longtemps. Quand elle a rencontré Christophe, c'était une évidence. Ils se sont mariés très vite et puis Manon est arrivée

et Chloé... C'était encore plus la famille Ricoré, toujours sans le chien mais avec deux enfants.

Nadine a un sourire triste, si triste. L'espace d'une seconde, Clélia se demande si finalement, ce n'est pas elle qui voit le mal partout après tout. Tout ça a l'air si vrai. Mais non, Clélia sait bien qu'elle a raison. Les contes de fées n'existent pas, ou, contrairement à ce qu'on croit, ils finissent mal et la famille Ricoré n'est qu'un mensonge inventé de toutes pièces pour faire vendre un truc dégueulasse en plus, un faux café.

— Manon est née plus de dix ans après le mariage, c'est beaucoup non ?
— Ils voulaient profiter l'un de l'autre...

Nadine laisse un espace, et comme elle sait si bien le faire, Clélia s'y engouffre, elle se dit en même temps qu'elle a l'impression que Nadine « répète une leçon », quelque chose qui lui a été dit.

— Oui, vous voyez autre chose ?
— En y pensant, il se peut que Manon se soit fait un peu attendre.

Clélia note : « Difficulté à avoir un premier enfant. Tout ce qui n'est pas parfait est caché. »

— Mais, pas tellement. Manon...

Nadine est au bord des larmes, l'évocation de la petite fille la remplit de tristesse. Elle respire fort, elle se reprend.

— Manon est arrivée au bon moment. Non, la seule chose qui a surpris tout le monde, moi la première, c'est leur divorce. On était tous persuadés que Rosine et Christophe allaient passer toute leur vie ensemble, comme Claude et Élisabeth. Leur divorce, c'est le seul moment où il y a eu une fausse note. Élisabeth était déçue même si ça n'a pas duré longtemps.

— Pourquoi ?

— Je ne sais pas, parce qu'elle aurait voulu que Rosine fasse comme elle ?

— Non, pourquoi ça n'a pas duré longtemps ?

— Ah… En fait, parce qu'Élisabeth est tombée malade juste après et elle est morte très vite, le divorce n'était plus d'actualité.

— Est-ce que Rosine a pu se sentir coupable de la mort de sa mère ?

— Pourquoi ?

— Parce que c'est lié dans le temps en tout cas.

— Non, enfin, je ne sais pas…

Nadine fait une moue qui ne cache pas qu'elle considère que cette relation de cause lui paraît absurde. Ça paraîtrait absurde à quasiment tout le monde, pas à Clélia. Elle note : « Divorce, mort de la mère, mort des filles. »

— Non bien sûr, évidemment non, ça n'a rien à voir, en plus, Christophe est resté très proche de Rosine et de ses parents. Il était comme leur fils. Ce divorce n'a rien changé en fait.

— Pourquoi Christophe et Rosine ne se sont pas remis ensemble alors ?

Nadine réfléchit.

— Parce que Rosine est tombée amoureuse de Nicolas. Ça aussi, ça a surpris tout le monde.

— Comment ça ?

— Encore une fois, on n'imaginait pas Rosine sans Christophe. Et puis, c'était un peu rapide, entre le divorce, la mort de sa mère et Nicolas, il s'est passé en gros un an.

Clélia note mentalement que finalement Rosine n'est restée célibataire que quelques mois, le temps de la mort de sa mère.

— Je ne juge pas. Elle était, ils étaient très amoureux. Rosine aimait la vie et elle était douée pour la vie. Elle avait une vie géniale. C'est pour ça que ce qui s'est passé est complètement incompréhensible.

— Est-ce que vous étiez jalouse ?

— Non. Non, Rosine était généreuse et chacun sa vie et puis aujourd'hui...

Le visage de Nadine se défait de chagrin et d'autre chose moins avouable, quelque chose qu'elle ne peut pas s'avouer à elle-même, quelque chose comme, finalement, la roue tourne et ce n'est pas si mal. Évidemment que Nadine était jalouse, qui ne l'aurait pas été dans la situation ? Pas Clélia, c'est un fait. Clélia se dit que cette vie « géniale », ça sent le contrôle et la volonté à plein nez. Elle se dit que cette vie « géniale » ne pouvait pas être géniale. Le génial n'était qu'apparent. Il s'est soldé par un meurtre, un double meurtre, deux enfants tués. Il y avait forcément quelque chose avant. Le symptôme est à la hauteur de ce qui n'a pas été dit. Un jour, Clélia a rencontré un vieux médecin chinois pour ses problèmes de dépendance à la cocaïne. Il lui a expliqué que la drogue était un symptôme comme un autre et qu'il fallait remercier ses symptômes. « Un symptôme dit ce que vous ne dites pas. » Il avait précisé TOUS les symptômes, qu'ils soient psychologiques, les dépendances donc, les comportements systématiques, les répétitions, ou qu'ils soient physiques, une douleur, une maladie, et même certains accidents. Ça l'avait marquée. Elle avait arrêté la drogue, elle avait arrêté d'y penser pour elle, mais elle avait intégré cette vision des choses. Elle l'avait même élargie. Un crime est potentiellement un symptôme non ? Oui. Et ce crime-là, ce double infanticide, crie quelque chose, mais quoi ?

— Pourquoi Christophe a trompé Rosine ?

— Elle était sa première, il était son premier, il voulait connaître autre chose.

Nadine utilise les même mots que Christophe, rien n'est « investi » dans le discours, ce sont des discours entendus, répétés, mentaux. Elle note : « Le discours appris "cache" la vérité. » Elle ajoute : « Beaucoup de discours appris dans l'histoire de Rosine. »

— Rosine n'avait pas couché avec Alex ?
— Non, elle se réservait pour le bon.

Clélia note : « Fantasme du conte de fées monogame. »

— Vous ne voyez pas une autre raison ?
— À quoi ?
— À l'infidélité de Christophe.
— Non.
— Un lien ? Quelque chose qui s'est passé à ce moment-là ?
— Ah oui, à l'époque, je me suis dit que ça coïncidait avec la naissance de Chloé. Rosine était très fatiguée après la naissance de Chloé, elle disait tout le temps : « Deux enfants, c'est beaucoup. » Elle est retournée vivre quelque temps chez ses parents. Ça a peut-être joué. Ça n'a pas duré longtemps mais assez pour que Christophe se sente seul. C'était une passade, mais après, Élisabeth est tombée malade et… C'est… La vie tient à peu de choses.

C'est vrai, la vie tient à peu de choses, mais ce peu de choses-là est rarement dû au hasard. Clélia note : « Fille unique », « deux enfants c'est beaucoup »,

« problème de loyauté ? » La question des sœurs ? Rosine n'aurait pas dû faire deux enfants. Il y a eu deux enfants ?

— Est-ce que Rosine aurait eu une sœur ? Qui serait morte ?

Nadine la regarde interloquée.

— Je ne sais pas enfin, non, non, pas à ma connaissance, peut-être, mais non, non, je l'aurais su. Non, non, il n'y avait pas de photos.

Clélia sourit, Nadine est bien naïve, Clélia sait bien, elle, qu'un enfant, surtout mort, ça s'escamote.

— Qu'est-ce qui vous vient sur l'eau ?
— L'eau ?
— Oui, le rapport de Rosine ou de ses parents avec l'eau, comme sur votre film par exemple, Rosine avait peur de l'eau ?

Clélia n'aime pas trop sa question, elle induit la réponse. Cela dit, Nadine répond non.

— Ah non pas du tout, au contraire. Rosine nage très bien. En vacances, on allait à la montagne mais il y avait souvent une piscine et Rosine faisait des longueurs avant le petit déjeuner. D'ailleurs, elle a emmené les filles aux bébés nageurs et Manon nage...

Nadine s'étrangle, elle entend le temps présent qui n'a plus lieu d'être et ce qu'elle va dire, cette contradiction absurde entre une petite fille qui nageait très bien grâce à sa mère et qui est pourtant morte noyée de ses mains. Elle se reprend.

— Manon nageait déjà très bien. C'est... C'est absurde mais c'est la réalité... C'était très important pour Rosine que les filles sachent nager. Elle disait : « Le bac, le permis et savoir nager, c'est ce qui rend une femme indépendante. »...

Savoir nager au même titre que le bac et la voiture, c'est bizarre non ? La nage ne rend pas indépendant, sauf si on a peur de dépendre de quelqu'un qui pourrait nous noyer ?

— Elle avait peur que les filles se noient ?
— Non. Enfin, elle n'a jamais rien dit de ça.
— Quand même sur le film, elle a eu peur que Manon se noie non ?
— Ah oui, c'est vrai, mais, ce n'était pas vraiment spécifique à l'eau. Rosine était une vraie mère poule, elle faisait très attention, parfois ça paraissait un peu trop.
— Trop comment ?
— Elle était très vigilante avec tout ce qui pouvait provoquer un accident, les couteaux, les rebords de fenêtre et l'eau, les lacs, les piscines, les bassins. Mais, comme tous les parents non ?

Clélia pense soudain que les accidents domestiques sont la première cause de mortalité infantile et que la noyade en piscine est la quatrième cause d'accident domestique. Clélia note : « Mère surprotectrice. » Soudain, Clélia a une intuition.

— Vous vous êtes rencontrées comment ?
— On bossait l'été dans le même Mc Do.
— Vous aviez quel âge ?
— Seize ans.

Seize ans, merde, Clélia se dit qu'elle a fait une erreur, elle a cru que Rosine et Nadine étaient amies d'enfance mais non, elles avaient seize ans quand elles se sont rencontrées, c'est tard. Pourquoi ? Pourquoi a-t-elle cru ça ? « Comme ma sœur » ça l'a induite en erreur et aussi la manière de parler de Nadine, comme si elle avait été témoin de l'enfance de Rosine. Elle note : « Pas d'amis d'enfance. Pas de témoin de l'enfance. » Elle ajoute : « Infantilisation. » La façon de parler de Nadine n'est possible que si à seize ans Rosine était toujours la « petite fille » de ses parents et Nadine une « petite fille » elle aussi, ce qui, d'évidence était le cas, vu qu'elle l'est encore aujourd'hui, sous son air de femme qui s'assume. Quand même, la prochaine fois, Clélia fera attention, elle se met un post-it mental avec : « Ne pas faire de suppositions » surligné en jaune.

Dans son bureau, Isaac boit un whisky. Clélia fait un rapide débrief : Rosine était une fille parfaite, une femme parfaite, une mère parfaite, une collègue parfaite, une amie parfaite, elle avait des parents parfaits, surtout sa mère, avec Christophe, elle formait un couple parfait, ses parents aussi, elle a fait un divorce parfait, elle avait fait un couple recomposé parfait avec Nicolas, jusqu'à la mort de ses filles, elle avait une vie parfaite. Trop de perfection tue la perfection, il y a forcément une faille en dessous. Clélia veut une commission rogatoire. Elle veut aller chez Rosine, elle veut plonger dans son univers, elle veut aller au-delà des mots toujours réducteurs. Non. Isaac est catégorique, il n'y a pas d'enquête matérielle, il n'aura pas de commission rogatoire, elle ne peut pas aller sur la scène de crime. Clélia passe à autre chose, elle veut parler à Claude. Le père de Rosine est la pièce indispensable au puzzle de la vie de Rosine ET il est la pièce manquante. Pour l'instant, elle n'arrive pas à le choper, il ne répond pas au téléphone et il lui envoie des SMS dans lesquels il botte en touche, c'est toujours « plus tard ». Il dit que, pour l'instant, il souffre trop. Clélia veut bien avoir de la compassion pour lui mais quand même. Il souffre trop ? Connard. Et Rosine, elle ne souffre pas ?

— Clélia, arrête. Tu es vulgaire. De toute façon, il est obligé de te voir, sinon je le convoque.

Clélia réfléchit une seconde.

— OK. Appelle-le, fais-lui peur et je passe chez lui dans la foulée. Nadine m'a dit qu'il sortait peu.

Clélia est déjà en train de partir, Isaac l'arrête. Il la connaît bien, elle a changé de sujet trop vite pour la commission rogatoire, elle ne lâche jamais rien.

— Clélia, pas de coup tordu. Tu n'as pas le droit d'aller chez Rosine Delsaux. Je ne te couvrirai pas. Pas cette fois.

— Et si j'ai l'autorisation de Rosine ?

— Non plus. Pour l'instant c'est une scène de crime, l'appartement est sous scellés, jusqu'au procès le parquet peut demander une reconstitution. Il ne le fera sans doute pas mais il peut.

— Système débile.

— Clélia.

— Tu es d'accord avec moi.

— Là n'est pas la question. C'est comme ça, c'est tout, c'est la loi. OK ?

— OK, mais le système est débile, si Rosine veut bien que j'aille chez elle…

— Clélia.

— OK.

— Clélia.

— J'ai dit OK.

— On est d'accord.

— Oui. À ce sujet, je voudrais qu'on reparle de la moto.

— Non.

— Quoi non ? Tu ne sais pas ce que je vais dire.

— Si, et non, six mois, c'est comme ça, c'est notre accord.

— Putain, Isaac, je suis en train de dilapider mon héritage.

— Clélia.

— Ça va, ça va. Appelle le père Delsaux et file-moi les numéros de ta carte bleue, je vais prendre des Uber.

— Clélia.

— Je rigole. Appelle-le. Je préfère les taxis et payer en cash, je vois ce que je dilapide.

— Clélia.

Dans un rire sonore, Clélia quitte le bureau d'Isaac. Isaac sourit, en même temps, il a tellement d'affection pour elle.

Claude Delsaux ouvre à Clélia la porte d'un joli pavillon d'Aubervilliers mais Aubervilliers côté plus chic que Rosine, plus banlieue familiale, plus famille Ricoré, même si ça aurait été mieux à Meudon. Dès qu'elle le voit, Clélia éprouve un dégoût quasiment épidermique, il y a quelque chose chez lui qui ne lui convient pas, sa peau fine et transparente, ses yeux bleus vicieux, son double menton dégoulinant, son mépris jusque dans son port de tête. Elle se concentre, elle se rappelle son post-it : ne pas faire de suppositions. Claude la fait entrer, immédiatement il se plaint, une litanie de plaintes. Pourquoi lui a-t-elle fait ça ? Il adorait ses petites-filles. Comme s'il avait besoin de ça. Après la mort de sa femme, l'année dernière, il n'avait vraiment pas besoin de ça. Il est tout seul maintenant. Clélia se retient de l'interrompre et de lui dire ses quatre vérités ou en tout cas au moins une, évidente : une femme ne tue pas ses deux filles pour le plaisir et, a priori, elle a elle-même vécu un traumatisme. Si elle ne l'a pas vécu elle-même, elle est la « crypte » d'un « fantôme » et reproduit alors un traumatisme vécu par la ou les générations précédentes. Dans les deux cas, elle est elle aussi une victime. Clélia sait que l'équation est un peu rapide, mais elle se révèle vraie quasiment à tous les coups. Rosine a tué ses enfants, la chair de sa chair. Clélia « sait » qu'il y a quelque chose d'inscrit dans sa chair à elle. Elle le laisse terminer actionnant son cerveau sur la manette modérateur, elle écoute à peine pour pouvoir le supporter. Quand il a fini, le plus calmement possible, elle l'interroge. Qu'est-ce qu'il peut lui dire sur l'enfance de Rosine ? Rien, il n'y a rien à dire, Rosine était une mignonne petite fille, la petite chérie à sa maman. Élisabeth disait qu'elle était « la prunelle de ses yeux ». « La prunelle de ses yeux », encore. Ils ont bon dos les yeux. Clélia note dans son carnet : « Mères dévoreuses, enfants extensions d'elles-mêmes. » Claude insiste, Rosine était une enfant très tranquille, réservée, sérieuse, prudente, elle ne faisait jamais d'histoires. Vraiment, rien, il ne voit rien. Elle était la fille dont tous les parents rêvent, aidante, aimante, personne ne pouvait prévoir qu'elle deviendrait un monstre. Un monstre ? Oui, il faut être un monstre pour tuer ses filles. Clélia note : « Rosine se qualifie des mots de son père. » Clélia s'agace, d'un coup son ton devient plus cassant.

— Et le divorce ?

Clélia s'entend, immédiatement elle envoie un warning à son cerveau, attention. Mais Claude semble inconscient du mépris de Clélia, il reste sur son registre, larmoyant et doucereux. Il lui fait penser à Lamier, elle doit prendre de la distance, se tenir à carreau. Stop.

— Ah oui, le divorce, ça c'était le grain de sable de l'histoire, ça a tué sa mère d'ailleurs.

Clélia tique. Quand elle a demandé à Nadine si Rosine se sentait responsable de la mort de sa mère, ça n'était pas idiot en fait. Elle devrait le savoir, elle peut toujours se faire confiance. Presque toujours.

— Comment ça ?
— Élisabeth a été très déçue. Elle disait : « Si un homme te quitte, c'est que tu le veux bien. » Elle en a beaucoup voulu à Rosine, elle est tombée malade et elle morte.
— De quoi ?

Clélia n'a pas demandé cette information à Nadine, merde, elle s'en veut, elle est distraite, toute cette affaire la perturbe, à moins que ce ne soit l'effet Daniel Varennes. Clélia chasse cette pensée de son esprit, elle se concentre.

— Un cancer du cerveau, ça a été fulgurant.

Un cancer du cerveau ? Est-ce qu'il y avait une contradiction qu'Élisabeth n'arrivait plus à résoudre ? Clélia pense que chacun a la mort qui lui convient, elle sait qu'elle paraît un peu radicale et elle n'en parle jamais, mais c'est son intime conviction. Et puis, Clélia comme d'habitude a une autre pensée : elle ne doit pas oublier de lui demander ce que LUI pensait du divorce. En attendant, elle pense à son post-it : PAS DE SUPPOSITION. Il a dit « ça a tué sa mère d'ailleurs ». Il pense que le divorce de Rosine a tué Élisabeth ou que Rosine a tué Élisabeth ?

— Vous pensez que Rosine a tué sa mère ?
— Non, non, je ne le dirais pas comme ça mais il faut reconnaître que c'est troublant, Rosine divorce, Élisabeth, qui n'avait jamais été malade tombe malade, et meurt en moins de deux mois. Et un an plus tard, elle tue mes petites-filles. Cette femme est un monstre.

Clélia a envie de lui dire que cette femme est sa fille. Elle se tait, elle note mentalement de vérifier auprès de Rosine si elle se sent coupable de la mort de sa mère. Vu la position du père, ça paraît logique. Clélia continue l'entretien tout en cherchant dans son esprit une information : elle a l'impression d'oublier quelque chose.

— Et qu'est-ce que vous pensez de votre ex-gendre ?

— Je l'aimais bien mais je suis en train de changer d'avis. Il fait n'importe quoi depuis la mort d'Élisabeth, il monte Rosine contre moi, et là c'est pire. Les petites auraient dû être enterrées avec Élisabeth, les affaires de famille, ça reste en famille.

Clélia sursaute intérieurement, comment peut-il dire une chose pareille ? Clélia note : « Les affaires de famille, ça reste en famille. Le linge sale se lave en famille. Un secret. » Elle ajoute : « Elle a tué ses filles, elle a tué sa mère ? Culpabilité par rapport à la mort de sa mère ? » Et puis encore : « Elle n'a jamais été célibataire sauf le temps de la mort de sa mère. »

— Vous notez quoi ?
— Des idées.
— Je n'aimerais pas faire votre métier.

Clélia s'intime l'ordre de se taire. Tais-toi. Tais-toi. Ta gueule. Connard. Elle revient à la question qu'elle avait notée mentalement : le divorce.

— Qu'est-ce que vous avez pensé du divorce ?
— Rien, ça ne fait jamais plaisir. En même temps, je peux comprendre qu'il ait eu envie de nouveauté. C'est un homme.
— Vous avez trompé votre femme ?
— Je ne vois pas ce que ça vient faire là. Je pense que vous outrepassez vos prérogatives. Je vais appeler le juge d'instruction, je connais mes

droits, il n'y a pas d'enquête et même si je dois vous répondre, c'est du harcèlement, vous ne m'aimez pas, ça se voit. On ne se connaît pas, je n'ai pas à vous répondre.

Merde, il est procédurier, il a tout vérifié, elle doit faire attention, il a raison, Isaac a raison, elle doit se tenir à carreaux. Elle fait marche arrière toute.

— Désolée.

— Et pour que vous ne pensiez pas à mal, comme ça a l'air d'être votre cas, non. Non, je n'ai jamais trompé ma femme. J'aimais ma femme. Je l'ai aimée plus de cinquante ans.

Il a l'air sincère, il aimait sa femme ET il dit que sa fille est un monstre. Clélia suit un fil, cet homme, même s'il lui est antipathique, a l'air d'avoir très sincèrement aimé sa femme et ses petites-filles, en revanche, il a l'air de ne pas aimer Rosine, ou de lui en vouloir, et pas seulement de la mort imaginaire ou réelle de sa femme ou de ses petites-filles. Ça se situe avant. Quand il parle de Rosine, « la fille à sa maman », il y a une distance, un rictus, le coin de la bouche à droite qui se baisse dans une moue de dégoût. Clélia en est quasiment sûre, il n'aimait pas sa fille déjà bien avant, quand elle était petite. Il lui en voulait déjà ? De quoi ? Clélia revient à son hypothèse d'enfant mort, Rosine aurait été responsable d'un drame avant, un accident ? Une noyade ? D'un autre enfant ?

Elle est un pitbull et elle s'accroche quand elle tient un os à ronger.

— Vous avez eu un autre enfant ?

— C'est quoi cette question ?

— Si Rosine avait enfoui dans son esprit une mort d'enfant noyé dont elle était responsable, elle aurait peut-être répété l'acte pour le dire.

— Non, vous allez chercher trop loin. Nous n'avons eu qu'un seul enfant. Élisabeth ne voulait qu'un seul enfant. Elle a été un peu déçue que Rosine en ait deux d'ailleurs. Même si après elle a adoré Chloé autant qu'elle adorait Manon. Heureusement qu'elle est morte en fait. Au moins, elle n'a pas vu cette horreur. La pauvre, elle doit en être malade là où elle est.

Clélia va à toute vitesse, elle coche mentalement la question de la sororité. La loyauté aussi, transgressée par Rosine avec la naissance de Chloé, ce qui explique la fatigue, le retour chez les parents, chez la mère, après l'accouchement. Elle note : « Une dépression ? Post-partum ? » Elle hésite. Elle a encore cette impression d'oublier quelque chose.

— Quand même vous auriez pu me demander avant de prendre des notes.

Elle va s'énerver, il cherche à ce qu'elle s'énerve ? Elle est paranoïaque ? Elle doit se tenir à carreaux. Stop.

— Oui, désolée.

— Vous ne trouvez pas que tout ça est déjà assez difficile pour moi ?

— Si bien sûr, je suis désolée.

Elle est désolée mais elle fait son travail et elle ne lâche rien.

— Vous pourriez me donner accès à vos photos de famille ?

— Non. Bon, écoutez, ça suffit. Qu'est-ce que vous cherchez de plus ? Ça ne sert à rien de remuer le couteau dans la plaie, vous ne trouvez pas que je suis déjà assez malheureux comme ça ? Et je déteste tout ce déballage, ça m'insupporte. Les histoires de famille, ça reste en famille. Déjà qu'il y a le procès.

Tiens, cette fois il utilise le terme d'histoires de famille et pas affaires de famille. Clélia pense à quelque chose, il a dit les affaires de famille, ça reste en famille en parlant de ses petites-filles. Ses petites-filles sont des affaires ? Elle note mentalement : objectivation de l'enfant au sens strict. Il va donc au procès.

— Vous vous êtes porté partie civile ?

— Elle n'avait pas le droit de me faire ça.

— C'est votre fille quand même.

— C'était mes petites-filles.

— Leur père ne se porte pas partie civile.

— Vous aimez remuer la merde ?

— Je fais mon travail.

Clélia sort de l'entrevue lessivée avec l'impression singulière d'avoir raté quelque chose. Elle se sent vidée, poisseuse, décidément, cet homme ne lui revient pas. Elle laisse un message à Cédric.

Ce soir, 21h ?

Elle marche, la marche l'aère, et lui aère le cerveau, soudain, elle sait ce qu'elle a raté. Claude a parlé de sa fille en des termes très différents des autres, réservée, prudente, on n'est pas sur le registre de la fille enjouée et qui va au contact des autres. Ça veut sans doute dire que Rosine, petite fille, était différente de Rosine, la femme, et comme Clélia croit que tout le monde porte en lui son enfant intérieur, elle pense qu'il y a en Rosine une enfant craintive et que c'est cette enfant qu'elle veut rencontrer. Qui est Rosine ? Elle doit le savoir, la comprendre, pour comprendre comment elle en est arrivée là ?

Clélia entre par effraction chez Rosine, tant pis pour les scellés. La fin justifie les moyens quand la fin est juste. Elle sait que c'est limite. Elle sait que le nouveau procureur est impitoyable et qu'Isaac n'en peut plus, que Lamier veut sa peau et que même Clarence l'a balancée, que Coste serait ravi de la faire tomber et que le père Delsaux est à deux doigts de porter plainte, mais voilà, c'est nécessaire, c'est tout, c'est son travail. L'appartement de Rosine est ordinaire, conforme à un salaire d'assistante sociale de PMI avec une petite pension. Clélia met des gants, elle fouille, elle fait attention à ne rien déplacer, la reconstitution paraît absurde mais la justice n'est pas à une absurdité près, elle n'aimerait pas se faire prendre. Dans le salon, salle à manger, il n'y a rien de spécial, des meubles Ikea, une télévision écran plat, tout le monde en a une maintenant, le câble, sans doute pour les dessins animés, quelques jeux de société, une décoration lambda, assez neutre, les placards sont remplis de linge, de vaisselle, de papiers administratifs, rien de caché. Clélia prend tout en photo. Clélia va ensuite dans la chambre des petites, elle est remplie de jouets et de jolis vêtements. Visiblement, Rosine consacrait l'essentiel de ses revenus à ses filles. Elle note mentalement : maman poule, mère sacrificielle ? Elle fouille ensuite la chambre de Rosine. Il y a un petit bureau, une autre télévision, un lecteur DVD, et un ordinateur. Elle copie sur un disque dur externe le contenu de l'ordinateur, elle consulte également l'historique internet, pas de trucs trashs, pas de pornos, des dessins animés, Amazon, et sur le bureau, des comptes-rendus de boulot, des photos, le contenu classique d'un ordinateur de maison. Elle parcourt une bibliothèque Ikea ou Maisons du Monde, remplie de romans de gare, autrement dit des romans à l'eau de rose, Marc Levy et Guillaume Musso, l'amour ça avait l'air d'être la grande affaire de Rosine. Il y a aussi des livres sur le développement de l'enfant, normal pour une puéricultrice, bizarre pour une mère infanticide. Quoique ? Les opposés se rejoignent. Clélia sort d'un rayonnage le fameux guide des premiers secours avec sur la couverture un dessin de bouche-à-bouche pour réanimer un noyé. Clélia le remet à sa place, le sort est ironique. Sous le lit, elle trouve enfin un secret : une boite en fer-blanc. Elle sort la boite. Dedans, il y a deux petits bonnets de maternité, sans doute les bonnets de Manon et de Chloé, une photo, un portrait d'Élisabeth, l'alliance de Rosine, à l'intérieur il y a gravé, « Rosine et Christophe pour la vie », et un petit canard jaune en plastique, le jouet d'enfant le plus ordinaire qui soit. Le jouet que tous les enfants ont ou presque, avec Sophie la girafe. Qu'est-ce que ce jouet fait là ? Clélia remet tout en place. Mine de rien, elle est un peu anxieuse, elle sait qu'elle ne devrait pas être là, son cœur bat vite, trop vite, elle ne sait pas pourquoi, ce n'est pas seulement le fait qu'elle brave un interdit, ça elle a l'habitude, c'est autre chose. Elle a l'image du petit canard en surimpression dans son cerveau. Qu'est-ce que ça veut dire ? Elle laisse passer la question. Elle va vers la salle de bain, la scène de crime. Elle reste une seconde à la porte, elle a lu les rapports, elle peut presque voir la scène. Les deux petites filles dans la baignoire, Chloé à droite, Manon à gauche, le shampoing qui fait de la mousse sur l'eau. Chloé qui se bouche le nez et ferme les yeux pour se rincer les cheveux, son sourire qui se transforme en grimace, la peur dans ses yeux quand elle s'aperçoit qu'elle ne peut pas remonter, l'incompréhension quand elle comprend qu'elle va mourir et que c'est sa mère qui la noie. Manon, qui ne bouge pas, qui essaye de se faire oublier, qui voudrait crier et qui ne peut pas, envahie de terreur. Et les yeux de Rosine, rentrés vers l'intérieur, perdus vers un ailleurs où il n'y a plus de place pour l'humanité. Un ailleurs mais où ? Clélia chasse ses pensées, elle peut voir la scène mais ça n'a pas d'intérêt, pas vraiment, et elle n'en a pas le temps. Elle jette un dernier coup d'œil à la baignoire. Soudain, la pensée du petit canard jaune s'impose à son esprit. Pourquoi ? Clélia chasse cette image qui, en plus, la dérange. Elle ouvre l'armoire à pharmacie, au milieu des médicaments ordinaires, Doliprane enfant et adulte, Oxyboldine et autres, elle trouve une boite de Lexomil, ce n'est pas très probant, qui aujourd'hui n'a pas dans sa boite à pharmacie un anxiolytique ou même un antidépresseur ? Mais quand même, Rosine n'était pas « si » joyeuse que ça. Elle n'était pas « si » bien dans sa peau. Clélia a de nouveau le cœur qui bat trop vite. Elle ferme l'armoire à pharmacie, elle sort de la salle de bain, claque la porte de l'appartement, passe la grille de la résidence. Elle se sent soulagée.

Sur son lit, Clélia chevauche Cédric. Il essaye de reprendre la main mais, peine perdue, Clélia va à son rythme et tient bon, elle prend son sexe loin en elle, elle va et vient en se frottant le clitoris contre son pubis rasé, les hommes se rasent aussi aujourd'hui, ça la traverse. Elle jouit. Elle est bien mais, soudain, le canard s'impose à son esprit, ça la panique. Elle ne veut pas penser au canard. Merde. Elle se lève d'un bond. Elle a du travail.

Tard dans la nuit, Clélia imprime, compulse, visionne les photos, les films de la vie de Rosine. Son esprit enregistre tout. Elle a la bonne surprise de trouver des photos scannées de l'enfance de Rosine dans un dossier caché appelé « Rosine – 30 ans », Christophe avait dû faire un diaporama pour les trente ans de Rosine, un peu comme ceux qu'on fait pour les mariages. Clélia se perd dans ses pensées. Ces signes d'affection, ces témoignages d'amour, cette reconnaissance de l'autre, Clélia, elle, n'a jamais connu ça. En même temps, elle s'en fout, elle a connu d'autres choses et la liberté. Clélia chasse ses pensées. Elle s'agace, elle a du mal à se concentrer et ce n'est pas dans ses habitudes. En tout cas, elle n'a pas besoin des photos du père Delsaux et c'est tant mieux. Sur toutes les photos d'enfance de Rosine, il y a une impression de bonheur mais Clélia semble déceler dans le regard de Rosine une ombre malgré le sourire, une ombre qu'elle n'a pas vue en prison, une ombre qui, une fois qu'elle a rencontré Christophe, disparaît. Quelle est cette ombre ? En apparence, il n'y en a pas. En apparence, il n'y a pas d'ombre au tableau familial. Est-ce que ce serait avant ? Est-ce qu'il y aurait une ombre à la génération d'avant ? Élisabeth a le bas du visage sévère, comme quelque chose qui ne se dit pas, et elle a le regard dur de ceux qui ont souffert. Il y a des photos de Rosine en vacances à la mer. Nadine a dit qu'ils allaient en vacances à la montagne. C'est bizarre. Ils ont dû changer de destination plus tard. En tout cas, sur toutes les photos de vacances à la mer, Rosine est sur le sable, jamais dans l'eau. Sur l'une d'elles, elle fixe la mer avec dans le regard cette « ombre » encore plus appuyée. Décidément, quelle est cette ombre ? De la peur ? Clélia n'arrive pas à mettre un mot dessus. Merde, Clélia n'a pas demandé à Rosine si elle avait peur de l'eau. Elle ne l'a pas demandé au père Delsaux non plus. Merde, elle n'assure pas un cachou. Clélia s'arrête devant une photo de famille : Rosine a environ six ans, elle est sur les genoux de sa mère qui la tient serrée contre elle, son père est en retrait. Quelque chose gêne Clélia dans cette photo mais quoi ? Quelque chose comme la prunelle de ses yeux, quelque chose dans les bras d'Élisabeth qui emprisonnent Rosine plus qu'ils ne l'enlacent. Les bras d'Élisabeth disent : « Tu m'appartiens. » La mère et la fille avaient un rapport fusionnel, c'est sûr, dont Claude était exclu. « La fille à sa maman. » Sur cette photo, Claude regarde Rosine avec mépris, avec haine ? « Elle n'avait pas le droit de me faire ça. » Qu'est-ce que Claude reproche à sa fille ? Sur le reste des photos, Rosine est avec Christophe, des amis, Manon et Chloé, il n'y a que des sourires et Clélia trouve, et c'est rare, que ça a l'air vrai, elle ne voit pas de « sous-texte », il n'y a plus d'ombre. Rosine aime Christophe et ses filles, elle est aimée d'eux en retour, ils forment une famille unie. Même le divorce ne jette pas d'ombre dans les yeux de Rosine, même la mort de sa mère, il y a de la tristesse mais pas d'ombre.

Et soudain, elle sait, l'ombre que Rosine a dans son regard d'enfant, ce n'est pas de la peur, c'est de la terreur. Rosine a le regard d'une bête traquée. Il s'est passé quelque chose avant, quelque chose qui a disparu de l'esprit de Rosine quand elle a rencontré Christophe. Elle doit trouver quoi.

Dans le bureau d'Isaac, sur un paperboard, Clélia écrit : couple, séparation, mort, cinquante ans de mariage, alliance, dépendance affective. Elle ajoute en dessous : dépression/joie de vivre, mère surprotectrice/infanticide. Elle ajoute encore couples fusionnels, femme/mari, mère/fille. Et puis, où est la sœur ? Elle pense au canard en plastique, elle écrit, le bain à la place. La clé de l'énigme est dans ces quelques mots. Isaac et Clélia connaissent bien ce processus de déduction, ils l'ont souvent expérimenté et ils adorent ça, c'est comme une joute d'esprits. Isaac commence.

— Pourquoi dépression ?

— Trop de joie de vivre, un infanticide, c'est probablement une surcompensation à une dépression profonde, et ignorée. En plus, d'après moi, d'une dépression post-partum non diagnostiquée après la naissance de Chloé, ce qui a provoqué la rupture avec Christophe d'ailleurs.

— OK.

Décidément, elle l'épatera toujours. Il enchaîne.

— Elle ne supporte pas l'idée que son amant parte.

— OK.

— Elle croit qu'il veut partir à cause de ses filles.

— Il ne le lui a pas dit.

— Quand même, elle fait une projection, elle tue ses filles pour qu'il reste. C'est le déclencheur et le déclencheur raconte l'histoire.

— OK.

Clélia écrit : Elle tue ses filles pour que son amant reste. En même temps, elle poursuit le raisonnement.

— Le couple, l'idée du couple est au centre. Elle garde son alliance...

Clélia suspend sa phrase une fraction de seconde, elle n'est pas censée être allée chez Rosine. Elle a le cœur qui bat vite. La peur ? Jamais ça ne lui était arrivé avant. Elle n'aime pas ça.

— Elle garde son alliance avec elle alors qu'elle est divorcée depuis deux ans. Elle n'est donc pas divorcée « en elle ». Elle veut faire comme ses parents, elle veut rester cinquante ans avec le même homme. Elle a fait graver « Rosine et Christophe pour la vie ». Elle a peur que cette nouvelle séparation tue son père comme son divorce a tué sa mère. Elle est dépendante affective, elle a une peur panique de la séparation. La séparation est insupportable.

— Elle tue ses filles à la place de se tuer ?
— C'est possible.

Cette hypothèse est tellement juste. Décidément, Isaac est le seul qui va aussi vite qu'elle.

— Mais pourquoi pas au moment de son divorce ?

Soudain, Clélia s'arrête. Elle « voit » littéralement les photos de famille. Sur une période, il n'y a plus Rosine sur les photos et cette période c'est au moment de la séparation.

— Il s'est passé quelque chose au moment de la séparation d'avec Christophe.

Chez elle, Clélia passe en revue les photos et, effectivement, de mai deux mille seize à juillet deux mille seize, il n'y a que des photos de Christophe et de ses filles, plus une ou deux avec Élisabeth et Claude. Par ailleurs, Rosine n'a fait aucune photo pendant ces deux mois, elle est littéralement absente de ce pan de vie-là. Clélia s'énerve. Merde, comment a-t-elle pu passer à côté de ça ? Merde, merde, merde.

Clélia déboule chez Christophe. Qu'est-ce qui s'est passé ? Pourquoi Rosine a « disparu » pendant deux mois juste après qu'il l'a quittée ? Christophe comprend immédiatement, il blêmit. Quand il a dit à Rosine qu'il partait, elle a eu l'air de bien le prendre. En fait, non.

17 mai 2016 – 19h45

Christophe rentre chez lui. Il est préoccupé, la veille, il a annoncé à Rosine qu'il allait partir, elle lui a dit, c'est pas grave, mais quand même, il a une boule au ventre. Ce n'est pas rien de briser et une famille et un couple et Rosine voulait qu'ils restent ensemble toute leur vie, « Cinquante ans de mariage, comme mes parents, tu te rends compte. » Christophe se rend surtout compte qu'il a tout foutu en l'air. Est-ce que c'est pour ça que toute la journée, au fond de lui, il a eu une appréhension ? Toute la journée, il s'est répété en boucle, elle a dit, c'est pas grave. Pourtant, quand il ouvre la porte, son cœur s'accélère. Il se reprend. Elle a dit, c'est pas grave. Christophe entre. Dans le salon, étrangement silencieux, Christophe pense subrepticement, un silence « de mort », Chloé, qui a deux ans, est encore dans son Maxi-Cosi. Manon qui vient de fêter ses quatre ans est debout à côté d'elle. Chloé regarde son père avec ses grands yeux pleins de surprise. Le cœur de Christophe se serre, il ne va pas la voir grandir et ça, ça lui fend le cœur. Il n'a pas osé parler de garde alternée à Rosine, elle est si proche de ses filles, il n'a pas voulu en plus lui infliger ça. Christophe prend Chloé dans ses bras, il sourit à Manon. Christophe repense à l'anniversaire de Manon la semaine d'avant, il a fait ce qu'il a pu pour que ce soit une belle fête, il voudrait tant qu'ils restent une famille. Manon le regarde avec des yeux implorants. Implorants ? Et soudain, ce silence « de mort » lui fait peur, pourquoi la petite ne dit rien ? Pourquoi les filles ne disent rien ? Pourquoi Rosine ne lui a pas dit bonsoir ? Pourquoi Rosine n'est pas avec les filles ? Pourquoi Manon le regarde comme ça ?

— Ça va chérie ?

Manon ne dit rien, elle est comme tétanisée.

— Chérie ?

Soudain, le cœur de Christophe s'affole, l'appréhension qu'il a ressentie toute la journée se mue en terreur.

— Rosine ?

Manon le regarde, elle n'a pas bougé, elle est toujours debout à côté du Maxi-Cosi de Chloé. Pourquoi elle est debout ? Pourquoi elle n'est pas assise ? Le cœur de Christophe va exploser. C'est pas grave, elle a dit, c'est pas grave. Mais putain, évidemment que c'est grave. Chloé ressent la peur de son père et se met à pleurer. Christophe attrape Manon et la prend dans ses bras aussi, il ne veut pas la laisser là, il la prend dans ses bras comme si ce geste allait la protéger, les protéger, Manon à droite, Chloé à gauche.

— Rosine ?

Chloé pleure de plus en plus fort. Manon se serre contre son père, elle se fait la plus petite possible, la plus légère possible, comme ça, elle partira peut-être avec lui. Elle pense à son ballon de foot qu'elle a eu pour son anniversaire. Elle veut jouer au foot avec son père. Elle s'allège encore.

— Rosine ?

Christophe ne comprend pas, elle est partie ? Rosine ne serait jamais partie sans ses filles. C'est absurde. Elle n'est pas dans la cuisine. Chloé hurle.

— Rosine ?

Rosine n'est pas dans la chambre. Les placards sont pleins, elle n'est pas partie, il savait bien, elle ne pouvait pas partir sans ses filles. Merde, putain, quoi alors ? La maison semble normale, comme tous les jours. Oui, mais la veille, il a dit qu'il partait. Il a dit qu'il lui laissait la maison, elle a dit qu'elle ne voulait pas. Est-ce qu'elle visite un appartement ? Les hurlements de Chloé. Le silence de Manon.

— Manon, où est maman ?

Manon ne dit rien. Rien, maman a dit, tu ne dis rien. Et puis, si elle dit ce que maman a fait, ce sera sa faute et papa ne voudra plus d'elle.

— Rosine ?

Rosine n'est pas dans le bureau. Mais putain, Rosine, c'est pas vrai, qu'est-ce que c'est que cette histoire ?

— Manon, dis-moi où est maman.

Manon ne dit rien mais elle sait qu'il n'y a plus que la salle de bain. Christophe entre dans la salle de bain, est-ce que Rosine aurait eu un malaise ? Dans la salle de bain ? C'est presque l'heure du bain. Elle donne toujours le bain aux filles à vingt heures pétantes, avec le jingle du journal. Merde, pourquoi la télé est éteinte ?

— Rosine ?

Christophe s'arrête net, Rosine est dans son bain mais quelque chose ne va pas. Le silence, un silence de mort. Putain, Rosine. Il hurle.

— Rosine.

Rosine ne bouge pas. Elle est inerte dans son bain, comme Manon dans ses bras. Merde. Il pose Manon par terre, et Chloé qui hurle et pleure, dans les bras de sa sœur.

— Fais attention à Chloé.

Instinctivement, Manon entoure Chloé de ses bras, pose sa tête contre sa poitrine et lui cache les yeux. Christophe se précipite vers la baignoire.

— Rosine.

Christophe raconte à Clélia que Rosine avait avalé tout le contenu de l'armoire à pharmacie. Il y avait des antidépresseurs qu'un médecin avait prescrits à Rosine après la naissance de Chloé, au cas où le baby blues se transforme en déprime voire en dépression post-partum. Clélia avait raison pour la dépression. En même temps, elle est stupéfaite, Rosine a fait une tentative de suicide avec ses filles présentes. Comment peuvent-ils tous dire qu'elle était la joie de vivre incarnée ? Pourquoi il ne lui en a pas parlé ? Christophe est désolé. Rosine a dit que c'était une bêtise, il a voulu rester, faire marche arrière, elle lui a dit non, elle lui a dit qu'elle ne voulait pas qu'il reste s'il n'en avait pas envie. Elle est partie vivre deux mois chez ses parents et puis tout est redevenu normal. Il est vraiment désolé, il avait oublié. Il avait oublié ? Comment peut-on oublier une chose pareille ?

Dans la rue, Clélia envoie un texto à Rosine, Isaac a réussi à mettre Rosine sur le programme d'étude d'autorisation des portables bridés en prison, pour les proches de Rosine, mais aussi pour lui et pour Clélia. Il faut protéger Rosine.

J'ai une piste, j'ai besoin de ton aide.

Elle hésite, elle ajoute.

Tu n'es pas la seule responsable de la mort des filles.

Clélia le pense vraiment, Christophe, les parents de Rosine, Nadine et tous ceux qui étaient au courant de cette tentative de suicide et qui ont « oublié » parce que ça les arrangeait, sont en partie responsables du déni de Rosine et de ce qui s'est passé après, et donc de la mort des filles. Si une personne, une seule avait dit à Rosine, je suis là pour toi, tu as besoin d'aide, peut-être que les choses auraient été différentes. Au lieu de quoi le silence n'a fait que renforcer le secret du mal qui hante Rosine et qui l'a « poussée » à tuer ses filles. Elle n'a rien dit à Christophe, elle s'est mordu la langue, il a compris tout seul, ça ne servait à rien de l'enfoncer. Elle l'aime bien ? Ou elle s'assagit. Sûrement les deux.

On s'en parle ?

Dans la cour d'isolement, Clélia est avec Rosine, le crâne complètement rasé et la peau fine en train de se reconstruire. Effectivement, Rosine a sous l'œil droit une trace rouge comme une larme.

— Pourquoi tu ne m'as pas parlé de cette tentative de suicide ?
— Je suis désolée, j'avais oublié.

Clélia soupire. Elle avait oublié. Comment rendre leur vie aux gens quand ils passent leur temps à vouloir l'oublier ? Qu'est-ce que Rosine a oublié encore ?

— Pourquoi tu as fait ça ?

Parce que quand même, si toutes les femmes quittées se suicidaient, les cimetières seraient pleins... Clélia pense soudain à Samuel. Elle ne l'a pas vu depuis le Père-Lachaise. Qu'est-ce qu'il fait ? Qu'est-ce qu'il devient ? Comment il s'acclimate ? Clélia chasse ces pensées, elle s'en fout, ou bien non, elle va lui envoyer un texto en sortant, elle a besoin de lui, un allié, ça ferait pas de mal. Soudain, elle éprouve du désir. Putain, Clélia, concentre-toi.

— Je ne sais pas. Je ne crois pas que je voulais vraiment mourir. C'était une bêtise.

— Au moment où tu as pris les médicaments tu te souviens de ce que tu as pensé ? Et pourquoi tu t'es mise dans un bain ?

— Je ne sais pas, j'ai eu envie de mourir. Et il fallait que je fasse ça, il fallait que je prenne un bain, c'était « plus fort que moi ». Comme...

La voix de Rosine se perd dans la cicatrice sur sa joue, celle qui ne se disparaîtra jamais, elle a tué ses filles.

— Je ne dis pas ça pour m'excuser.

— Je sais. Qu'est ce qui s'est passé dans ton enfance ? Un drame ? Au moins une chose difficile ? Un mauvais souvenir ?

— Non, vraiment, j'ai eu une enfance merveilleuse.

Quand elle dit ça, Rosine a la voix d'une enfant. Elle récite une leçon intérieure. Il y a eu quelque chose dans l'enfance de Rosine mais quoi ?

— Ce n'est pas possible. Tu es fragile. Tu vis deux séparations dans ta vie, la première se solde par une tentative de suicide et l'autre par un double meurtre, celui de tes filles en plus. Pour toi, le chagrin d'amour se paye au prix fort.

Rosine devient soudain très pâle, plus pâle encore qu'elle ne l'est déjà, si c'est possible.

— Oui ?
— Avant Christophe, il y a eu un garçon, Alex. Je suis désolée, je ne t'en ai pas parlé…
— Je sais, Nadine m'en a parlé, je lui ai posé la question.
— C'était juste un flirt, mais quand il m'a quittée, j'ai pleuré pendant des semaines, je n'arrivais pas à penser à autre chose et… J'ai avalé toute la plaquette de pilules de ma mère.
— Voilà. Ce n'est pas normal. On ne peut pas vouloir mourir à chaque rupture et puis tuer pour l'éviter sans avoir une profonde faille narcissique.
— C'est peut-être parce que mes parents s'aimaient tellement. Parfois, je me dis que je ne suis pas à la hauteur.

Encore cette récitation ? Mes parents s'aimaient tellement. Clélia pense l'inverse. Si Rosine associe la séparation à la mort c'est que le couple de ses parents ne devait pas être si parfait. Elle hésite à lui parler du canard sous le lit, ça risque de la braquer. Elle enchaîne sur la question qu'elle a en tête depuis Nadine.

— Tu te sens responsable de la mort de ta mère ?

Les larmes montent immédiatement aux yeux de Rosine.

— Maman.

Là, c'est une petite fille qui implore sa mère, et soudain Clélia le voit, son regard de bête traquée.

— J'ai divorcé, elle est tombée malade et elle est morte alors, oui, oui, je crois que ça l'a en partie tuée. Je l'ai tellement déçue.

Comment c'est possible ? Comment cette phrase, comment cette pensée est-elle possible ? Qu'est-ce que c'est que cette relation où la fille est la prunelle des yeux de sa mère et sa meurtrière, une fille qui, en plus, tue réellement ses propres filles. Et elle dit la même chose que son père. Fille à sa maman ou fille à son papa ? En tout cas, elle s'accuse des maux dont l'accuse son père et elle utilise les mêmes mots justement.

— Elle disait, « Si un homme te quitte, c'est que tu le veux bien », mais moi, je ne voulais pas que Christophe me quitte.

« Si un homme te quitte, c'est que tu le veux bien. » Pour dire une phrase pareille, il faut avoir l'expérience de ça. Les cinquante ans de mariage sans nuage sont un miroir aux alouettes. Comment Élisabeth a-t-elle fait pour que Claude ne la quitte pas ?

— Comment ta mère a fait en sorte que ton père ne la quitte pas ?
— Mon père n'a jamais voulu quitter ma mère.
— Jamais ?
— Non, ils ont toujours été amoureux comme au premier jour. J'aurais tellement voulu être comme eux…

La voix de Rosine se perd à l'intérieur d'elle-même, à l'intérieur de tout ce qui a été et de tout ce qui ne sera plus. Clélia réfléchit, Rosine a été amoureuse de deux hommes et même peut-être trois, « comme au premier jour », tellement amoureuse que la mort était chaque fois au bout du chemin. Soudain, Clélia se souvient qu'Élisabeth disait aussi : « Ce que femme veut, Dieu le veut. »

— Parle-moi de ta mère.
— Ma mère était douce, tendre, elle était ouverte, sociable, très féminine, elle était forte et la joie de vivre incarnée. Elle était parfaite.

Incroyable, exactement les mêmes mots qui ont été utilisés pour décrire Rosine.

— Et sa famille ?
— Je ne sais pas, je n'ai pas connu mes grands-parents. Maman n'en parlait pas, elle a perdu sa mère trop jeune. Il paraît que je lui ressemble.
— À qui ?
— À ma grand-mère.

Clélia n'aime pas plus les ressemblances que les excroissances. Un enfant est un enfant pas une possession du parent, c'est dingue ça. Elle note mentalement : une histoire de mère en fille. Les ressemblances peuvent être de simples projections, des mythologies familiales, elles ne sont pas forcément réelles et elles racontent toujours quelque chose. C'est con, elle aurait bien voulu voir des photos, pour vérifier, mais bon, le père Delsaux a dit non.

— Et ton père ?

Rosine ne cache pas son trouble, pour autant, elle ne se plaint pas.

— Mon père a toujours été plus fragile que ma mère, il était peut-être plus amoureux d'elle…
— Oui ?
— Parfois, j'avais l'impression de le gêner. Je crois que s'il avait pu garder sa femme pour lui tout seul, il aurait préféré.

Rosine sourit. C'est ça ? Ce que Clélia a pressenti, la rancœur de Claude, il en veut à sa fille parce qu'elle lui a pris sa femme ? Il ne voulait pas de cette enfant ?

— Vous pourriez lui dire que je suis désolée.
— Tu peux lui dire toi-même et tu peux me tutoyer.
— Il ne veut pas me voir.
— Tu n'as pas tué ta mère.

Rosine se perd, Clélia voit bien qu'elle n'arrive pas à être complètement d'accord avec ça.

— Tu n'as pas tué ta mère.
— Je ne sais pas.
— Rosine, tu as tué tes filles, pas ta mère.

C'est violent, c'est un électrochoc, mais Clélia estime que c'est important de remettre les choses en place, il ne faut pas déconner. Le père Delsaux, elle ne l'aime pas. Clélia est de parti pris, mais son instinct lui dit qu'elle a raison. En tout cas, il cache quelque chose qui pourrait certainement aider Rosine et à la place il l'accuse, il la culpabilise, il l'assigne en justice. Non, décidément, il ne mérite pas sa compassion. Rosine a pris la phrase de plein fouet, la trace sur sa joue a rougi, une larme de sang et des larmes dans les yeux. Mais, elle est forte, elle a le regard clair à nouveau. Elle sait, soudain que c'est vrai.

— Je vais chercher, je crois savoir ce que vous cherchez, je vais réfléchir. Vous pensez que mon enfance n'a pas été si merveilleuse ? Ou celle de ma mère ? Et que mon père a voulu quitter ma mère. Et qu'il m'en veut de quelque chose. C'est ça ?

Clélia n'aurait pas mieux dit et n'aurait jamais été aussi frontale pour le coup.

— Exactement.
— Je vais chercher.
— Moi aussi.

Dans son appartement, Clélia écoute du Mozart. Elle pense à Rosine, elle laisse les pensées tourbillonner. Elle pense que Rosine a du courage, qu'il faut du courage pour chercher à comprendre qui on est, pour distinguer le faux du vrai, la réalité de ce qu'on s'est inventé. Et Clélia se demande soudain si elle, elle aurait ce courage-là.

Dans sa cellule, Rosine écrit. Elle écrit tout ce qui lui passe par la tête, comme Clélia le lui a proposé. Elle écrit et pour la première fois depuis peut-être des années, elle se sent respirer, libre alors qu'elle est enfermée. Elle pense à ses filles. Pardon mes chéries, maman ne savait pas qui elle était, ce n'est pas une excuse, il n'y en aura jamais, mais c'est un fait. Rosine écrit et elle cherche. Elle tente de percer son propre mystère. Elle tente de savoir qui elle est. Clélia a raison, elle leur doit bien ça.

Dans le bureau d'Isaac, son carnet posé sur la table basse, Clélia fait les cent pas devant le paperboard rempli de mots, les symptômes d'un esprit en perdition, celui de Rosine. Comme un interniste le ferait pour une maladie rare, elle est un peu une médecin légiste des âmes, Clélia cherche à établir un diagnostic avec Isaac, assis sur son fauteuil, qui lui sert de partenaire, dans l'art de l'association d'idées, il est bon d'être au moins deux. Sur le tableau elle écrit : « Mes parents s'aimaient tellement. » « Si un homme te quitte, c'est que tu le veux bien. » « Ce que femme veut, Dieu le veut. » Elle ajoute. Femme castratrice. Mère dévoreuse. Toute-puissance face aux hommes. Secret lié au couple ? Elle regarde son paperboard un instant et se lance.

— Le père cache quelque chose. Infidélité ? Double vie ?

— Pourquoi ?

— Il se plaint, comme si c'était lui la victime. Sur toutes les photos, il est distant. Il cache quelque chose, j'en suis sûre. Il en veut à sa fille et je jurerais que ce n'est pas nouveau.

— Inceste ?

— Ça ne colle pas. Ça se passe ailleurs, au niveau du couple.

— Tu as dit qu'elle avait un regard de bête traquée, pourquoi aurait-elle peur de lui ?

— Elle l'a surpris avec sa maîtresse ? Il lui a fait du chantage pour qu'elle ne dise rien ? Elle l'a dénoncé ?

— Ça n'explique pas pourquoi les déclencheurs sont les séparations de Rosine.

— Et s'il voulait quitter Élisabeth alors qu'elle était enceinte ? Et s'il n'était pas son père ? Rosine devient alors sa prison et il lui en veut. Il le lui fait payer et elle a peur de lui. En plus, sans en avoir conscience, elle a sans cesse peur que son père l'abandonne, qu'il la « quitte ». Quand Rosine est quittée, elle est en fait quittée par son père et elle ne le supporte pas.

— Symboliquement, c'est ce qu'il fait, depuis la mort des petites filles, il l'abandonne.

Clélia écrit : Pas son père ? Père abandonneur ? Soudain, Clélia se retourne vers Isaac avec dans les yeux, cette ombre, la même que celle de Rosine, la terreur, celle d'une bête traquée, mais elle ne le sait pas. Isaac, lui, le sait, parfois, il la voit, pas aujourd'hui. Immédiatement cette ombre se pare de colère et disparaît en dessous.

— Merde, j'ai fait du zèle, je lui ai dit qu'elle était désolée, j'ai insisté pour qu'il aille la voir, je pensais que c'était bon pour moi, que Rosine obtiendrait des informations. Merde, merde, merde.

Au parloir, Rosine, son crâne lisse caché sous un bonnet, regarde ses pieds, ses mains, les mains de son père. Il est là, il est venu, son regard sur elle l'emprisonne comme des serres. Rosine fait si jeune, on dirait une enfant de six ans et demi. Elle se tient légèrement voûtée, les genoux en dedans et les mains posées bien à plat sur ses genoux, tout en elle s'excuse même d'exister, elle ne le sait pas mais c'est comme ça, toute son attitude corporelle raconte la petite fille prise en faute. Une part de Rosine voudrait faire autrement, elle voudrait lui parler, elle ne sait pas comment. Elle hésite. Claude ne lui facilite pas la tâche, il la noie de son regard et pour le reste il se tait. Il l'enveloppe de son silence, il l'écartèle du poids de son silence. Il est entré dans le parloir, il l'a transpercée de son regard dur, il s'est assis et il s'est tu. Cela fait déjà une bonne dizaine de minutes. C'est long. Rosine pense à Clélia, elle relève doucement les yeux et les fixe sur le premier bouton de chemise de son père, pas plus haut, le menton, pas plus, elle ne peut pas le regarder dans les yeux, elle ne peut pas affronter son regard. Elle se lance, il le faut bien.

— J'aimerais savoir… Je pense que je me trompe mais… Est-ce que par hasard… Éventuellement… Je ne veux pas te déranger, tu saurais s'il s'est passé quelque chose dans mon enfance ? Quelque chose dont je ne me souviens pas ?

Même la voix de Rosine est différente, fluette et haut perchée, une voix de petite fille qui quémande un câlin. Dans ses yeux à elle, la bête traquée, dans ses yeux à lui, la haine, froide comme de l'acier, parfois, l'amour est si proche de la haine.

— Je me trompe sûrement, mais s'il te plaît Papa, au cas où, dis-moi.

Tout en Claude dit qu'il déteste être ici et qu'elle a bien raison de se comporter comme ça, que c'est de sa faute, de sa faute à elle, s'il est là, qu'elle est la méchante, la mauvaise, celle par qui le mal arrive. Il se tait.

— Je leur dois bien ça.

Rosine s'arrête net. Elle a fait son maximum : elle a trouvé la force en elle de lui poser la question. C'est déjà énorme. C'est déjà inouï. Elle baisse les yeux à nouveau vers ses mains, son pouce saigne, elle s'est machinalement arraché la peau près de l'ongle. Elle rentre la tête dans ses épaules. Elle se répète en boucle ce que Clélia lui a dit : « Tu as tué tes filles, c'est un fait, mais c'est le passé, tu ne peux rien y changer. En revanche, tu peux changer le présent, tu peux décider d'en faire quelque chose, tu peux comprendre pourquoi tu as fait ça, tu peux leur rendre cette justice. Tu leur dois bien ça. » Clélia. Rosine pense à Clélia pour ne pas penser à ce qui l'envahit. Pour qui tu te prends ? Tu es un monstre. Rosine pense à Clélia et elle se dit que chaque fois qu'elle la voit ou qu'elle reçoit un texto, ça lui fait du bien. Elle a même l'impression que c'est la première fois qu'elle a une amie. Elle se rend compte qu'elle a toujours pensé que les gens se trompaient sur elle, même Christophe, même Nadine. Clélia non, Clélia, elle, elle la connaît et elle la prend telle qu'elle est. Elle est là pour elle. Et elle a même réussi à faire en sorte que son père vienne la voir. Soudain, une émotion intense la submerge. Papa, aime-moi. Pardonne-moi. Aime-moi. Ne m'abandonne pas. Papa.

— Papa.

— Tu ne trouves pas que j'ai assez souffert comme ça ? C'était bien la peine que je vienne. C'est cette fille qui te met des idées tordues dans la tête ? Et tu lui donnes raison ? J'ai perdu mes petites-filles. Ça ne suffit pas ? Tu veux encore nous faire du mal ?

Il est implacable, tranchant comme un couperet et son haleine est mauvaise comme s'il voulait l'empoisonner.

— Pardon, Papa, non, je suis désolée. Oublie ce que j'ai dit.

— Comment veux-tu que j'oublie ? Tu me tues.

— Papa.

Claude se lève, Rosine se lève en même temps, elle propulse son corps de gamine éplorée contre lui. Pour le faire rester, elle ferait n'importe quoi, même lui rouler un patin, Papa, ne pars pas, je t'en supplie, ne m'abandonne pas, je suis désolée de te rendre malheureux. Elle s'accroche à lui comme si sa vie entière en dépendait, elle qui n'a déjà plus qu'un semblant de vie, et qui doit composer avec plus que la plupart des gens ne connaîtront jamais. Claude la repousse immédiatement. Il frappe à la porte, c'est urgent. Il demande qu'on lui ouvre. Elle le tue. Il dit ça à Rosine, tu me tues. Une gardienne ouvre la porte. Rosine recule d'un coup. Elle a compris les codes de la prison, pas de vagues, surtout pas de vagues, et dans ses yeux une supplique : Papa. Claude se retourne.

— Tu fais comme tu veux, mais tu devrais éviter cette fille.

Claude disparaît derrière la porte, dans les couloirs qui le renvoient à l'extérieur, là où, quel que soit le chagrin, l'horizon est dégagé et où on peut voir le ciel. Une gardienne menotte Rosine et la pousse devant elle. L'odeur de la prison est écœurante mais Rosine ne la sent déjà plus. Elle a la même odeur maintenant, celle de la peur, de la colère, de la pisse et de la survie. Elles marchent le long du couloir A37 qui la ramène à sa cellule. Il faut passer par les zones communes avant d'arriver à l'isolement. Les prisonnières la voient et commencent à hurler. Dès qu'elles la reconnaissent, elles se mettent à frapper les barreaux de leurs cellules avec tous les objets qu'elles trouvent et qui font du bruit, le hurlement métallique des cantines en fer-blanc. Elles hurlent à la mort et à la tueuse d'enfants. Bam. Bam. « Salope, tu peux crever. » « Tu sais ce qu'on fait à des femmes comme toi ? » Bam. Bam. « Tu iras brûler en enfer. » « La prochaine fois on ne te ratera pas. » Bam. « On va bouffer ta chatte avant de la défoncer. » « Tu vas crever de là où tu as péché. » Bam. « Tu mérites de crever. » Bam. La violence est telle que la gardienne appelle du renfort. Elles sont rejointes par une matonne. La rumeur enfle encore, le bruit assourdissant comme la fin du monde et les insultes comme autant de mises à mort. Rosine s'en fout, elle ne les entend pas. Elle marche, légère. Il a dit : « Tu fais comme tu veux mais tu devrais éviter cette fille. » Si elle fait ce qu'il dit, peut-être qu'il reviendra ? Oui, sûrement, si elle est une gentille fille, son papa va revenir.

À l'entrée de la prison, Clélia se heurte à une porte fermée, celle d'une interdiction de visite sur papier. Rosine a expressément demandé à ne pas la voir. Elle ne peut rien faire, elle n'a pas de moyen de pression, elle a grillé la cartouche de sa visite obligatoire. Coste le sait, il jubile. Clélia a envie de lui exploser la gueule mais ce n'est pas le moment. CLÉLIA, TU PENSES RÉSULTAT. Quand même, elle insiste, elle doit voir Rosine, elle veut voir la directrice. Elle est inquiète, Rosine n'a pas répondu à ses deux derniers textos, son père est passé, ça ne sent pas bon. Merde, merde, merde, jamais, jamais, elle n'aurait dû céder. Ce mec, elle ne le sent pas et son instinct ne la trompe quasiment jamais, elle suit toujours ses propres lois et elle a raison, merde, elle s'est fait avoir, elle s'est fait avoir par la petite fille intérieure de Rosine, celle qui est encore en demande d'amour de son père. Fuck, fuck, fuck. Elle n'aurait pas dû insulter Clarence la dernière fois, pas parce qu'elle avait tort, elle avait raison, mais parce qu'elle DOIT PENSER long terme, elle a BESOIN d'utiliser les gens. Fuck. Quand même, Milwood est honnête, elle va l'aider.

— Appelez Milwood.
— Non.

Maxime intervient et dit un truc à l'oreille de Coste, un truc du genre, la dernière fois, ça valait la peine de l'appeler, on devrait peut-être, cette fois-ci aussi. Coste prend le téléphone et compose un numéro. Maxime sourit à Clélia. Clélia se voit le plaquer contre le mur de la guérite, là, sous l'œil de Coste et lui mettre la langue dans la bouche puis prendre sa queue. Le canard jaune s'impose à son esprit. Son cœur s'accélère. C'est quoi ce bordel ? Coste raccroche, victorieux.

— Madame la directrice s'en tient à l'interdiction de Delsaux. Elle dit que si cela ne vous convient pas, vous pouvez lui écrire un mail qu'elle transmettra. Et arrêtez de harceler Madame Delsaux de textos, sinon elle la supprime de la liste du programme d'étude.

Soudain, Clélia s'effondre à l'intérieur, elle a merdé, Rosine merde, Clarence merde, tout le monde merde et le monde s'écroule. Comment elle va faire pour sauver Rosine ? Pour comprendre ? Pour résoudre son enquête ? Clélia a des envies de meurtre, elle tourne les talons. La salope ne l'a même pas prise au téléphone.

Au Café des Anges, Clélia, dévastée, ne sait plus quoi faire. Elle ne voit pas d'issue et toute sa culpabilité la submerge, c'est de sa faute cette situation, elle aurait dû se méfier du père, elle a mal évalué la situation, elle aurait dû brosser Milwood dans le sens du poil et même Coste, elle aurait dû sauver Damien Préjean, toute cette culpabilité la propulse dans ses excès. Elle envoie à Rosine une bonne vingtaine de textos, de la compréhension au chantage et à la menace, en passant par l'insulte.

Tu ne dois pas payer, tu dois être jugée et juger, c'est comprendre. Tu dois comprendre.

Tu ne peux pas me laisser tomber.

Tu dois comprendre pour tes filles.

C'est à cause de ton père ? Je n'aurais jamais dû le convaincre de te voir.

Tu pourrais répondre.

On se voit une fois, j'ai besoin que tu m'aides pour avancer. UNE FOIS.

Pourquoi le bain ?

C'est quoi le canard ?

Tu crois que tes filles sont heureuses de savoir que tu vas passer trente ans en prison ?

Tu es contente de passer trente ans de ta vie en prison ?

Tu ne mérites pas que je m'occupe de ton affaire.

Tu réponds ?

Va te faire foutre.

Putain mais tu n'as pas le droit de me faire ça.

C'est ton père ?

Qui t'a fait du mal ?

Mais putain, tu as choisi tes parents plutôt que tes enfants, tu ne trouves pas que ça suffit ?

Vois Christophe au moins. Pourquoi tu ne veux pas voir Christophe ? Il t'aime et je te jure que ce n'est pas facile.

Nadine ? Tu veux voir Nadine ?

Même si tu ne veux pas me voir, vois-les.

Ce mec est un enculé, je ne le sens pas. Il t'a violée ?

Tu es coupable à partir du moment où tu baisses les bras.

Tu tues tes filles une deuxième fois si tu n'expliques pas leur mort.

Clélia fait passer le tout avec cinq whiskys tassés. Elle raccroche au nez d'Isaac pour la troisième fois, elle se doute bien que Rosine va se plaindre de harcèlement mais elle n'en a rien à branler, et si on lui enlève son portable tant pis. Clélia s'arrête, elle n'a plus de textos à envoyer, elle ne sait pas ce qu'elle va faire. Et soudain, elle voit une ressource : le boiteux. Elle paye, sort, hèle un taxi. Isaac ne va pas être content. Elle s'en contrefout, il fait chier. Et demain, elle prend sa moto. Merde.

Clélia entre dans le commissariat, elle ignore les appels de l'officier, un bleu, le même que la dernière fois, qui est au contrôle du détecteur de métal qu'elle passe sans se soucier de la sirène qu'elle déclenche. Elle se fout de tout ça, elle n'entend rien, ni le bruit, ni les cris. Elle fonce. Elle déboule dans le bureau de Samuel. Elle veut qu'il insiste, qu'il ouvre une enquête sur le cas Delsaux, il y était, il sait bien que quelque chose ne va pas, Rosine ne veut plus la voir, c'est la faute de son connard de père et ce connard fait entrave à la justice, il l'empêche de faire son boulot correctement mais tout le monde s'en fout parce que tout le monde estime qu'une femme qui tue ses deux enfants, ça ne mérite pas d'enquête, mais putain, tous des cons, il faut être con pour croire une chose pareille, qu'une mère qui tue ses deux enfants le fait pour le plaisir ou juste pour continuer à se faire niquer. Mais putain, il n'a qu'à ouvrir une enquête, sinon c'est lui le plus con de l'histoire, lui qui ne fait pas son travail, lui qui sait mais qui s'en cogne. À moins que ça ne l'arrange lui aussi ? Clélia est déchaînée. Toutes ses bonnes résolutions et Isaac sont passés à la trappe.

— Et si tu veux qu'on baise pour ça, on peut. Je sais que c'est ça que tu veux.

Elle s'arrête enfin, le cheveu décoiffé et l'haleine fétide de toute sa rancœur et de toute sa frustration. Samuel, estomaqué, et de la femme et de la proposition, prend ça comme un coup de poing dans le ventre.

— Je ne savais pas que tu faisais pute aussi.

Même si oui, sûrement, il la baiserait bien, l'idée qu'elle puisse penser qu'il ouvrirait une enquête en échange lui est insupportable.

— Je ne vais pas demander d'enquête et pas parce que je ne te baiserai pas, tu as raison, je le ferais volontiers, quoique maintenant en y pensant beaucoup moins. Mais, vois-tu, il y a des règles, des procédures et la coupable est derrière les barreaux, il n'y a donc pas d'enquête matérielle. Maintenant, je te remercie de sortir de mon bureau.
— Putain, mais tu sais où tu peux te les foutre tes procédures ?

Samuel se lève.

— Dehors.
— Tu veux me frapper.

Bien sûr, il aimerait la frapper. Et elle aimerait elle aussi, il le sent, il le sait. Il la prend par le bras.

— Dehors.

Clélia résiste.

— Cogne. C'est facile. Tu ne peux pas me baiser alors tu as envie de me cogner, c'est tellement classique. Tu es pathétique.
— Tu te donnes en spectacle.

Soudain, elle se redresse. Elle sent qu'elle est allée trop loin, qu'elle est en train de perdre le dernier allié qu'elle avait, celui qu'elle voyait soudain comme une ressource. N'empêche, elle sait qu'il aurait dû ouvrir une enquête, faire preuve d'humanité plutôt que de suivre des procédures. Elle se dégage.

— Lâche-moi.

Sans un mot d'excuse, sans un regard, elle descend l'escalier du commissariat et hèle un taxi. Elle sait ce qu'elle doit faire. Elle le fera coûte que coûte et contre la terre entière. Elle pense à Daniel Varennes. Elle a fait ce qu'elle devait. Samuel la regarde partir. Il sort son téléphone. Il appelle Isaac.

Clélia retourne voir Claude Delsaux chez lui, elle va l'accuser et le faire craquer. S'il le fait, elle aura raison. Delsaux est chez lui, il ouvre. Quand il voit que c'est elle, il referme aussitôt. Trop tard, Clélia a mis un pied dans la porte. Elle l'interpelle violemment.

— Qu'est-ce qui s'est passé dans cette maison ? Est-ce que vous êtes vraiment le père de Rosine ? Est-ce que vous avez voulu quitter Élisabeth alors qu'elle était enceinte ? Est-ce qu'elle vous a surpris avec une maîtresse ?

Claude le prend très mal. Un éclair de haine passe dans ses yeux. Enfin, il montre son vrai visage. Il siffle entre ses dents.

— Qu'est-ce que vous cherchez ? La merde ? Vous allez la trouver. Si vous continuez, je vais porter plainte pour harcèlement. Vous devriez me laisser tranquille. Sinon, vous allez le payer.

Clélia perçoit clairement la menace et le fait qu'il va la mettre à exécution. Elle hésite une seconde, elle a envie d'insister, elle sait que ce serait absolument contre-productif, qu'elle en a déjà assez fait comme ça, elle se rappelle son mantra, pardon, merci, je t'aime, en boucle dans sa tête, alors, elle dégage son pied. Claude lui claque la porte au nez. Impuissante, elle s'en va.

Clélia boit des verres de whisky au Café des Anges. Il est tard. Elle esquisse un pas de danse, elle trébuche et tombe contre le coin du bar. Elle ne sent pas la douleur. Elle rit. Elle fait signe à Rico qui lui ressert un whisky.

Chez elle, Clélia prend une douche brûlante. Elle sort nue et ruisselante. Elle s'enveloppe dans une serviette, se regarde dans la glace. Son œil droit est violet et tire sur le jaune, le coin du bar a été plus fort qu'elle. Elle a mis *Les Quatre Saisons* de Vivaldi, très fort. Elle regarde les lumières de la ville. Qui dort ? Qui ne dort pas ? Toutes ces vies. Elle pense à Rosine, au père de Rosine. Elle laisse son esprit divaguer, elle fait des liens. Elle aidera Rosine contre elle-même s'il le faut. « Cinquante ans de mariage. » « Elle a dit, c'est pas grave. » Manon qui tombe dans le bassin. « Elle ne va pas se noyer dans dix centimètres d'eau. » Sur les photos, Rosine enfant, à la plage, qui n'est jamais dans l'eau, la bête traquée dans son œil quand elle regarde la mer. Rosine qui veut absolument que ses filles sachent nager très tôt. Le guide des premiers secours avec l'image du bouche-à-bouche au noyé. « Il fallait que je prenne un bain. » Le petit canard jaune est un jouet d'eau, le jouet classique de bain des enfants. Clélia en est sûre, tout tourne autour de l'eau. Qui s'est noyé ? Qui a été noyé ? Elle a noyé ses filles.

Il est un peu plus d'une heure du matin, Clélia arrive chez Isaac, il habite un petit pavillon dans le village du vingtième, il y a de la lumière. Elle ne l'a pas prévenu, elle a préféré débouler à l'improviste, elle sait qu'elle doit le prendre par surprise et qu'elle a merdé aujourd'hui. D'ailleurs, elle a envoyé un texto à Samuel.

J'ai merdé, excuse-moi, je te revaudrai ça.

Elle ne peut pas faire mieux. Elle espère qu'il comprendra, il faut quand même qu'elle arrête ça. Elle hésite, elle aurait dû en envoyer un à Isaac aussi. Elle l'écrit, là, devant sa porte.

Excuse-moi, j'ai pété un câble, tu me connais, je veux absolument résoudre cette affaire.

Elle l'envoie. La notification de lecture apparaît. Elle sonne. Isaac lui ouvre. Derrière lui, une très jolie jeune femme passe, à demi-nue. Clélia n'en revient pas, elle a toujours pensé qu'Isaac était seul, elle aurait sans doute voulu qu'il soit seul. Ça lui fait bizarre quand même. La fille a l'air d'avoir son âge en plus.

— Je te dérange.

— Non, bien sûr que non, il est seulement une heure du matin. Je ne suis pas arrivé à te joindre de la journée. Claude Delsaux a fait une main courante contre toi. Qu'est-ce qui est arrivé à ton œil ?

— C'est en rapport avec l'eau. Rosine ne veut plus me voir, il faut que tu la convoques en audition. Il faut qu'on lui parle d'eau. Il y a quelque chose avec l'eau. Elle garde un petit canard jaune, tu sais le classique du jouet de bain. Je suis sûre que la clé, c'est l'eau.

— Avec l'alliance ? Le canard, elle le cache avec l'alliance je suppose.

— Isaac.

— Il n'y a pas d'Isaac qui tienne, tu recommences. Tu sais très bien où ça te mène. Demain, dix-sept heures, dans mon bureau.

— Isaac.

— Tu as de la chance. Tu as de la chance que Rosine n'ait pas porté plainte elle aussi, et qu'elle se soit contentée de m'appeler, sinon tu étais retirée de l'affaire. Déjà avec Delsaux, je ne sais pas comment on va faire.

Clélia se tait, elle sait qu'il a raison.

— Je t'ai envoyé un texto.

— Et je devrais te remercier ?

— Non.

— Tu en as envoyé un à Samuel Varda aussi ? Parce que lui, franchement, tu pourras le remercier. Demain, dix-sept heures et tu seras priée de te taire.

Isaac ferme la porte, elle croit l'entendre marmonner un putain, ce qui n'est pas dans ses habitudes. Elle se dit que oui, elle a été trop loin. Elle lui renvoie un texto.

Désolée.

La notification de lecture apparaît, la lumière du salon d'Isaac s'éteint, celle de la chambre à l'étage s'allume. Elle l'imagine avec la fille qu'elle a vue, presque nue, ça lui fait vraiment bizarre. En même temps, ça l'excite, elle coucherait bien avec Isaac. Elle repousse l'idée, ce serait trop étrange, comme... incestueux. Merde. Bon, elle lui a dit qu'elle était désolée, en même temps, elle fait ça pour la justice. Merde.

Une petite fille est dans son bain. Elle joue avec un petit canard jaune. La porte de la salle de bain s'entrouvre. La petite fille se fige. Une voix de femme retentit au loin, « Chérie, tu sors de ton bain et tu viens manger. » La porte de la salle de bain se referme.

Clélia se réveille en sursaut dans son lit. Son cœur bat à cent à l'heure. C'était elle la petite fille, c'était comme si c'était elle. Elle ou Rosine ?

Comment savoir ? Elle ne se souvient pas de la voix de sa mère. Elle n'a pas de souvenir de ses parents, sauf les photos qu'elle a vues chez sa grand-mère. Elle ou Rosine, elle sait que la petite fille a eu peur.

Dans son bureau, Isaac va procéder à l'audition de Rosine, ils sont assis l'un en face de l'autre. Rebecca Wagner, la greffière d'Isaac, est à son poste, derrière son ordinateur, prête à lancer la caméra et à tout consigner. Ils ont préparé les questions minutieusement, ils travaillent ensemble depuis des années. Clélia est présente, assise sur une chaise en retrait. Elle sait que Rebecca Wagner n'a pas mentionné sa présence. Isaac table sur la méconnaissance de Rosine des procédures. C'est vrai qu'elle peut remercier Samuel. Dès qu'elle est sortie du commissariat, il a appelé Isaac et il lui a demandé officiellement de poursuivre l'instruction. Sur la forme, il n'était pas du tout d'accord avec Clélia mais sur le fond oui, et c'est le fond qui compte. Il a appelé le parquet dans la foulée. Ce mec est un mec bien, Clélia savait qu'il était une ressource. Elle a bien fait et de suivre son instinct et aussi de lui avoir envoyé un mot d'excuse auquel il n'a pas répondu d'ailleurs. Et oui, elle va aussi le remercier. Elle a maquillé son œil, son cocard se voit quand même. En entrant, Rosine l'a à peine regardée mais elle l'a remarqué. Est-ce pour ça qu'elle ne lui a rien dit ? Même pas bonjour. Clélia a murmuré, c'est pas grave, parlant de son œil ou du fait que Rosine l'ait ignorée. En même temps qu'elle le disait, elle s'est entendue, comme Rosine, elle dit, c'est pas grave alors que c'est grave, le fait que Rosine l'ignore, son œil au beurre noir, son incapacité à se contrôler. Isaac explique à Rosine que tout le monde a le droit d'être jugé justement et juger, c'est comprendre. Sur ce point, Clélia et Isaac sont entièrement d'accord. Donc, Rosine ne peut être jugée correctement que si le jury comprend pourquoi elle a tué ses filles. Clélia écoute Isaac. Il lui a à peine adressé la parole quand elle est entrée, il lui a juste répété de garder le silence. Il lui en veut ou il tient son rôle ou les deux. De toute façon, Clélia n'y tient plus, malgré la demande d'Isaac, elle l'interrompt.

— Rosine, l'eau, c'est l'eau. L'eau, la tête sous l'eau. Tu tiens la tête de tes filles sous l'eau. Il faut au moins six minutes pour mourir noyé. Six minutes, c'est beaucoup. Il faut tenir. Est-ce que tu connais cette sensation ? Est-ce que tu as failli mourir noyée ? Ta mère ? Ton père ? Un autre enfant ? Un autre enfant est mort noyé ? Tu as noyé un autre enfant ?

Isaac essaye d'arrêter Clélia mais, peine perdue, elle continue pendant que Rosine la regarde stupéfaite.

— Ta mère ? Elle a noyé un frère ? Une sœur ? Par accident ? À qui est le petit canard jaune ? Le canard jaune Rosine. Le petit canard jaune.

Soudain, Rosine étouffe. Elle crie.

— Maman !

7 mai 1988 - 20h

Rosine a six ans, elle est dans son bain. Elle joue avec le petit canard jaune, la porte de la salle de bain est entrouverte. À l'extérieur, Claude et Élisabeth se hurlent dessus. Rosine fait plonger le canard dans l'eau et chante. « Bateau, sur l'eau, ma tantirelirelire. Bateau sur l'eau ma tantirelirelo... Maman est en haut qui fait des gâteaux. Papa est en bas, qui fait du chocolat. Bateau, sur l'eau, ma tantirelirelire... Bateau, sur l'eau. Ma tantirelirelo... » De l'autre côté de la porte, Claude crie. « Tu ne m'empêcheras pas de partir. Je m'en vais. » Soudain, la porte de la salle de bain s'ouvre violemment. Élisabeth déboule en hurlant.

— Si tu t'en vas, je la tue.

Rosine s'arrête net, laisse la tête du canard sous l'eau, n'ose pas le ressortir, elle a peur qu'il se noie mais elle n'ose pas faire le moindre geste. Elle ne respire même pas. Peut-être que si elle ne respire pas, si elle ne bouge pas d'un millimètre, elle va devenir invisible ? Élisabeth est debout près d'elle, son ombre tombe sur le visage de Rosine mais tout son corps est dirigé vers la porte. Claude arrive à la porte de la salle de bain. Il regarde sa femme droit dans les yeux.

— Je m'en vais.

Élisabeth le fixe elle aussi. Et puis, au bout de quelques secondes qui paraissent une éternité, elle a un petit sourire.

— Comme tu veux.

Immédiatement, Élisabeth se retourne vers Rosine, elle se baisse, fond sur sa fille et lui enfonce la tête sous l'eau. Elle tourne la tête vers Claude et le regarde à nouveau droit dans les yeux avec, au fond des siens, un éclair de défi. Dans la baignoire, Rosine se débat, elle étouffe, ses mains et ses pieds s'agitent dans des mouvements compulsifs. Des bulles éclatent à la surface de l'eau. Claude soutient le regard de sa femme. Élisabeth appuie toujours sur la tête de Rosine. Les mains et les pieds de Rosine cessent de s'agiter, les bulles disparaissent. Rosine perd connaissance, son corps se ramollit. Finalement, Claude baisse les yeux.

— Tu es folle.

Il tourne les talons. Élisabeth se retourne rapidement vers Rosine, elle la sort de l'eau, de la baignoire, la glisse près d'elle sur le carrelage de la salle de bain et la secoue dans tous les sens. Rosine tousse, crache, reprend son souffle, respire. Élisabeth la serre contre elle.

— Ma chérie, amour de ma vie, tu sais que maman t'aime. Tu es la prunelle de mes yeux. S'il t'arrivait quoi que ce soit, je ne le supporterais pas. Je t'aime ma poupée, tu sais ça, je t'aime. Viens là.

Élisabeth la serre un peu plus fort. Rosine respire de manière saccadée, son cœur bat à toute allure, dans ses yeux, la terreur. Élisabeth la berce.

— Bateau sur l'eau, ma tantirelirelire. Bateau, sur l'eau, ma tantirelirelo... Maman est en haut qui fait des gâteaux. Papa est en bas qui fait du chocolat. Bateau, sur l'eau...

Le canard flotte à la surface de l'eau.

Clélia, Isaac et Rebecca regardent Rosine, sidérés. Rebecca a les larmes aux yeux, elle a tout noté, même si elle sait qu'ils vont reprendre l'audition de Rosine sans Clélia, pour qu'elle soit recevable. Elle pense aux massacres et aux tortures, aux enfants du Rwanda et à Rosine. Isaac se demande une fois de plus comment un parent peut faire une chose pareille à son enfant ? Combien d'enfants tués sur l'autel de la folie parentale ? Combien ? Un certain nombre de ces enfants deviennent des tueurs au sens symbolique, répétant la maltraitance avec leurs propres enfants, et d'autres au sens strict, comme Rosine, un jour, ils « déchargent » toute cette haine et ils tuent un enfant, un conjoint, un voisin, un amant ou une maîtresse. Ce sont eux qui font le quotidien d'Isaac : dans tout criminel, il y a un enfant à soigner. Clélia, elle, est en profonde empathie avec Rosine. Il y a autre chose aussi, l'image du canard qui reste gravée dans son esprit, un lambeau de son cauchemar, comme s'il avait encore quelque chose à lui dire. Bizarrement, ou pas, Rosine a le regard plus clair, elle semble plus sereine, comme soulagée. Au fond, il vaut mieux savoir même le pire que vivre à côté de soi. Des larmes coulent le long de ses joues, ce sont des larmes qui nettoient. Sa larme rouge brille. Elle regarde Clélia.

— Je ne me souvenais pas.

— C'est pour ça, c'est pour ça que tu as tué tes filles, le souvenir enfoui est revenu prendre vie dans la réalité.

— Mais pourquoi pas au moment de la séparation d'avec Christophe ?

— Parce que ta mère était vivante. Ta mère morte, il fallait que tu sois loyale, à la hauteur. Tu ne pouvais pas la décevoir. Tu ne pouvais pas être quittée. Tu as reproduit ce qu'elle a fait pour que ton père ne la quitte pas. Tu étais dissociée au moment où tu as été envahie par la pulsion. Tu n'étais pas consciente, contrairement à ta mère. C'est pour ça que les petites sont mortes. Ta mère, elle, avait le contrôle, elle ne t'aurait jamais tuée, elle t'a torturée, instrumentalisée volontairement, mais elle ne t'aurait jamais tuée. Tu es victime autant que tu es coupable. L'un n'est pas exclusif de l'autre.

Isaac n'ajoute rien, il n'y a rien à ajouter, il sait que Clélia a raison, qu'il a bien fait de lui dire de venir. Qu'elle doit se tenir à carreau mais que c'est parfois une bonne chose de bouger les lignes. Rosine pleure doucement, sa vie revisitée en un éclair de seconde à la lumière d'un souvenir oublié. C'est comme un château de cartes qui s'écroule, sa vie, celle qu'elle s'était fabriquée n'existe plus, en fait, elle n'a jamais existé. Elle va devoir faire le deuil de ça, de toutes ces années de mensonges, de tous ces souvenirs faussés, de tous ces choix pas choisis. Comment supporter une telle charge ? Comment supporter un tel tremblement de terre existentiel ? Rosine voit sa vie passer devant ses yeux. Elle voit que, sans son crime initial, le déni, ses filles n'auraient sans doute jamais existé, que la vérité a valeur de pardon y compris à elle-même, même si elle sait qu'elle va mettre longtemps à se pardonner. Elle voit qu'elle ne peut rien regretter parce que de toute façon c'est passé, que tout est dans tout, et que sans le début, il n'y aurait pas la fin, et que sans la fin, il n'y aurait pas eu de début et elle ne peut pas vouloir ça, elle ne peut pas vouloir, même comme ça, que ses filles ne soient pas nées. Elle voit dans une fulgurance qu'elle ne peut qu'accepter, respirer, sinon, elle serait déjà morte. Clélia voit tout ça passer sur le visage de Rosine, elle la trouve belle, attirante, courageuse. Le courage a toujours ému Clélia. Elle se demande à nouveau, comme ça, en transparence, si elle, elle l'a ce courage-là. Elle se dit que, en tout cas, si elle a fait son travail, Rosine, elle, a fait plus que sa part. Pour Clélia, Rosine devrait être acquittée. Elle s'est servie de son crime pour comprendre. Son crime n'était pas inutile, il a servi à remettre la vie là où elle devait être. C'est ça le paradoxe du crime quand il est assumé et compris, il remet la vie là où elle doit être. Et, même si c'est difficile à admettre, c'est mieux après. La vie doit être avant tout et certaines morts remettent de la vie, c'est comme ça. Il est vrai que Clélia n'a pas la même grille de lecture que la plupart des gens, elle est une empêcheuse de penser en rond comme dit Isaac dans leurs bons jours. Clélia est une justicière de la justice. À ses yeux, Rosine est moins coupable qu'un Lamier qui tue Damien Préjean par cynisme, ou pire, par arrivisme. Isaac sait tout ça, il peut quasiment lire les pensées de Clélia. Il la regarde de profil, elle fait profil bas, en parfaite osmose avec Rosine. Quel drôle de personnage. Quelle drôle de personne, capable du pire et du meilleur, comme là. Qui d'autre qu'elle pouvait réussir à déterrer une histoire pareille ? Elle est très forte, toujours à la limite, à la lisière des choses, borderline comme on dit, mais si forte, et fragile aussi. Isaac sait pourquoi elle est comme ça, pourquoi elle fait ça, pourquoi elle passe son temps à rendre aux autres leur vie. Il le sait, mais ce n'est pas à lui de le lui dire, même s'il sait aussi que, si un jour elle découvre ce qu'il sait, elle ne lui pardonnera jamais de ne pas le lui avoir dit. Soudain, Isaac pense à Daniel Varennes, sa sortie de prison l'inquiète. Daniel Varennes est celui par qui tout a commencé, il ne faudrait pas qu'il soit celui par qui tout se termine. Daniel Varennes, la seule affaire pour laquelle Isaac a fondamentalement dérogé au droit, la seule fois où il a fait prévaloir la justice dans son sens absolu. Contrairement à Clélia, Isaac aime le droit même s'il sort des clous parfois. Il accepte les imperfections du système et de fait, celles de la justice. Et il sait que pour Rosine, ce n'est pas gagné, et que Clélia risque de se confronter une nouvelle fois à ce qu'elle appelle l'injustice.

— Il faudrait que votre père valide ce souvenir.

Rosine regarde Isaac, elle a son regard de bête traquée, l'emprise a la force de l'empreinte. Et, à nouveau, dans le regard de Clélia, la tempête fait rage. Elle sait qu'Isaac a raison.

— Si votre souvenir n'est pas validé, un jury pourra penser qu'il y a eu « induction de souvenir » ou pire, « un mensonge pour se donner des circonstances atténuantes », et alors, non seulement ça ne jouerait pas en votre faveur mais même en votre défaveur.

Rosine supplie Clélia du regard. Clélia est désolée mais Isaac a raison, Rosine va devoir trouver, en elle, la force de demander à son père. Rebecca Wagner sent son cœur se pincer.

Au parloir de la prison, Rosine essaye de parler à son père. Le peu d'assurance qu'elle avait gagné avec la découverte d'un « sens » à son geste, a disparu sous les années de conditionnement et le doute qui la taraude : et si elle avait inventé tout ça ? Quand même, elle se lance.

— Papa, est-ce que maman a essayé de me... Est-ce qu'elle m'a fait du mal pour te garder ?

Claude a ce regard, glacial, un regard qui tue.

— Tu ne trouves pas que j'ai assez souffert comme ça avec cette histoire ?

Rosine arrête de respirer, meurt à nouveau, là, sous ses yeux, comme quand elle était enfant, comme quand elle mourait en dedans.

Dans le bureau du juge, après plus d'une heure d'audition, Claude Delsaux fait face à Isaac, un rictus d'impatience sur les lèvres. L'air est chargé d'agacement de part et d'autre, la tension est palpable. Isaac ne sait plus comment avancer. Il a tout essayé, rien à faire, Delsaux nie ou plutôt ne dit rien, rien, il n'y a rien eu, il a vécu l'amour absolu avec sa femme, et avec sa fille, jusqu'à ce que sa fille devienne un monstre, il ne sait pas pourquoi elle a tué ses filles, il ne comprend pas, il dit qu'elle l'a tué en même temps que ses deux filles. Il est une victime. Derrière son ordinateur, Rebecca se dit qu'heureusement Clélia n'est pas présente, sinon, ça aurait déjà tourné en guerre des tranchées. Là, Monsieur le juge garde son calme même si, elle qui le connaît bien, sait bien qu'il bout à l'intérieur.

— Monsieur Delsaux, je vous le demande à nouveau, comment cela allait-il dans votre couple ? En tout cas entre mille neuf cent quatre-vingt-six et mille neuf cent quatre-vingt-douze. Entre les quatre et les dix ans de Rosine. Je crois savoir que vous avez déménagé après ça.

Clélia et Isaac ont évalué la période de maltraitance allant des quatre aux dix ans de Rosine. Dans son souvenir, Rosine avait environ six ans et ce n'était clairement pas la première fois que ça arrivait, sur les photos, Rosine a le regard clair jusqu'à ses quatre ans, et elle s'est souvenue d'avoir pris des douches et uniquement des douches à partir de ses dix ans, l'année où ils ont emménagé dans le pavillon d'Aubervilliers.

— Je vous rappelle que les questions et les réponses de cette audition sont enregistrées et notées par Madame Rebecca Wagner, greffière à la cour, ici présente. Je vous rappelle également que tout faux témoignage sera passible d'une amende assortie d'une peine de prison.

— Monsieur le juge, je vous l'ai déjà dit, je ne comprends pas de quoi vous parlez. Nous avons passé avec ma femme cinquante ans d'amour. Élisabeth aimait dire que nous nous aimions comme au premier jour. Tous les samedis, nous nous habillions et nous dînions en tête à tête, et ce de notre rencontre jusqu'à sa mort. Il y a bien eu une ou deux disputes évidemment, mais rien de notable. Nous étions tout l'un pour l'autre. À part Rosine évidemment.

— Justement, quelle était la place de Rosine dans votre couple ?

— Normale, une enfant chérie et aimée. Je ne comprends pas de quoi vous parlez.

— Vous ne l'avez jamais utilisée, vous ou votre femme pour régler des différends ? Entre vous ?

— Mais puisque je vous dis qu'il n'y avait pas de différends. Je ne comprends pas, c'est moi le coupable ? C'est ça ? Et je serais coupable de quoi ? C'est elle qui a tué mes petites-filles. C'est elle, la coupable.

Isaac n'en peut plus, cet homme va réussir à le faire sortir de ses gonds, il est une ordure. À moins qu'il ait « oublié » lui aussi ? Mais non, Isaac pense que non, il n'a pas oublié, il ment, il ment parce qu'il sait qu'il est responsable de ce que sa femme infligeait à sa fille. Même si ce n'est pas lui qui appuyait sur la tête de Rosine, c'est quand même lui qui, en n'intervenant pas, la lui maintenait sous l'eau. Il a été lâche. Il continue à être lâche. Il veut garder son beau visage. Le pire, c'est qu'il ne ment pas tout à fait, il devait effectivement aimer sa femme. Le couple devait fonctionner comme ça, dans la jouissance de la perversion, dans une sorte de relation sadomasochiste où l'objet de torture était l'enfant pour les deux parents. C'est pour ça qu'il rejette sa fille, avec elle, il rejette sa propre noirceur. Isaac cherche une issue, un espace pour que la carapace de Delsaux se fissure. Il DOIT lui faire dire la vérité.

Au-delà de la justice, il DOIT lui faire avouer son crime, même de négligence, pour que Rosine ne vive pas dans le doute. Parce que Rosine doute, il le sait, il connaît bien le doute permanent des victimes de mémoire traumatique, ce doute tue aussi sûrement que les faits eux-mêmes. Et lui n'a aucun doute, le visage de Rosine était clair.

— Greffière, pouvez-vous lire à Monsieur Delsaux la transcription de l'audition de Madame Rosine Delsaux.

La voix de Rebecca est assurée quand elle commence à lire, elle non plus ne doute pas, elle sait. Quand elle a fini, ses mots résonnent encore dans le silence. « Bateau sur l'eau » « Si tu t'en vas, je la tue. » « Je voyais ses chaussures à lui, plus rien ne comptait à part ses chaussures. » « Je savais ce qu'elle allait faire, je ne pouvais pas bouger. » « Je n'arrivais pas à respirer, j'avais l'impression d'étouffer et puis plus rien, le noir. » « Mon père n'a jamais rien dit. »

— Monsieur Delsaux ?
— Oui.
— Vous n'avez rien à ajouter ?
— Que voulez-vous que j'ajoute ?
— Monsieur Delsaux.
— C'est un tissu de mensonges. Je n'ai rien d'autre à ajouter.
— Monsieur Delsaux.

— Quoi que je dise, ça va jouer contre moi, je le sais bien, si j'en dis trop j'aurai l'air coupable, si je n'en dis pas assez aussi, alors je dis la vérité, les faits : c'est un tissu de mensonges. Elle a tué ses filles. Je n'ai fait de mal à personne.

Isaac renonce. Que peut-il faire ? Il va ENCORE devoir ramasser Clélia à la petite cuillère. Il va ENCORE devoir lui expliquer qu'ils doivent faire confiance à la justice. Et s'il se trompe, il aura ENCORE cette peine sur la conscience. Comme il l'a pour Préjean. Comme il l'a eue il y a longtemps pour Clélia. Mais pour elle, il s'est rattrapé.

— Monsieur Delsaux, je crois que le souvenir de votre fille est vrai. Sachez qu'en droit, vous êtes coupable de non-assistance à personne en danger. Au procès, je vous ferai citer à la barre. Et rappelez-vous à nouveau lorsque vous témoignerez que vous êtes sous serment.

— Elle a pris mes petites-filles. C'est elle qui est coupable. Pas moi. Et je dirai la même chose au procès.

En sortant, Claude passe devant Clélia qui attend, assise sur un banc dans le couloir à côté de la porte du bureau d'Isaac. Elle avait promis de ne pas venir mais bien sûr elle n'a pas su tenir sa promesse, elle veut savoir, elle a besoin de savoir, et sans attendre. Elle laisse passer Claude, elle baisse la tête, elle ne le regarde pas, elle se connaît, elle risquerait de faire quelque chose qu'elle regretterait. Dès qu'il est passé, elle entre dans le bureau d'Isaac.

Clélia court dans les couloirs. Elle rattrape Claude sur les marches du palais de justice, il est en train de partir, elle ne peut pas le laisser partir comme ça, elle n'a même pas entendu Isaac hurler : « Clélia », quand elle est sortie en trombe de son bureau. Elle ne PEUT pas le laisser partir comme ça, sans rien dire, sans rien faire, sans tenter quelque chose, la surprise, l'intimidation, quelque chose. Il n'y a rien de pire pour Clélia que l'injustice. De toute façon, c'est aussi pour elle. Elle a BESOIN de vider son sac.

— Comment pouvez-vous faire une chose pareille ? Vous devez raconter son histoire à votre fille. Vous devez témoigner. Vous devez lui confirmer ce dont elle s'est souvenue sinon vous allez la rendre folle. Vous devez enfin jouer votre rôle de père. Vous allez aller la voir et vous allez lui dire la vérité. Vous allez y aller de gré ou de force. Sinon vous allez le payer. Je vous jure que vous allez le payer. Je m'en chargerai personnellement. C'est vous le coupable. Oui, vous et pas Rosine. Que ça vous plaise ou non vous êtes coupable de meurtre avec votre femme. Oui, vous avez tué Rosine. Oui, même si ça ne se voit pas. Elle est morte à l'intérieur, à cause de vous. Et là, vous êtes coupable une deuxième fois. Le silence tue une deuxième fois. Je le sais, vous le savez, tout le monde le sait. Je ne le permettrai pas, je ne vous laisserai pas la tuer une deuxième fois. Je ne vais pas vous laisser faire. Ça non, je ne vais pas vous laisser faire.

Clélia s'arrête soudain. Elle s'aperçoit que tout le monde la regarde, des juges, des avocats, des flics, tous ces acteurs de la justice qu'elle croise régulièrement aux assises et contre qui elle lutte déjà. Une seconde, elle se dit qu'elle a merdé. Sans un mot, plein de mépris, mais avec un sourire de victoire au coin des lèvres, Delsaux tourne les talons. Clélia hésite une seconde, elle croise le regard de Rébecca, désolée, et pire, celui d'Isaac, dégoûté. Isaac tourne les talons lui aussi mais dans le sens inverse à celui de Delsaux. Il entre dans le palais de justice. En haut des marches, à la porte, Lamier la fixe, amusé. La foule se disperse. Clélia descend les marches du palais.

Assise au bord de la Seine, Clélia pense à la maison de sa grand-mère à Chartres, elle va y aller, elle va se mettre au vert un peu, ça va lui faire du bien. L'eau coule et avec elle ses pensées tourbillonnantes. Peut-être qu'elle devrait habiter sur une péniche, ça la calmerait. Ou bien au bord de la mer ? À Honfleur ? Oui, mais il n'y a pas assez de criminels à Honfleur. Elle rit intérieurement. Elle est accro aux criminels, c'est comme ça, c'est sa drogue. Elle pense à Samuel. Vu son parcours, il doit être aussi accro qu'elle. Et il a aussi la justice dans le sang. C'est pour ça qu'il a demandé à ouvrir une enquête. Merde, elle ne lui a pas envoyé de texto de remerciement pour l'audition de Rosine.

Elle devrait lui en envoyer un maintenant. À ce moment-là, dans sa poche, son portable vibre. Justement, elle reçoit un texto. Son cœur sursaute, la peur soudain d'un texto d'Isaac, un texto qu'elle attend et qu'elle redoute, c'est nouveau ça aussi. Il va l'engueuler, c'est clair. Merde. Mais, ce n'est pas Isaac, c'est Samuel, quand on parle du loup. Elle respire, lui au moins, il va comprendre.

Viens au commissariat. ASAP. Merci.

Merde, il utilise des acronymes quand même. Un point en moins.

Je suis toute à toi. Je ne t'ai pas dit merci pour l'audition de Rosine.

Évite-les ASAP.

Laisse tomber, tu es parfait. J'arrive.

Clélia se redresse. Il doit avoir une nouvelle affaire, tant mieux, ça lui mettra de l'air dans celle-ci. Elle a besoin d'air, elle a besoin de prendre de l'air, elle a besoin de prendre de la distance avec la famille Delsaux. Elle prend toujours les choses à cœur mais là, c'est particulier. Elle a l'impression qu'elle EST Rosine. Elle sent bien qu'elle gère moins bien ses émotions et ses émotions, il n'y a que le travail qui les canalise, elle ne doit pas, SURTOUT PAS, perdre son travail. L'image du canard s'impose à son esprit. Son cœur s'affole. Merde. Oui, une nouvelle affaire lui ferait le plus grand bien.

Dans le taxi, Clélia est légère, aussi légère qu'elle puisse l'être. L'eau, Samuel, la perspective d'une nouvelle affaire, la rendent presque gaie. Elle sourit à son reflet dans le rétroviseur, elle trouve que ses cernes lui donnent l'air sexy. Après tout, le rouge aux yeux c'est un style même si son cocard vire au vert. Elle a l'habitude, dans deux jours, il n'y aura plus rien. Est-ce que Samuel aime les cocards ? Ça ne l'étonnerait pas plus que ça, fais-moi mal Johnny, Johnny, fais-moi mal, j'aime l'amour quand ça fait boom. Clélia rit toute seule.

Elle débarque au commissariat dans la même humeur, elle passe sous le portique, elle s'excuse gentiment auprès de l'officier, un bleu donc, ils ne mettent que des bleus à ce poste, qui, visiblement, a maintenant peur d'elle. C'est vrai qu'elle n'en ferait qu'une bouchée, à tout point de vue.

— Désolée pour la dernière fois, j'étais sur le feu.
— Ça va.
— Eh dis donc, tu peux accepter des excuses quand tu les reçois, c'est pas si souvent.

C'est vrai que ce n'est pas si souvent et que ça fait beaucoup en deux jours. Elle devrait appeler Isaac et s'excuser encore ? Fuck. Elle avait raison d'engueuler le père Delsaux, l'intimidation aurait pu marcher et dans ce cas-là tout le monde l'aurait félicitée. Merde, non, elle n'a pas à s'excuser de ça.

— Laisse tomber, tu t'appelles comment ?
— Wagner.
— Merde, tes parents étaient dingues.
— De musique, oui.
— Tu es d'où ?
— Franco-indien, sri-lankais en fait.
— Pas mal.

Pas mal et jeune, naïf, mignon, gentil, certainement. Wagner, comme Rebecca Wagner, elle devrait écouter du Wagner ?

— Et tu te plais dans la police ?

Wagner la regarde complètement déstabilisé. Déstabiliser les jeunes hommes, les hommes en général, est un des jeux préférés de Clélia. Elle rit.

— Je rigole, on n'est pas à *L'École des fans*. Tu ne connais pas *L'École des fans* ? C'est vrai, tu es trop jeune. Jacques Martin, le dimanche. Bon, laisse tomber. Je viens voir Varda. Il y a des sacrés mélanges dans la police. Non, ça va, laisse tomber, je sais où c'est. Il m'attend.

Clélia récupère son portable, sa ceinture. Elle remet sa ceinture.

— En tout cas, ils ont bien fait de virer celui d'avant, tu es beaucoup mieux.

Wagner ne sait pas sur quel pied danser. Samuel arrive à ce moment-là. Clélia boucle sa ceinture.

— Tu vois, non seulement il m'attend, mais il est tellement pressé de me voir qu'il vient me chercher. Allez salut, à une prochaine, tu rends le commissariat beaucoup plus sympathique.
— Au revoir.

Clélia suit Samuel vers son bureau, elle continue sur sa lancée.

— Ça va ? Pour une fois, j'ai fait les choses correctement, tu as vu, je suis passée sous le portique, j'ai enlevé ma ceinture. Pas mal, non ? Il est gentil ce Wagner, il faut le promouvoir. Je vais le laisser me peloter en fait. Oh, ça va, c'est pour rire. C'est quoi cette tête ?

Clélia s'arrête en une fraction de seconde, tous ses sens sont en alerte. Samuel ne répond pas, il la fait entrer dans son bureau et ferme la porte. Soudain, le cœur de Clélia bat à cent à l'heure, au fond d'elle, elle sait qu'elle a déconné, qu'elle est allée trop loin, elle ne s'est pas tenue à carreau. Stop. Isaac avait dit stop.

— Delsaux a porté plainte pour harcèlement et diffamation après ta sortie sur les marches du palais de justice. Lamier a été témoin, je ne le connaissais pas celui-là, maintenant c'est fait. Il a demandé l'affaire personnellement. Du coup, contrairement à la première fois, je ne peux pas faire disparaître la plainte de Delsaux sous la pile. Je suis désolé, je dois te mettre en garde à vue.

Samuel prend une paire de menottes.

— Attache-toi au radiateur s'il te plaît.

Clélia n'entend plus rien que son cœur qui bat à tout rompre dans sa poitrine. En un éclair, elle voit qu'il est bienveillant, et qu'il pense même à ne pas la blesser en lui donnant les menottes, ET qu'elle ne va pas supporter ça. Elle est CLAUSTROPHOBE. ELLE NE PEUT PAS. Clélia a le même regard de bête traquée que Rosine, une bête aux abois qui ne sait pas comment se défaire d'un piège qui la tue lentement mais sûrement. MON DIEU, JE VOUS EN PRIE. Samuel perçoit sa supplication, il est désolé, il est vraiment désolé. Il doit la menotter, pour l'exemple, pour les autres, il n'a pas le choix.

— Je suis désolé.
— Tu n'es pas obligé de faire ça.

Clélia respire vite, étonnamment, sa voix est très calme, et ce paradoxe entre son calme apparent et sa tempête intérieure crée une friction électrique dans l'air déjà saturé d'émotions.

— Je n'ai pas le choix.
— On a TOUJOURS le choix.

Clélia le pense, elle le pense vraiment : on a toujours le choix. Est-ce qu'elle a eu le choix de courir après Delsaux et de lui hurler dessus ou pas ? Soudain, cette question la traverse. Elle tressaille. Elle la met de côté, ce n'est pas le moment. Le moment, là, est une question de survie, de vie d'ailleurs. On a toujours le choix de suivre des procédures à la con ou pas, de faire primer l'humain sur la machine. On a toujours le choix. S'IL VOUS PLAÎT NON PAS ÇA.

— D'accord, tu as raison. Je te demande de t'attacher au radiateur s'il te plaît.

PAS ÇA. Clélia jette un coup d'œil à la porte, elle pense à Wagner, elle regarde la jambe de Samuel, elle évalue ses chances face à un boiteux.

— N'y pense même pas. Clélia.

N'y pense même pas ? Soudain, Clélia choisit, elle choisit de rester, elle choisit de rester parce que ça lui paraît la solution qui va contre son instinct mais qui est la plus juste. Elle doit payer peut-être. Elle ne peut pas se permettre de tout perdre, Samuel, Isaac. Elle respire si vite qu'elle risque de faire de l'hyperventilation. PAS ÇA.

— Fais-le toi-même.
— Merde, Clélia.
— Fais-le toi-même.

Samuel s'approche, le plus doucement possible, ses longues jambes comme les pattes des grands fauves, il bouge en déplaçant le moins d'air possible. Il prend le poignet de Clélia, ses doigts comme une caresse le long du premier oiseau qui s'envole. La liberté. Il se dit qu'il va la priver de liberté et que, de ce fait, il va la priver d'air, Clélia n'est pas un oiseau qu'on peut enfermer, elle ne supportera pas la cage. Merde, est-ce qu'il a le choix ? Oui, bien sûr qu'il a le choix, et il sait que c'est ce qu'il doit faire, l'attacher un moment pour qu'elle ne soit pas attachée autrement, à vie. PAS ÇA. Il passe une menotte autour du cou de l'oiseau qui s'envole. Le bruit du crantage. S'IL VOUS PLAÎT PAS ÇA. Clélia s'assoit sur une chaise que Samuel a posée à cet effet, à côté du radiateur. Il attache l'autre menotte au radiateur. NON PAS ÇA. Instinctivement, Clélia tire son bras si fort que la peau de son poignet rougit immédiatement. Elle tire, elle n'arrive pas à ne pas le faire. ELLE N'A PAS LE CHOIX, ELLE NE PEUT PAS SUPPORTER D'ÊTRE ATTACHÉE. Elle tire comme une folle, elle tire parce qu'elle pense qu'elle va mourir. Elle ne pense pas, ELLE VA MOURIR. Elle tire, elle étouffe. Elle panique, elle tire. Samuel prend une chaise, s'assoit en face d'elle et saisit fermement son visage entre ses mains.

— Respire.

Clélia suffoque, cherche de l'air, suffoque encore. Samuel la tient toujours fermement, ses mains légères comme des étaux d'une douceur intense, sa peau comme de la soie, il ne bouge pas, il cherche son regard, concentré.

— Respire.

Sa voix ferme, claire et douce, elle aussi comme une caresse, une voix qui la comprend, il comprend. Il respire fort, pour qu'elle se synchronise à lui, une respiration calme, large, mesurée.

— Clélia, respire.

Clélia cherche de l'air, le regard de Samuel capte le sien. Elle accepte soudain, elle le regarde droit dans les yeux, et tout aussi soudainement, elle inspire en même temps que lui, elle expire avec lui, elle inspire encore, expire, et encore, et finalement, elle se calme, surprise elle-même. ELLE N'EST PAS MORTE.

Attachée au radiateur, assise sur sa chaise, Clélia a la tête baissée, ses cheveux lui cachent le visage. Elle attend le temps qui passe, le temps qu'il faut. Elle respire doucement, elle ne bouge pas d'un millimètre, elle n'est pas morte mais elle ne veut surtout pas que son corps se rappelle qu'il est attaché, IL EN MOURRAIT, elle le sait. ELLE MOURRAIT, C'EST SÛR. Derrière son bureau, Samuel la regarde, elle a l'air si fragile soudain, évidemment, pourquoi est-il surpris ? Évidemment qu'elle est fragile, elle a la force des êtres en détresse, l'humour et la provocation qui vont avec et son intelligence comme sa vigilance, racontent que sa vie n'a pas dû être simple. Il voudrait, soudain, la prendre dans ses bras. Il voudrait lui dire que ça va aller, qu'elle devrait arrêter de se faire du mal, de se punir, mais de quoi ? Bien sûr, il ne le fera pas. Il a le choix et son choix est tout fait, il n'y a qu'elle qui puisse faire le chemin, il le sait. Tous les jours, il se bat pour le faire, lui, ce chemin. Isaac entre dans le bureau de Samuel. Clélia ne lève pas la tête, elle sait que c'est lui, elle a entendu Samuel l'appeler, et puis, même sans ça, elle reconnaîtrait son odeur entre mille. Samuel se lève et quitte le bureau. Clélia se dit subrepticement que oui, cet homme est un homme bien. Isaac prend une chaise et s'assoit à côté d'elle. Ils restent comme ça, en silence. Il n'y a rien à dire à part qu'elle est désolée et lui aussi finalement. Ils sont désolés de ce monde parfois trop dur pour elle, mais c'est ainsi.

Clélia et Isaac sont toujours assis l'un à côté de l'autre. Il est quatre heures du matin, ça fait dix heures qu'ils sont assis l'un à côté de l'autre. Ils ne se sont pas dit un mot. Ils ont partagé le silence, celui du bureau et celui de leur esprit, il n'y avait rien à penser, il n'y avait rien à faire qu'à attendre que le temps passe. Il n'y avait rien à penser, il n'y avait rien à dire. Clélia a laissé le vide se faire et, de manière incroyable, dans la torpeur de sa terreur surmontée, soudain, le calme s'est fait. Toutes les radios qui, d'habitude, diffusent en boucle dans son cerveau, se sont éteintes. Ça lui a fait un drôle d'effet, ça l'a presque paniquée mais finalement elle a laissé faire. Elle a eu dix heures de repos pour la première fois depuis des années, peut-être depuis qu'elle est née, en tout cas depuis que tout a commencé. Isaac, lui, travaille depuis longtemps à contrôler ses états d'âme et ses pensées, il pratique le Viet Vo Dao depuis des années, ça l'éloigne de ses rêves de trains et de fumée, ça lui permet de rester dans le droit chemin. Il n'y a jamais dérogé, sauf pour elle. Le silence partagé et les heures se sont égrenés alors, quand Samuel entre pour la libérer, parce que c'est l'heure, parce que c'est la fin de la garde à vue de Clélia, parce qu'il a négocié pour qu'elle ne dure que douze heures, ils sont presque surpris. Pour un peu, ils seraient bien restés.

Devant le commissariat, ils s'arrêtent. Clélia le regarde, son regard à lui, sur elle, est doux. Elle se demande, comme elle se l'est souvent demandé, pourquoi il n'a pas d'enfant. Elle retient une fois encore la question. Elle sent que c'est un sujet à éviter. Pour une fois, elle respecte. Isaac parle enfin de sa voix singulière, chaude, ronde, bienveillante, avec en plus quelque chose comme de l'amour. Oui, bien sûr, il y a de l'amour entre eux.

— Je te raccompagne.
— Merci.

Elle pense à sa moto et là encore, elle se tait, ce n'est pas le moment, elle laisse le moment se faire, tel qu'il est. Pour une fois, laisser faire. Ils roulent en silence dans la nuit, laissant défiler les lumières, les quais et les monuments de Paris, une invitation au beau, à la beauté, à la légèreté. Le beau apaise, le silence qui se poursuit aussi. Ils arrivent dans le quartier des tours de Stalingrad. Isaac aimerait bien qu'elle habite ailleurs, un coin plus tranquille, avec moins de bruits, moins d'alcool, moins de dealers, elle a besoin de calme, mais elle ne veut pas quitter son appartement transparent en haut de sa tour, il comprend, il n'est pas d'accord mais il comprend. Toutes ces lumières apaisent ses insomnies, elle se sent moins seule comme ça, et puis, elle est dedans, dehors, elle respire. Il comprend même s'il n'aime pas ce quartier. Isaac s'arrête en double file devant l'entrée de la tour Fugue, au cœur du quartier des Orgues, une des plus hautes tours de Paris, les tours, l'empilement des gens, un des fléaux de notre société. Isaac pense que les gens ne sont pas faits pour vivre dans quarante mètres carrés, à trois ou quatre la plupart du temps. Comment faire rempart à la violence quand l'environnement est lui-même violent ? Clélia ne bouge pas, elle attend, elle sait qu'il va parler, elle peut l'entendre penser sous la lumière du lampadaire. Il se tourne vers elle.

— Clélia arrête tes conneries. Tu fais n'importe quoi et tu le sais. Tu es en train de détruire le travail que nous avons fait ensemble depuis des années. Et Rosine ? Tu la laisses au bord du chemin ? Tu imagines dans quel état elle est, elle ? C'est toi qui as voulu comprendre, c'est toi qui l'as mise face à elle-même. Tu as des responsabilités. Je sais que tu sais. Elle a besoin de toi. Moi aussi, pour elle et pour les prochains, pour ceux qu'on défend. Je n'aimerais pas que tu ne sois plus là. On forme une bonne équipe non ? Si c'est la sortie de Varennes qui t'inquiète, on est plus forts que ça, tu es plus forte que ça. Tu comprends ?

Oui Clélia comprend. Ses démons ne sont jamais loin mais sa conscience non plus. Elle le regarde, elle sait qu'il a raison, sur tout et qu'elle l'aime. Il est la seule personne qu'elle ait jamais aimée, à part sa grand-mère mais sa grand-mère, ça ne compte pas, c'est elle qui l'a élevée, elle était un endroit sécure. Oui elle l'aime, avec lui, elle se sent à peu près en sécurité, et, à part lui, même si Clélia ne le sait pas, l'autre est un danger. Elle lui sourit.

Le vingt et unième concerto de Mozart à fond, assise à son bureau, Clélia tape un rapport à toute vitesse. Son esprit va plus vite que ses doigts sur le clavier, elle adore cette sensation de vitesse, de fulgurance. Au fond, ce sont les seuls moments, à part quand elle fait l'amour, où elle arrête de penser. La garde à vue était une exception. Elle tape, elle défend la cause de Rosine. Elle croit que Rosine est responsable mais qu'elle n'est pas coupable, en tout cas pas que coupable. Elle se met à la place de cette femme qui a été torturée par sa mère, qui a dû mourir à elle-même pour vivre, et qui a tué ses deux filles, qui doit faire le deuil de son passé et de son avenir, et qui a eu le courage de faire table rase de ce qu'elle savait ou plutôt croyait savoir, qui a eu le courage de remettre en question ses souvenirs, sa vie tout entière. Oui, cette femme a DROIT à une deuxième chance. C'est plus qu'un droit même, c'est le DEVOIR de la justice de la lui donner.

Il est neuf heures du matin, Clélia n'a pas dormi, elle a à peine pris une douche fumante, son œil violacé se fond dans ses cernes profonds. Elle est belle, le regard lumineux, sa fougue en avant comme chaque fois qu'elle espère, et elle espère chaque fois. Elle espère chaque fois que ce sera différent. C'est aussi pour ça que Clélia est fragile. Elle ne s'habitue pas. Chaque fois, elle croit que les gens, le monde va tourner différemment, elle ne le croit pas seulement, elle le vit. C'est comme ça, Clélia est une idéaliste sous une carapace de frondeuse, un cœur tendre sous des torrents de colère, l'ambivalence de l'humanité faite femme. Devant sa tour, elle monte dans un taxi. Elle sourit. Finalement, c'est pas mal cette histoire de taxi, c'est confortable. Elle laisse le paysage défiler sous ses yeux, direction le palais de justice. Elle imagine Isaac dans son costume, impeccable, forcément impeccable. Elle sourit. Elle ne pense à rien soudain avec la sensation du devoir accompli.

Clélia entre dans le palais de justice. Même après son esclandre, même avec ses guerres, elle se sent chez elle, elle sait bien qu'elle est chez elle. Le visage de la justice les yeux bandés et la balance dans la main, même cette image lui parle, en même temps qu'elle lui fait peur. Elle ne regarde personne, elle avance dans le couloir, elle monte au deuxième étage, prend le couloir à gauche, cette fois, ça va marcher, évidemment. Elle entre dans le bureau d'Isaac sans frapper.

— Avec ça, Lamier n'a qu'à bien se tenir.

Isaac lève la tête, elle a dû passer la fin de la nuit à écrire, elle a compris le message et c'est bien, il n'en attendait pas moins.

— Je t'ai déjà demandé de frapper.
— Isaac.
— Clélia.
— D'accord. Lis.
— Tu es en forme.
— Oui, toi aussi tu es en forme, lis.

Isaac sourit, il commence à lire. C'est remarquable, brillant, engagé. Engagé, voilà, c'est ça qui fait la différence de Clélia. Elle s'engage dans chaque affaire comme si sa vie en dépendait. Elle y laisse des plumes mais le résultat est là. Oui, c'est brillant. Avec ce dossier, Rosine a une petite chance de s'en tirer, pas d'être acquittée, évidemment, mais d'être condamnée à une peine qui lui permettra d'avoir une deuxième chance, une deuxième vie, et non pas à une peine de trente ans sans remise de peine, une peine à perpétuité, la peine de mort lente comme l'appellent les détenus.

— C'est brillant.

Isaac s'arrête une seconde, une seconde de trop. Clélia sait qu'il y a un « mais ».

— Mais ?
— Mais tu ne témoigneras pas. Je ne veux pas que ton nom apparaisse dans ce dossier. Laisse-moi finir. Clélia, tu ne vois pas ? Comment peux-tu être aussi naïve parfois. N'importe quel avocat saurait utiliser le conflit d'intérêt avec la plainte de Delsaux. Tu es juge et partie, n'importe quel avocat pourrait dire que tu justifies ton attitude indigne, que ce dossier n'a d'autre valeur que de te disculper toi. Alors tu imagines ce que va en faire Lamier, il va non seulement balayer son contenu d'un revers de la main, mais il va s'en servir pour te détruire, en tout cas ta réputation, et détruire Rosine. Tu ne témoigneras pas.

Isaac referme le dossier. Soudain, Clélia comprend. C'est vrai qu'elle est naïve parfois, la justice, c'est surtout de la politique et des manipulations, et, évidemment, Lamier sera comme la dernière fois, comme avec Préjean, il va épingler Rosine pour l'ajouter à son trophée de chasse et s'il peut se la faire en plus, elle, il le fera, il n'attend que ça. Connard.

— Tu ne témoigneras pas mais on va appeler Nathalie Meyer, on va lui donner ton rapport et on va la briefer. Elle est douée. C'est sa première affaire, elle ne demandera que ça. Elle sera ta voix. Rosine, tu lui expliqueras, elle comprendra. Hier, je lui ai dit ce qui s'était passé avec son père. Elle l'a interdit de parloir. Elle t'a mise en priorité sur sa liste de visiteurs. Elle a ajouté son ex-mari et son amie, Nadine Valmont. Elle fait des choix. Elle va mieux, c'est grâce à toi.

Clélia entend à peine Isaac, elle se dégoûte, le monde la dégoûte. Isaac sait ce qui se passe en elle, il sait la dose massive de culpabilité qu'elle éprouve. Il sait aussi que ça n'a rien à voir avec Rosine et le présent, cette culpabilité trouve sa source dans le passé.

— Tu ne peux pas revenir sur ce qui s'est passé, c'est passé. Tout acte a des conséquences, le tout est de les gérer au mieux. Alors ? Tu restes où tu pars ? Le monde est trop injuste, c'est ça ? Tu vas encore crier au loup et te défiler parce que le monde est dur ? C'est vrai, et alors ? Ce que tu as vécu n'explique pas tout, Clélia. Aujourd'hui, c'est toi qui choisis. Le choix est une passerelle de liberté entre le rêve et l'action.

Le choix est une passerelle entre le rêve et l'action, le choix est action, le choix est liberté, on a toujours le choix, parfois, elle ne choisit pas, il est temps qu'elle soit aussi libre qu'elle le veut. Elle éclate de rire.

— Tu en as d'autres des phrases pareilles ? Je pourrais te citer ?

Clélia est comme une enfant, changeante, émouvante. Isaac rit soudain avec elle.

Clélia traverse la salle des pas perdus immense et majestueuse, comme elle traverse la vie, rapidement, avec sa démarche souple et déterminée, cette salle et les avocats, tout le tralala, ne l'impressionnent pas. Clélia n'a peur de rien, peut-être parce que sinon, elle aurait peur de tout. Elle rejoint Isaac et Nathalie Meyer. Sans prendre le temps de dire bonjour, elle s'adresse à Meyer.

— Rosine est d'accord. Et vous ?
— Évidemment, je suis d'accord.

Évidemment, Nathalie Meyer est d'accord, pour sa première affaire aux assises en solo, un double infanticide et Lamier en avocat général, elle pensait avoir tiré un numéro pourri, là, avec Delcourt et Rivoire, ça change la donne, c'est même le gros lot. Elle va apprendre, gagner le procès et une réputation, excellent lancement de carrière. Elle va faire venir la presse et ce sera parfait. Son ex est rédacteur en chef, il a des relations, il fera ça pour elle.

— Pas de presse. Pas cette fois.

Clélia lit dans les pensées ? Non, Clélia ne lit pas dans les pensées, elle lit dans les gens, ce qu'ils sont et ce qu'ils cachent, surtout ce qu'ils cachent. C'est aussi pour ça, sa solitude : la clairvoyance est difficile à vivre, pour les autres et pour soi-même. Nathalie Meyer, elle, s'en fout, elle fera bien ce qu'elle veut, elle répond sans hésiter.

— OK, pas de presse.
— Vraiment pas.

Décidément, Nathalie Meyer va devoir apprendre à mieux dissimuler ce qu'elle veut cacher à Clélia. Elle réfléchit vite, c'est une question de rythme, moins de silence ou plus. Elle prend un temps.

— OK.
— OK.
— Je lis le dossier, notes et questions, et on se retrouve ?
— OK.
— Dans deux heures ? Dans la salle Colette ? Ou à mon bureau.
— La salle Colette.

Clélia jauge Meyer, la fille a l'air rapide, deux heures pour lire tout le dossier, prendre des notes, formuler ses questions, c'est peu, c'est presque aussi peu qu'elle. Elle note mentalement : ne pas oublier qu'elle est ambitieuse. Meyer tourne les talons. PAS SI VITE.

— Ah, et Meyer, si on te demande de faire quelque chose, tu le fais.

Nathalie la regarde surprise, de quoi elle parle ?

— Si comme Monsieur le juge te l'avait demandé, tu avais demandé toi personnellement, l'isolement et le code bleu pour Rosine Delsaux, peut-être que Milwood l'aurait fait, en tout cas, ça nous aurait donné un moyen de pression supplémentaire et Rosine Delsaux aurait peut-être encore des cheveux, tu vois, ce genre de trucs qui ne te paraissent pas utiles pour ta carrière et qui peuvent parfois être des questions de vie ou de mort.

OK. Nathalie encaisse, elle n'aime pas qu'on lui fasse la leçon, mais là, ce n'est pas le moment de s'énerver, elle a une affaire à mener, une carrière à faire avancer justement.

— Je suis désolée.

Elle se tourne vers Isaac.

— Je suis désolée Monsieur le juge.

Elle se retourne vers Clélia.

— Vous avez bien fait de m'en parler, je veillerai à ce que ça ne se reproduise pas. On se voit dans deux heures.

Elle s'en va. Clélia et Isaac la regardent, ils savent qu'ils ont fait le bon choix.

Dans la salle Colette du palais de justice, Clélia briefe Meyer. Elle lui explique tout le dossier : la mère, perverse narcissique, le père, complice, le meurtre d'âme qui est la mort psychique de l'enfant instrumentalisée, la conséquence de cette mort psychique : l'occultation, Rosine a « oublié » un pan entier de son enfance, le clivage lié à cet « oubli » qui fait qu'il y a « deux » Rosine, celle qui se souvient mais qui ne vit pas et celle qui vit mais qui est amputée de ses souvenirs, et donc, d'une part d'elle-même, la répétition compulsive, enfin, qui est la conséquence de tout ça, la répétition comme ultime loyauté. En répétant l'acte de barbarie, Rosine a été « loyale » à sa mère. Les enfants martyrs veulent à tout prix être aimés par leurs parents, c'est une logique absurde mais c'est comme ça. Clélia répète ce qu'elle a dit à Rosine : si Rosine avait été consciente, ses filles ne seraient sans doute pas mortes. Elle aurait reproduit le schéma froid et pervers de sa mère : la torture, pas la mort. Paradoxalement, la mort des petites filles « raconte » la « non culpabilité » de Rosine. Elle n'était pas consciente, elle est donc responsable mais pas coupable car clivée. C'est la Rosine qui est « morte » qui a tué. Tout ça n'excuse rien mais donne des éléments d'explication, et ces éléments d'explication vont dans le sens des circonstances atténuantes. Pour Clélia, une autre chose joue en faveur de Rosine : le fait qu'elle a fait l'effort de reconnaître, d'accepter, de comprendre, son histoire, et, du coup, d'une certaine manière, de payer sa dette à ses filles. Elle a fait en sorte qu'au moins elles ne soient pas mortes pour rien. Nathalie Meyer comprend tout et vite, même la dernière partie, la dette, elle dit que ça ferait une bonne fin de plaidoirie : la rédemption par la conscience. Clélia regarde Meyer, la fille est intelligente, brillante même, ambitieuse, très, les dents longues, il faudra qu'elle s'en méfie, beaucoup, elle est plus dangereuse encore que Clélia ne le pressentait. Clélia se dit qu'elle ne l'aime pas, que cette alliance contre nature est uniquement conjoncturelle, que c'est un choix, qu'elle a compris l'histoire de la passerelle, elle privilégie les circonstances et le résultat sur ses convictions. Oui, mais comment faire, si pour avoir un résultat, elle doit aller contre ses valeurs ? Jusqu'à quel moment le choix du relatif vaut sur celui de l'absolu ? Bon, en même temps, Meyer n'est pas non plus Lamier. Pour l'instant.

— Tu demanderas quinze ans.
— Je peux obtenir dix.

Merde, oui, elle peut les obtenir. Merde, Clélia va devoir se méfier, oui, vraiment. Meyer est forte, très forte. Le téléphone de Clélia vibre, c'est Christophe. Clélia s'excuse, elle le prend et s'éloigne, elle ne veut pas tout partager avec Meyer, en tout cas, elle veut avoir les informations en premier. Elle n'en est pas très fière mais elle a dit à Rosine de passer par elle, que c'était plus sûr, même si évidemment, elle travaillait main dans la main avec son avocate. Fuck, après tout, la vie lui a montré qu'elle ne pouvait avoir confiance en personne. Même Isaac, elle se dit parfois qu'il pourrait la lâcher. Christophe l'appelle car il veut la voir, il veut témoigner, il a vu Rosine, ils ont beaucoup parlé, elle n'est pas au courant de sa démarche mais il y tient, il voudrait dire qu'il est désolé de n'avoir rien vu, il voudrait dire qu'il soutient Rosine. En même temps qu'il parle, Clélia pense à l'affaire Courjault, cette femme qui avait congelé ses bébés, trois bébés, des néonaticides, Clélia se serait bien occupée de cette affaire. Véronique Courjault a été jugée correctement en raison du déni de grossesse mais personne n'a été chercher pourquoi. Pourquoi cette femme a fait trois dénis de grossesse ? Pourquoi trois néonaticides ? Pourquoi ? Rien n'a été dit. Véronique Courjault n'a pas compris et la véritable justice, pour Clélia, n'a pas eu lieu, les morts n'ont servi à rien, ils ont été sacrifiés pour rien, trois vies, trois morts, pour rien. Oui, elle aurait bien aimé être en charge de cette affaire. La mémoire de Clélia « checke » son association d'idées. Après le procès, le mari de Véronique Courjault, Jean-Louis Courjault a écrit un livre, *Je ne pouvais pas l'abandonner*. Voilà, c'est ça. Pourquoi Christophe ne peut pas abandonner Rosine ? Clélia le sait, parce qu'il a joué lui aussi sa partition, une partition écrite bien avant sa naissance de mères dévoreuses d'enfants et que, s'il n'est pas coupable, il est un peu responsable. Heureusement, dans le cas de Rosine, contrairement à Courjault, ça n'aura pas été pour rien, heureusement, ELLE s'est occupée de l'affaire.

Dans le bureau de Nathalie Meyer, devant les deux femmes, Christophe répète qu'il veut témoigner, que Rosine est une femme bien malgré tout, il n'a jamais dérogé à cette position, Rosine est une femme bien. Il veut témoigner. Il a compris quelque chose.

— J'ai compris que Rosine vivait à côté d'elle-même, j'ai compris que Rosine n'était pas elle-même quand elle... Elle a vécu une chose atroce dans son enfance dont elle ne se souvenait pas et ça lui a fait péter un plomb. Et vous savez, ce que je me dis, je me dis que, si ça se trouve, je suis pareil, ou vous, ou n'importe qui d'entre nous. Voilà. Je me dis que ce qui est arrivé à Rosine, ça pourrait arriver au meilleur d'entre nous.

Clélia regarde Nathalie Meyer qui comprend immédiatement. Elle ne l'avait pas vu venir cet argument mais il est de poids, un argument choc qui finira magnifiquement sa plaidoirie : « Qui peut dire avec certitude qu'il connaît tout de lui-même ? Qui peut dire avec certitude qu'il n'est pas une Rosine Delsaux en puissance ? Qui peut dire avec certitude qu'il n'est pas un criminel ordinaire en puissance ? » De quoi donner des frissons. Et convaincre un jury.

Au parloir, Clélia et Nathalie Meyer entraînent Rosine pour le procès. Elles ne lui épargnent rien : les six minutes pour mourir, le couple avant les enfants, la sexualité au cœur de sa vie, l'égoïsme de la femme, l'incapacité d'assumer son geste, le faux souvenir, l'excuse qui tombe à pic. Rosine est courageuse, elle encaisse, elle répond, droite et digne. Elle a pour elle sa sincérité. Elle s'arrête face aux dernières salves : le faux souvenir. Soudain, Rosine ne sait pas quoi répondre, elle doute elle-même. Et si c'était vraiment un faux souvenir ? Et si c'était vraiment l'excuse qui tombe à pic ? C'est toute la question du doute, la raison pour laquelle Isaac voulait ABSOLUMENT que Delsaux confirme. Le doute empoisonne les victimes, il fait des dégâts pires que les actes parfois et la mémoire traumatique est encore mal connue, elle fonctionne comme une boite noire qui aurait disparu, elle contient tout mais tant qu'on ne la retrouve pas, elle ne révèle aucun de ses secrets. Parfois, comme dans le cas de Rosine, quelque chose revient, un souvenir mais pas la totalité. Alors, comment conjoindre ce souvenir à l'ensemble de ceux imaginés ? Comment y croire ? L'esprit doute, après tout, dans les cas d'amnésie traumatique, le faux est toujours mieux que le vrai. Rosine préférerait oui, elle préférerait presque avoir tout inventé, pour garder intacte son enfance merveilleuse et ses parents adorés. Le poids de la loyauté est si lourd, si dense, ce n'est pas simple de s'en détacher. En tout cas, concrètement, sur ce sujet, le souvenir retrouvé, Clélia a beau lui expliquer, la rassurer, la briefer en long en large et en travers, LUI AFFIRMER QUE C'EST NORMAL QU'ELLE DOUTE MAIS QU'ELLE A TORT DE DOUTER, Rosine est TRÈS mauvaise, il n'y a RIEN à en tirer. Ça fait plus de cinquante minutes qu'elles y sont, Clélia s'énerve.

— Merde, tu pourrais faire un effort, à ce compte-là, personne ne va te croire.

Merde, c'est vrai, Rosine pourrait faire un effort, laisser tomber sa loyauté envers ses parents, LUI faire confiance, elle s'est mouillée pour elle, elle s'est mise en danger. C'est comme ça, l'empathie de Clélia a ses limites et elle prend tout personnellement, c'est l'envers de son engagement. Rosine le sent, elle est encore plus déstabilisée.

— Je suis désolée.

Nathalie prend Clélia à part.

— Ça ne sert à rien de la bousculer, tu vois bien, c'est pire.
— Je n'ai pas de leçon à recevoir, de personne et certainement pas de toi, tu n'as ABSOLUMENT pas à me dire quoi faire.
— OK, OK. Je disais ça pour toi, fais comme tu veux.

Putain, mais pour qui elle se prend celle-là. N'empêche, l'intervention de Nathalie Meyer fonctionne, Clélia revient vers Rosine plus douce.

— Désolée.

— Non, c'est moi.

— Bon, on ne va pas compter les points, à qui la faute, ou quoi, il faut trouver un moyen. Il faut que tu sois sûre que ce souvenir est vrai mais...

— Mais...

Nathalie enchaîne, elle sait à quoi Clélia pense.

— Même si vous étiez excellente, et je suis sûre que vous le serez, sans la validation de votre père, ça reste très compliqué. Vous voyez les difficultés que vous avez à vous faire confiance, à comprendre les méandres de la mémoire traumatique, imaginez un jury.

— On doit prouver que ton souvenir est vrai. À part ton père, tu n'as pas de famille ?

— Non.

Le cerveau de Clélia fonctionne à toute vitesse, quelle hypothèse ? Quel lien ? Quel fil tirer ? Quel fil elle n'a pas tiré ? Le souvenir de Rosine répond à tout, la dépendance affective, l'eau, le sacrifice des enfants. Alors quoi ? Le sacrifice des enfants, les deux filles, Manon et Chloé. Manon et Chloé ? Deux filles ? La dépression post-partum pour la deuxième fille. La loyauté. « Élisabeth était un peu déçue. » La piste d'un premier enfant mort noyé. « Elle était comme ma sœur. » La sororité.

— Est-ce que ta mère avait une sœur ?

Rosine regarde Clélia interdite. Nathalie, elle ne comprend rien à cette question.

— Est-ce que ta mère avait une sœur ? Une sœur avec qui elle était fâchée ? Une sœur cadette ? Qu'elle aurait torturée aussi ? Pas noyée sinon ça ne nous arrange pas du tout. Est-ce que ta mère avait une sœur ? Un frère ? Non, une sœur.

Soudain, le regard de Rosine change, comprend, elle regarde Clélia stupéfaite.

— Oui. Oui, elle avait une sœur je crois. Oui. J'ai une tante.

Rosine n'en revient pas elle-même, elle a une tante, elle a de la famille. Nathalie, elle, est incrédule, comment Clélia a-t-elle fait ? Comment son cerveau fonctionne-t-il ? Elle est forte, très forte, Nathalie reconnaît un mélange incroyable de fulgurance intuitive et de raisonnement analytique. Clélia est soulagée, elles vont avoir un témoin. Elle en mettrait sa main au feu mais cette sœur-là sait des choses, elle a vu des choses. C'est sans doute pour ça qu'elle a disparu de la vie de Rosine et que celle-ci ne s'en souvenait pas.

À la mairie du huitième, où a été déclarée Élisabeth Delsaux née Masson, Clélia cherche, elle recoupe les informations et elle retrouve la trace d'une Béatrice Masson, la sœur d'Élisabeth, de deux ans et demi sa cadette. Voila. Putain, merde, elle avait raison. Pour un peu, Clélia sauterait de joie et elle embrasserait Grégory, l'employé de mairie, elle lui a demandé son prénom avant de lui dire merci infiniment quand il lui a gentiment ouvert les portes des archives alors qu'il n'en avait pas le droit. Il vient de sauver une vie. Comme quoi, l'humanité existe et on a toujours le choix de suivre les procédures OU PAS.

Ensuite, ça a été très simple. Il y avait une Béatrice Masson, heureusement qu'elle a gardé son nom de jeune fille, dans les Pages Blanches dans la région parisienne, à Bobigny, autant dire à deux pas d'Aubervilliers. C'est fou ça, les deux sœurs étaient voisines et elles ne se sont pas parlé pendant au moins vingt-cinq ans, Rosine a retrouvé un vague souvenir de sa tante avant le déménagement à Aubervilliers, donc avant ses dix ans et Béatrice n'était pas à l'enterrement de sa sœur. Mais Béatrice savait qu'Élisabeth était morte, Clélia l'a eue au téléphone rapidement, elle a eu le temps d'apprendre ça. Clélia pense à tout ça en traversant Bobigny en taxi. Elle pense que les fratries se déchirent souvent quand les parents sont maltraitants et qu'ils utilisent le fameux « diviser pour mieux régner » pour asseoir leur pouvoir sur leurs enfants. Il est possible et même vraisemblable que les deux sœurs n'ont pas eu une enfance facile elles non plus. Le taxi l'arrête devant un immeuble vétuste, un HLM des années soixante-dix. Clélia sort du taxi et sonne à l'interphone. Béatrice répond immédiatement, elle l'attendait, l'appartement est en rez-de-chaussée.

Dans un petit salon désuet, Béatrice s'excuse de la pauvreté du lieu, elle est à la retraite et la retraite d'une infirmière est assez maigre. Elle ne se plaint pas cependant, pas du tout, elle a préparé un thé Earl Grey et des gâteaux Delacre pour Clélia. Pour une fois, alors que Clélia ne veut pas de gâteaux, elle n'a pas le cœur de lui dire non. Elle mange consciencieusement sa cigarette russe. Sa grand-mère achetait les mêmes boites, les Tea Time. Béatrice boit son thé à petites gorgées, elle a soixante-dix ans, elle ne les fait pas. Quand elle prend la parole, sa voix est fragile, elle sait ce que Clélia attend, elle le lui a dit au téléphone : « J'aimerais que vous me parliez de votre sœur, et j'aimerais vous parler de sa fille : Rosine. » Elle a ajouté : « Il vaut mieux que nous en parlions directement. » Elle lui a dit qu'elle pouvait peut-être aider. Béatrice a senti son cœur chavirer, ça fait trente ans qu'elle attendait un coup de fil de ce type. En même temps, elle a peur. Elle ne veut pas en parler. CE N'EST PAS SA FAUTE.

— Je n'ai pas vu Élisabeth depuis trente ans exactement. Enfin…

La gorge de Béatrice se noue, comme chaque fois qu'elle pense à Élisabeth depuis un an, après vingt-neuf ans d'un deuil impossible, celui d'une sœur vivante, elle doit faire le deuil de sa sœur véritablement, sans aucun espoir de réconciliation et c'est très douloureux. Qu'est-ce qu'elle aurait pu faire ?

— Je ne la reverrai plus maintenant. Je suis désolée.

— Ça va, prenez votre temps.

Clélia pose sa main sur celle de la vieille dame, vieille d'une vie en partie gâchée par cette absence, ce manque en creux d'une autre d'elle-même. Clélia se redit qu'elle aurait aimé être deux pour se souvenir de sa grand-mère, de la maison de Chartres, des Delacre et des poules.

— Nous étions fâchées, enfin plutôt, Élisabeth était fâchée avec moi. J'ai été très malheureuse de ça vous savez. C'est Claude qui m'a prévenue de sa mort. Je crois qu'il ne voulait pas prendre le risque que je l'apprenne, je ne sais pas comment, et que je vienne à l'enterrement. Il m'a appelée pour ça en fait, pour m'interdire d'aller à l'enterrement de ma sœur. Il disait que de toute façon ça faisait longtemps que j'étais morte pour elle…

À ce moment-là, Murielle, la fille de Béatrice, entre dans l'appartement. Clélia la « reconnaît », elle l'a vue sur les photos un peu partout dans le salon.

— Maman, désolée, je suis en retard.

Clélia la scanne du regard, et, en une seconde, elle la trouve sympathique, fraîche, lumineuse, profonde. Elle se dit que Béatrice a réussi sa maternité. Comme quoi. Pourquoi certaines personnes répètent et d'autres pas ? Peut-être parce que visiblement il n'y a pas eu d'homme dans la boucle ? Murielle sourit à Clélia, elle doit avoir presque trente ans, elle en fait d'un seul coup dix-sept.

— Canon les boots. Vous devez être la dame dont maman m'a parlé, celle qui vient pour parler de ma tante Élisabeth et de ma cousine Rosine ? Vous faites hyper jeune.

Clélia sourit, plus touchée par le compliment qu'il n'y paraît, son cocard s'est volatilisé, et de toute façon, avec ou sans, elle est belle, c'est un fait.

— Merci.

— Elle vous a dit qu'elle était malheureuse de la brouille avec sa sœur ? Je n'ai jamais compris pourquoi elles étaient fâchées. C'est le seul truc où maman a fait n'importe quoi.

Murielle regarde sa mère en souriant mais il y a une part de vérité dans ce reproche, même s'il est dit avec humour.

— Si, c'est vrai, tu n'as jamais voulu rien me dire et moi, j'étais embêtée de te voir malheureuse alors je ne t'ai jamais posé de question. Je suis fille unique et je n'ai jamais vu ma cousine. J'aurais bien aimé la connaître. Elle aurait pu être un peu comme ma sœur.

Clélia sourit, Béatrice n'a pas été une mère parfaite, c'est sûr, mais elle a fait de son mieux et son mieux à elle était suffisant pour que Murielle parle comme ça ce soir.

— C'est pour ça que je voulais absolument être là, pour savoir ce que vous aviez à dire, et puis pour soutenir maman. Il ne s'est rien passé de grave j'espère. Vous faites quoi dans la vie ? Maman n'a pas compris.

Clélia soupire intérieurement. Merde, comment va-t-elle leur dire ce qu'elle a à dire ? Il n'y a pas tellement de manières de le faire en fait, alors elle le fait comme elle est, directe même si elle est bienveillante.

— Je suis désolée, Rosine avait deux filles, Manon et Chloé, elles avaient six et quatre ans. Elles sont mortes. Rosine les a noyées dans un moment de décompensation. Je suis enquêtrice de personnalité, j'enquête avec Rosine sur les raisons qui pourraient expliquer, pas excuser, mais expliquer son geste. Elle s'est souvenue que sa mère lui tenait la tête sous l'eau pour empêcher son père de partir. Elle avait complètement oublié ce souvenir, ce qui explique son acte paradoxalement. Elle s'est souvenue, mais elle doute, et son père ne valide pas son souvenir, et c'est là-dessus que va se jouer le verdict. Je me demandais Béatrice, si vous, vous aviez vu quelque chose ? Si vous pouviez l'aider ? N'importe quoi, même un détail, pourrait l'aider.

Voilà, parfois, il n'y a pas moyen d'adoucir la réalité. Elle a bien fait de ne rien dire au téléphone, elle vient sans doute de briser l'espoir de ces deux femmes, l'espoir d'une réconciliation facile, l'espoir d'une famille en paquet cadeau, mais peut-être qu'elle leur offre mieux. La rédemption ? En tout cas une reconstruction possible dans le réel.

Béatrice est livide. Elle attendait ce genre de coup de fil depuis trente ans MAIS PAS CE GENRE-LÀ. Non, ce n'est pas possible. Non. CE N'EST PAS SA FAUTE. NON. Murielle a pris la main de sa mère, elle est interdite, que dire quand on apprend une tragédie qui nous concerne ? Elle voulait une sœur et sa sœur potentielle a tué ses filles, merde. Clélia les regarde, unies dans la stupéfaction, le chagrin, et elle se dit qu'elle y a peut-être été un peu fort.

— Je suis désolée. Mais je suis sûre que vous pouvez m'aider.

CE N'EST PAS MA FAUTE. POURQUOI ELLE VIENT REMUER TOUTE CETTE MERDE ? NON. NON. Quand Béatrice reprend enfin son souffle, sa parole est déterminée, presque dure.

— Non.
— Vous êtes sûre ?
— Oui, je n'ai pas vu Rosine depuis ses six ans vous savez.
— Dans son souvenir, elle avait à peu près six ans.
— …
— Avant ses six ans ?
— JE N'AI RIEN VU.

Béatrice s'arrête, surprise elle-même de sa réaction. Murielle continue de tenir la main de sa mère, elle la regarde intensément, tout en regardant à l'intérieur d'elle-même, elle réfléchit. Clélia continue. Elle est comme un bulldozer, rien ne l'arrête et certainement pas une vieille dame éplorée qui cache quelque chose, elle en est certaine. Elle a cru un instant que pour une fois, ça serait facile, que pour une fois, quelqu'un lui dirait, oui, c'est vrai. Mais putain, pourquoi même ceux qui ont l'air sympa ne le sont pas ? Pourquoi chacun protège son petit pré carré ? Pourquoi n'y a-t-il aucune solidarité ? Pourquoi dire pardon, je me suis trompé, et réparer, est-il si difficile ?

— Béatrice, Madame Masson, Rosine, votre nièce risque trente ans de prison sans remise de peine pour meurtre sur descendants avec circonstances aggravantes, elle passera de toute façon des années en prison, mais si son souvenir est juste, et je pense qu'il l'est, vous ne croyez pas qu'elle mérite des circonstances atténuantes ? Si comme je le pense, il n'y a pas eu que ce souvenir mais qu'elle a été torturée par sa mère des années durant, que sa mère lui tenait la tête dans l'eau à la limite de la noyade pour obtenir ce qu'elle voulait, vous ne croyez pas qu'elle mérite une seconde chance ? Elle a déjà perdu ses filles à cause de ce qu'elle a vécu. Même si c'est de sa main, je vous assure qu'elle n'était pas consciente de son geste. Elle va être jugée responsable parce que la justice ne prend pas en compte les mécanismes du déni et du black-out. Elle a déjà vécu trente ans en prison en fait, même si c'était celle de son esprit. Vous devez l'aider.

— Non, je ne peux pas, je suis désolée.

— Vous ne vous souvenez de rien ? Un souvenir même infime ? N'importe quoi. N'importe quoi en rapport avec le bain, avec l'eau. N'importe quoi qui puisse faire que Rosine soit un peu sûre, même si elle ne le sera jamais complètement. Elle a oublié, vous comprenez. Le moindre détail peut nous aider.

— Je suis désolée.

Béatrice résiste. Ou peut-être qu'elle n'a rien vu ? Non, ce n'est pas possible, elle était fâchée avec sa sœur, ce n'était pas pour rien. Elle a même dit : « Enfin, plutôt, Élisabeth était fâchée avec moi. »

Clélia a failli entendre « contre moi. » Béatrice a forcément vu quelque chose même si elle ne le sait pas. Clélia pense à toute vitesse. Elle voit Murielle tiraillée, prête à la mettre dehors pour protéger sa mère et en même temps, en train de se questionner. Elle doit la questionner elle aussi.

— Pourquoi votre sœur était-elle fâchée avec vous ?

— Je ne sais pas.

— Vous ne savez pas ?

— Non.

— Il y avait forcément une raison. Vous aviez fait quelque chose qui lui a déplu ? Vous avez vu quelque chose qui la dérangeait ?

— Non.

— Vous ne lui avez jamais demandé ?

— Non.

— Pourquoi ?

— Je ne sais pas.

— Pourquoi Delsaux n'a pas voulu que vous veniez à l'enterrement ?

— Parce qu'on était fâchées.

— Ce n'était pas plutôt pour que vous ne parliez pas à Rosine ?

— Non, je ne crois pas.

— Faites un effort, même si vous n'avez rien vu, vous savez quelque chose. J'en suis sûre, faites un effort.

— NON.

NON, CE N'EST PAS MA FAUTE. Deux petites filles, mon Dieu, je vous en prie, pardonnez-moi. Béatrice laisse ses larmes couler. C'est trop tard, Murielle ne peut pas accepter ça.

— Sortez. Sortez maintenant.

Clélia se lève, sur cette affaire, elle en a déjà assez fait comme ça. Elle ne peut pas risquer plus, sinon, vraiment, Rosine va le payer. À la porte, elle se retourne quand même.

— Il n'y a que vous qui puissiez l'aider. Après, quel que soit le passé, ce sera VOTRE faute.

Elle sort, son cœur bat à cent à l'heure. Putain, elle déteste les gens. ELLE DÉTESTE LES GENS. ELLE SE DÉTESTE. Elle respire, elle pense à Samuel, elle respire, elle se synchronise avec lui en pensée. Elle respire, ça va mieux. Elle l'appelle. Elle l'appelle sinon elle va faire une connerie. ELLE LES DÉTESTE.

Au commissariat, dans le bureau de Samuel, Clélia se calme. Elle boit une bière, lui aussi. Le silence s'éternise, le temps que Clélia redescende. Elle soupire, ça y est, son cœur bat normalement et son esprit fonctionne à nouveau avec distance. Elle a montré sa fragilité, elle n'aime pas ça, elle se reprend avec humour.

— Je ne pensais pas un jour trouver le moyen de prendre un pot dans un commissariat.

— Il faut un début à tout.

— N'aie pas la victoire trop facile, tu étais juste à côté.

— Désolé, je resterai humble.

— Merci.

— Tu as bien fait de venir.

— Il va falloir que je trouve un moyen de faire craquer la vieille. Elle avait l'air sympathique au début, je te jure, j'ai failli me faire avoir, j'étais persuadée qu'elle allait me dire, oui, je sais, c'est vrai.

— Tu as fait ce que tu as pu.

— Je suis pas sûre.

— Clélia, tu ne peux pas contrôler les gens, tu ne peux pas décider à leur place.

— Eh ben c'est bien dommage.

Elle sourit, elle sait qu'il a raison. Elle sait qu'elle va finir par y laisser sa peau si elle ne prend pas un peu de distance. Mais elle ne veut pas prendre de distance. Elle ne veut pas être comme la plupart des gens, aseptisés, morts, même s'ils se croient vivants. Samuel enchaîne.

— Tout le monde n'est pas comme toi.

— Eh ben, ça aussi, c'est bien dommage.

— Je ne suis pas loin d'être d'accord.

— Tu es d'accord.

— Je suis d'accord.

— Pourquoi tu as quitté ta femme ?

— Joker.

— Trop facile.

— Elle me trompait.

— Tu es sûr ?
— Oui.
— Et alors ?
— Alors, je suis un romantique.

Merde, il a l'air sincère. Un romantique : à éviter.

— Tu n'as pas l'air.
— Ce n'est pas à toi que je vais apprendre qu'il ne faut pas se fier aux apparences.
— Et ta fille ?
— Ma fille... c'est compliqué.

Le regard de Samuel s'assombrit. Clélia n'insiste pas, elle sait que ce n'est pas le moment, elle fait comme avec Isaac, elle laisse passer. Elle note quand même que décidément, le sujet des enfants est compliqué pour ceux qui l'entourent. À ce moment-là, son portable sonne. Elle plaisante.

— Sauvé par le gong. Ce n'est que partie remise.

Clélia prend son téléphone, elle ne reconnaît pas le numéro. Elle répond quand même, une intuition et puis, elle veut laisser de l'air à Samuel.

— Allo.
— Allo, Clélia Rivoire ? C'est Murielle, Murielle Masson. On s'est vues...
— Je sais Murielle.
— ... Maman est allée se reposer, vous y avez été fort.

— Je sais. Je suis désolée.
— Je voulais vous demander…
— Oui ?
— …
— Vous voulez que je revienne ? Ou vous voulez venir ? Je suis tout près. Je suis au commissariat d'Aubervilliers.
— …
— Non, rien à voir avec vous, c'est juste, j'ai un pote là-bas, je suis passée le voir. Il y a un café à côté, La Civette. Vous voulez ? Ou je viens. Il y a un café à côté de chez vous ?
— Le Flamand Rose.
— OK, je trouverai, je vous y retrouve dans quinze minutes.

Clélia raccroche, elle regarde Samuel, elle sourit, son cœur bat plus vite, d'espoir.

— Tu vois que je peux contrôler les gens.
— Je ne savais pas que j'étais ton pote.
— N'en profite pas.

Bon, oui, vraiment, elle a un allié et peut-être un pote. Au fond de Clélia, quelque chose respire.

Au Flamand Rose, un rade d'une rue de Bobigny pas encore colonisé par les bobos parisiens, Murielle attend Clélia. Celle-ci arrive à grandes enjambées, elle a mis douze minutes à venir, plus le débrief de trois minutes avec Samuel. De loin, Murielle l'émeut. Clélia s'assoit, elle ne dit rien, elle laisse à Murielle son temps, elle la regarde avec empathie, tout son corps dit qu'elle est là pour elle, prête à l'entendre. Et à un moment, c'est le moment.

— Je voulais vous demander... J'ai peur de l'eau depuis que je suis toute petite. Je ne sais pas nager. Maman ne voulait pas que je prenne de bain. Je rêve parfois que je meurs étouffée. Quand vous avez parlé de ces deux petites filles, c'est comme si je le savais déjà, comme un air de « déjà-vu ». Je me demande... Je n'arrive pas à avoir une relation avec un homme, je pensais que c'était parce que je n'avais pas de père mais vous avez dit que ma tante faisait ça pour que son mari reste, et puis...

— Oui ?

— Je fais des fibromes, plein de fibromes, la dernière fois, mon gynécologue a dit qu'il ne comprenait pas d'où ça venait. Il m'a déjà opérée une fois. Il dit qu'il est désolé, que je ne pourrai sans doute pas avoir d'enfant. Je veux des enfants.

La voix de Murielle se meurt dans un rêve brisé. Clélia sait que tout ce qu'elle raconte, sa peur de l'eau, ses rêves de mourir étouffée, ses fibromes, sont des symptômes, les symptômes d'une mémoire qui ne peut pas se dire autrement. Elle sait aussi que si la parole reprend, la vie reprend et alors, tout est possible. Elle doit lui laisser poser la question.

— Est-ce que ça peut avoir un lien ? Tout ça ? Je veux dire si c'est vrai… Est-ce que ça peut avoir un lien ?

— Oui.

— …

— Il faut que vous demandiez à votre mère.

— Je sais.

Clélia paye les deux cafés, elle se dit que Murielle est courageuse. Heureusement qu'elle l'a appelée. Voilà ce qu'elle aurait pu faire de plus tout à l'heure, elle a vu que Murielle réfléchissait, elle s'était dit qu'elle devait la questionner. Elle a merdé. Elle pense à Samuel, il lui a dit : « Parfois, même si c'est difficile, il faut faire confiance à la vie. » Il a raison. Si elle avait demandé, Murielle se serait peut-être braquée, là, ça vient d'elle.

Dans le salon désuet, Clélia croque un Delacre, elle le fait de bon cœur, elle a pris son préféré, le petit beurre avec la plaque de chocolat au lait au-dessus. Béatrice semble si fragile et Murielle si déterminée. Clélia se dit qu'elle pourrait la prendre comme partenaire si elle était moins misanthrope. Elle n'a pas lâché sa mère, l'assurant de son amour tout en lui disant à quel point sa parole était nécessaire. Béatrice va finir par lâcher, elle. Murielle insiste.

— S'il te plaît, maman. Si tu sais quelque chose, dis-le.

Béatrice baisse la tête. C'est si difficile, tellement difficile. C'EST SA FAUTE. Il y a eu deux petites filles mortes. Murielle ne va pas avoir d'enfants. ET C'EST DE SA FAUTE. Clélia regarde cette femme qui fait son âge soudain et même un peu plus, elle comprend.

— Béatrice, vous ne pouvez pas changer le passé, mais vous pouvez le réparer dans le présent, vous pouvez changer le présent. C'est comme ça qu'il y aura un meilleur avenir.

Béatrice entend quelque chose. Alors, elle laisse sortir les mots qui l'oppressent, les mots qui lui font peur. Elle ne sait pas encore que ce sont les mots qui vont la libérer, elle et sa fille, et même Rosine.

— Il y a trente ans, j'ai vu quelque chose. Après une dispute entre Élisabeth et Claude, la porte de la salle de bain était entrouverte et j'ai vu Rosine dans les bras de sa mère. La petite crachait, toussait, comme si elle avait bu la tasse. Elle m'a lancé un regard comme une supplique. Je me suis dit… Je savais, c'est de ma faute.

— Ça va aller Maman, tu ne pouvais pas être sûre.

La vieille dame se tait. Clélia réfléchit, ce que vient de dire Béatrice est une vraie validation du souvenir de Rosine à ses yeux, mais ce n'est pas suffisant devant un tribunal, Lamier va dire que ce sont des suppositions. Mais les mots ont commencé à faire leur travail et, après une hésitation intérieure, Béatrice poursuit, plus forte.

— Si, je pouvais être sûre. Je savais qu'Élisabeth tenait la tête de sa fille sous l'eau pour obtenir ce qu'elle voulait, et sûrement pour que Claude reste. Je le savais parce qu'Élisabeth faisait ce que notre mère lui faisait.

6 avril 1951 – 20h

Dans un appartement minuscule, Odette, la quarantaine, la mère d'Élisabeth et Béatrice, ferme le clapet du lavabo de la salle de bain. Elle fait couler l'eau. Quand le lavabo est rempli, elle hurle : « Élisabeth ». Élisabeth a six ans, elle apparaît à la porte, elle s'approche, terrorisée, elle sait ce qui l'attend. Elle est terrorisée mais elle est incapable de faire autre chose que de répondre à l'appel de sa mère. Maman. Aime-moi. Maman. Elle repousse sa petite sœur, Béatrice, qui a trois ans, et qui est dans ses jambes. Elle chuchote.

— File, va dans la chambre, cache-toi sous le lit.
— Élisabeth.

Béatrice file, Élisabeth fait quelques pas vers sa mère qui la regarde, haineuse.

— Tu me gâches la vie, c'est à cause de toi que ton père est parti, pour sa pouffiasse, à cause de toi et de ta sœur, elle est où celle-là. Viens là.

Odette fait monter Élisabeth qui tremble de tous ses membres sur une petite marche en bois que les enfants utilisent pour se laver les dents et cracher dans l'évier. Elle fixe la surface de l'eau. NON. MAMAN, NON. JE VAIS MOURIR. MAMAN JE T'EN SUPPLIE, PARDONNE-MOI. PARDON. MAMAN. Soudain, la main d'Odette, s'abat comme une serre, sur la nuque de sa fille, le front d'Élisabeth bute contre l'émail du lavabo. Ses yeux sont grands ouverts, sa bouche fait des bulles, puis plus de bulles. MAMAN, PARDON MAMAN. JE VAIS MOURIR. Ses yeux se ferment.

6 avril 1960 – 20h

Dans leur chambre, Élisabeth qui a quinze ans, montre à Béatrice qui en a douze, une robe qu'elle a cousue elle-même. La robe est aussi belle que son modèle. Soudain, la porte de l'appartement claque. Immédiatement, les deux filles se décomposent, vite, vite, il faut cacher la robe, vite. Trop tard, Odette déboule dans la chambre et saisit la robe.

— C'est quoi cette merde ? Tu veux jouer à la pute, c'est ça ? Ça ne te suffit pas de m'avoir pris ton père ? Tu veux m'abandonner. Ça ne marche pas comme ça ma petite fille. Je ne veux pas voir d'homme à la maison. Tu m'entends, pas d'homme, pas de baise. Tu ne seras pas une PUTE.

Odette saisit Élisabeth par les cheveux et la tire jusque dans la salle de bain.

— Maman, non, maman, je t'en prie. Je ne voulais pas, je ne t'abandonnerai pas maman. Maman. Pardon. Maman.

Odette n'entend rien, elle tient fermement sa fille d'une main et ferme le clapet de l'autre main, elle fait couler l'eau, quand le lavabo est rempli, elle plonge la tête d'Élisabeth dedans. Béatrice, tétanisée, assiste au supplice de sa sœur.

Dans le salon, Clélia a reposé son gâteau, décidément, elle ne se fera jamais à cette violence. Murielle fixe sa mère entre compassion et incompréhension. Béatrice termine, maintenant, tout peut être dit.

— J'ai essayé de parler à Élisabeth mais quand elle m'a dit que c'était faux, que je n'avais pas vécu le quart de la moitié de ce qu'elle avait vécu, ce qui est vrai, que je n'avais pas été capable de me marier et d'avoir un enfant et que j'étais jalouse et qu'elle ne voulait plus me voir, je l'ai crue. Je me suis dit qu'elle avait raison, ça m'a arrangée de la croire. Je me sentais coupable, tellement coupable. C'est de ma faute si ces petites sont mortes.

Clélia se tait, qu'est-ce qu'elle peut dire ? Béatrice a tout dit, elle a fait de son mieux mais ce n'était pas assez. Combien d'enfants sacrifiés sur l'autel du doute ? Sur l'autel de la peur ? Sur l'autel du « ça m'a arrangée » ? Comment faire pour éviter ce piège ? Elle entend, elle est incapable d'une parole de consolation.

— Vous voudrez bien témoigner ?
— Oui. Bien sûr.

Bon, voilà, Rosine a une chance et aujourd'hui, c'est ce qui compte. Mais pas seulement, Murielle est là, elle aussi, elle est l'autre enfant, l'autre dommage collatéral. Murielle qui comprend que sa vie ne lui a pas tout à fait appartenu, assujettie à tout ce qui lui a été caché.

— Maman, pourquoi tu ne m'en as jamais parlé ?
— Je suis désolée. Je pensais, je pensais que c'était mon histoire, que si je faisais attention avec toi…
— Maman, c'était mon histoire aussi.
— Je suis désolée.

Sur ça, pour Murielle, Clélia peut faire quelque chose.

— Je pense que maintenant vous avez une chance d'avoir un enfant.

Murielle la regarde. Elle laisse une larme couler, une larme sur son passé caché et son avenir qui s'ouvre. C'est bien. Malgré tout, Béatrice a fait du bon travail, et la mort des petites aura aidé au moins une personne directement. Mieux vaut tard que jamais. Béatrice prend la main de sa fille, Clélia se dit que ces deux-là s'aiment, que ça va s'arranger. Elle a envie de remercier pour les Delacre, elle ne le fait pas. Elle sort sans un bruit.

Clélia, Béatrice et Murielle attendent dans le parloir de la prison. Rosine entre, elle ressemble un peu à Jeanne d'Arc avec ses cheveux courts. Dès qu'elle les voit, son visage s'éclaire. Elle a perdu deux filles, elle a perdu un père, et même une mère, déjà morte, rien ne saura réparer ces pertes à part le temps, beaucoup de temps, beaucoup de présent, de neuf pour, si ce n'est oublier, prendre l'habitude de ne plus y penser. Et le présent, le neuf, advient là, avec Béatrice et Murielle. Rosine n'en veut pas à sa tante. Elle a bien réfléchi, elle a pris du temps avant de les voir, et elle s'est dit que Béatrice n'avait pas fait pire qu'elle qui s'était arrangée avec elle-même toute sa vie. Elle la remercie d'avoir dit que c'était vrai, elle la remercie de ce soulagement soudain dans son cœur et dans son esprit, même si un doute subsiste, Clélia lui a dit qu'il subsisterait toujours, ce soulagement lui a sauvé la vie. Et puis, elle sait que Béatrice peut lui sauver la vie pour de vrai, aux assises, et que, contrairement à son père, elle fait ce qu'elle peut pour se racheter. Et surtout, Rosine est heureuse de rencontrer Murielle, une cousine, une sœur, une femme sur la même ligne qu'elle dans son arbre généalogique, un espoir d'avenir. Elle va à leur rencontre, le sourire aux lèvres, un instant, elle ne pense plus à ses filles qu'elle a tuées, elle a juste envie de rencontrer ces femmes qui sont sa famille, elle a envie de les connaître. Elle leur ouvre les bras.

Clélia regarde ces trois femmes, elle assiste aux premiers instants de leur rencontre, de leurs retrouvailles, Rosine le lui a demandé, au cas où elle ait besoin de mots, les siens, pour comprendre encore. Mais non, Rosine n'en a pas besoin. Les choses vont s'arranger. La mémoire familiale est retrouvée, la parole s'est déliée, la répétition peut s'arrêter et le travail de réparation commence. Le crime de Rosine aura au moins servi à ça. Oui, même un crime peut servir. Tout dépend ce qu'on en fait. Rosine en a fait un acte rédempteur. Rosine mérite d'être jugée avec tout ça, avec son histoire, son crime et aussi ce qu'elle a fait de son crime. Nathalie Meyer pourra ajouter ça à sa plaidoirie. Clélia s'éclipse. Elle a fini son travail. Et comme à chaque fois, elle espère que la justice fera le sien.

Isaac traverse le palais de justice, il entre dans le bureau du juge Patrick Marchand. Patrick Marchand est connu pour la droiture de son coup droit au tennis et de ses positions aux assises. Il a la gueule de l'emploi, la mâchoire carrée et le regard franc, direct. Son bureau est clair, spacieux, parfaitement rangé avec des coupes, des photos de ses tournois de tennis et de sa vie privée, une femme, deux enfants jeunes encore, des diplômes et des photos d'une maison de vacances sur l'île de Noirmoutier. Isaac se dit, l'espace d'un instant, qu'il est passé à côté d'un certain nombre de choses dans la vie. L'instant n'est pas long, il n'a pas le temps des regrets.

— Patrick.
— Isaac.
— J'ai un service à te demander. Tu as entendu parler de l'affaire Delsaux.
— Le double infanticide.
— Oui.
— Je voudrais que tu la prennes.
— Ce n'est pas Dussert ?
— Si. Mais, tu sais comment elle est.
— Froide et psychorigide.
— C'est ça. En plus, il y a eu une faille dans la procédure.
— La plainte contre Rivoire, j'en ai entendu parler, elle fait du grabuge ta protégée.
— Elle ne témoignera pas.

Isaac répugne à ces manœuvres politiciennes, mais là, c'est indispensable. Sans Clélia et avec Dussert, même avec le témoignage de Béatrice et la validation de la maltraitance, Rosine prendra cher, au mieux trente ans, au pire la perpétuité. Marchand enchaîne.

— C'est Lamier l'avocat général ?
— Oui.
— Effectivement, ton accusée cumule les casseroles. L'histoire vaut le coup ?
— Oui.

— OK. En plus, ça m'amuse d'emmerder Lamier. Lermieux va vouloir afficher son indépendance, il va me donner l'affaire.
— Je te revaudrai ça.

Isaac déteste être redevable de quoi que ce soit à qui que ce soit. Là, c'est un cas de force majeure. Il hésite, il se retourne, tant qu'à faire d'être redevable, autant qu'il le soit jusqu'au bout.

— Tu peux me demander un référé ? Histoire qu'elle soit jugée rapidement ?
— Tu m'en demandes beaucoup.
— Je sais.
— Il y a les vacances.
— Je sais.
— Je vais voir ce que je peux faire.
— Merci.

Isaac s'en va, il sait qu'il a bien fait, Rosine a besoin de savoir ce qui l'attend, ce serait bien qu'elle s'installe aussi, là où elle purgera sa peine. Il va peut-être jouer des coudes pour qu'elle reste à Fleury, Milwood est clairement le moins pire du système carcéral. Et puis, Clélia a besoin de boucler et de passer à autre chose. Eux, ils ne prennent pas de vacances, mais la justice oui. Il doit absolument lui trouver une nouvelle affaire, histoire qu'elle ne se focalise pas sur Varennes.

Deux mois et un référé plus tard, la nuit, dans son bureau, le juge Marchand planche sur le dossier de

Rosine, il écoute les *Nocturnes* de Chopin, il relit une dernière fois ses notes, le rapport de Clélia est dans le dossier, il l'a demandé. Elle est brillante, vraiment ingérable, et ça il n'aime pas, mais brillante. La justice a besoin de personnes comme elle. Il comprend Delcourt, elle donne du sens à leur métier. Il va reprendre la formule de Clélia : Juger, c'est comprendre. Il va même démarrer comme ça.

Chez elle, Clélia est debout à la fenêtre, une bière à la main, elle regarde les lumières de la nuit, elles apparaissent plus tôt à nouveau, les jours raccourcissent, c'est le début de l'automne, l'air est doux. Elle écoute les dernières sonates de Beethoven, elle reçoit un texto de Cédric.

Je passe ?

Clélia hésite et puis non, elle va rester seule, elle préfère, elle ne répond pas. Elle regarde les lumières dehors et elle se demande où il est, et puis, où est Samuel, elle aimerait le connaître mieux, elle pense à lui parfois. Elle ne l'a pas revu depuis leur bière partagée au commissariat, il lui a envoyé un texto pour la féliciter de l'issue de son enquête, elle lui avait envoyé un mail, elle sait qu'il est allé à Marseille cet été. Elle se demande aussi où est Isaac, elle repense à la jeune femme qu'elle a vue chez lui. Il ne parle jamais de sa vie, il devrait. Un jour, peut-être qu'ils se diront qu'ils sont passés à côté de quelque chose. Un jour peut-être qu'il aura besoin de son aide et elle regrettera de ne rien lui avoir demandé. On ne peut pas aider quelqu'un dont on ne sait rien. On ne peut pas savoir quand il souffre. Lui, il sait tout de sa vie à elle. Elle a repris la moto, elle le lui a dit. Elle fait attention depuis un moment, elle se tient à carreau, elle a compris que cette fois, ses écarts lui avaient coûté cher. Elle n'a pas pris de nouvelle affaire, elle s'est mise au vert un moment à Chartres, comme elle l'avait prévu. Ça lui a fait du bien. La nature l'apaise. Elle a enfin rangé les affaires de sa grand-mère. Isaac est passé la voir, ils ont lu, ils ont marché, ils ont mis au point un programme de cours de criminologie et un autre, très précurseur en France, de victimologie. Il dit qu'elle devrait donner des cours, elle va y réfléchir. Elle pense à Daniel Varennes qui doit sortir dans une semaine exactement. Isaac lui a dit qu'elle devait être prête à affronter cette sortie. Elle l'est. Elle croit. Elle pense à Rosine aussi, est-ce que Rosine est prête pour le procès ? Oui, a priori oui, et Nathalie Meyer aussi. Rosine a du courage. Clélia se dit qu'elle devrait en avoir autant qu'elle. Elle essaye d'en avoir autant qu'elle.

Allongée dans sa cellule, Rosine ne dort pas. Elle pense à tout ce qu'elle a traversé depuis quatre mois et à ce qui l'attend demain. Clélia lui a dit qu'un procès instruit si tôt, c'était bon signe, et que le juge Marchand y était pour beaucoup. Une gardienne passe et ouvre l'œilleton.

— Tu n'arrives pas à dormir, Delsaux ? C'est demain ?

— Oui.

— Tu veux un somnifère ?
— Non.

Rosine veut être consciente de tout maintenant, elle ne veut plus jamais ne pas être consciente.

Assise dans une geôle, Rosine attend. Quatre gendarmes viennent la chercher, ils lui passent les menottes et l'emmènent dans le box des accusés. Ils lui enlèvent les menottes, Rosine s'assoit dans le box. Elle parcourt la salle du regard. Nathalie Meyer est plongée dans le dossier. Juste derrière, elle voit Clélia, qui lui rend son regard. Isaac est assis à côté d'elle. Un peu plus loin, elle reconnaît Lamier, Clélia lui a montré une photo, elle sait qu'elle doit se méfier de lui. Il parle à des journalistes. À côté, il y a son père qui, s'il pouvait la tuer de son seul regard le ferait. Il est là avec son avocat, il est la partie civile, il est son accusateur. Dans un réflexe, elle baisse la tête, il y a des choses pour lesquelles on n'est peut-être jamais prêt. Heureusement, au premier rang du public, Christophe est là avec Nadine, Béatrice, Murielle et Ismaël, l'ami de Murielle. Elle se dit que c'est bien que Murielle ait rencontré quelqu'un. Elle se dit que c'est peut-être lié à tout ça. Rosine pense comme Clélia maintenant, elle regarde les liens, les autorisations, les empêchements. Elle essaye d'être plus que consciente encore, lucide. Elle est prête. Elle fait un signe de tête à Clélia, oui, elle est prête. La greffière, Rebecca Wagner, se lève.

— La cour.

La salle se lève, Rosine aussi. Le juge Marchand entre, suivi de ses deux assesseurs et des six jurés, ces hommes et ces femmes, désignés au hasard, mais le hasard existe-il, qui vont juger Rosine. Marchand s'assoit, tout le monde s'assoit.

— Accusée, levez-vous.

Rosine se lève.

— Rosine Delsaux, vous êtes inculpée pour le meurtre de Manon et Chloé Sauveur, vos deux filles. L'infanticide est un crime particulièrement atroce, également pour celui qui le commet. Mesdames et Messieurs les jurés, je vous demanderai la plus grande attention. Rosine Delsaux est coupable. Il ne s'agit donc pas ici de qualifier le crime mais la peine. Votre responsabilité est de rendre un verdict juste. Juger, c'est comprendre, comprendre même l'indicible. Comment peut-on tuer ses enfants ? Comment Rosine Delsaux a-t-elle pu tuer ses filles ? Vous pensez, peut-être, que Rosine Delsaux est un monstre. J'aimerais commencer ce procès en disant qu'elle ne l'est pas. Rosine Delsaux est une femme ordinaire, une femme ordinaire qui a basculé dans le crime. Rosine Delsaux est une criminelle ordinaire. C'est en la considérant comme telle que vous pourrez, que vous devez, la juger. Mesdames et Messieurs les jurés, je vous le répète : juger, c'est comprendre. Nous avons trois jours pour comprendre comment cette femme ordinaire a pu commettre ce geste, aussi monstrueux qu'il nous paraisse. Je déclare le procès ouvert.

La salle et Rosine s'assoient. Isaac regarde Clélia qui lui sourit, ses formules « chocs » ont marché, le juge Marchand plutôt équitable et impartial est de leur côté, il a fait une ouverture « à la Rivoire. »

Pendant trois jours, les témoins et les experts se succèdent à la barre. Rosine reste droite et digne, ouverte et en même temps grave. Elle regarde les jurés sans jamais esquiver leur regard. À aucun moment elle ne s'est effondrée mais elle a pleuré des larmes de tristesse profondes et silencieuses, quand son père n'a pas dérogé à sa ligne, et qu'il a tout nié, tout, même quand le juge Marchand lui a rappelé qu'il était sous serment. Béatrice a assumé le souvenir de Rosine et le sien, même si elle a été honnête : elle ne peut pas complètement l'affirmer. Elle a vu Élisabeth non pas tenir la tête de sa fille sous l'eau mais tenir sa fille dans ses bras comme Lamier n'a pas manqué de le faire remarquer. N'empêche, elle a insisté, elle a vu Rosine qui reprenait son souffle. Et puis, elle a parlé des tortures qu'Élisabeth a subies, créant un rapprochement évident, même si Lamier n'a pas cessé d'intervenir. « Tout ça n'a rien à voir avec l'affaire Monsieur le juge. » Marchand a laissé Béatrice continuer, il est de leur côté. Béatrice a ensuite ému tout le monde quand, s'adressant à Rosine, elle s'est excusée de ne pas avoir insisté auprès d'Élisabeth et qu'elle lui a dit qu'elle se sentait coupable de ne pas l'avoir protégée et, peut-être, donc, d'avoir laissé « la vie courir dans le mauvais sens ». Le témoignage de Christophe aussi a ému tout le monde. Il a répété à la barre ce qu'il leur avait dit pendant la préparation. Il a dit qu'il assumait ses responsabilités, qu'il soutenait Rosine, qu'il ne voulait pas l'abandonner : il sait qu'elle est aussi vide que lui à l'intérieur, le vide qu'a laissé la mort de Manon et Chloé, il ne veut pas ajouter de la peine à la peine. Il a dit qu'il la comprenait. Il regrette, mais la punir ne les ramènera pas. Il a été celui qui pardonne alors qu'il aurait dû être celui qui accuse. Il a été celui qui montre l'exemple. Clélia s'est dit que Rosine avait de la chance d'être aimée comme ça et puis, tout de suite après, que la chance se provoque et que pour être aimée, sûrement il faut savoir aimer. Elle s'est dit que Rosine avait dû garder intacte, quelque part au fond d'elle-même, la capacité d'aimer. Nathalie Meyer a remis le rapport de Clélia aux jurés. Clélia ne peut pas le défendre mais Marchand a estimé qu'il pouvait être rattaché au dossier. « Le rapport de Madame Rivoire est fondamental pour la compréhension de l'acte de Rosine Delsaux et donc pour son jugement. » Marchand a même interrompu Lamier quand il a voulu parler de la plainte du père Delsaux, classée sans suite qui plus est, et quand Lamier a insisté encore, il l'a menacé d'un incident d'audience. Il a rappelé qu'il était le JUGE de ce procès que ça plaise à Lamier ou non. Tout le long des interrogatoires et des contre-interrogatoires, Nathalie Meyer a fait le poids face à Thierry Langlois, l'avocat de Claude Delsaux mais surtout face à Lamier, Langlois s'effaçant volontairement pour laisser la place à Lamier, là encore de la stratégie, l'avocat général a tellement plus de poids face aux jurés. Elle a aussi été aidée par Marchand qui a régulièrement signifié qu'il n'était pas dupe de la manipulation et a tout aussi régulièrement recadré la procédure, mais quand même, elle a assuré, elle a tout compris et elle a suivi leur cap d'un bout à l'autre, préparant la plaidoirie, la démonstration que Rosine est responsable mais pas coupable. Est-ce que ce sera suffisant ? Clélia ne le sait pas. Pour l'heure, c'est à Langlois mais surtout à Lamier de parler.

Thierry Langlois fait sa plaidoirie, à son image, juste, directe, froide, les faits, les faits, les faits. C'est Lamier qui a conseillé à Claude Delsaux de prendre cet avocat et Clélia voit très bien pourquoi. Il a un esprit cartésien, il prépare le terrain. Clélia sait bien que dans les faits, Rosine a tué ses deux petites filles, elle a en tête les rapports d'autopsie, et lors de son témoignage, Frédérique Maurois n'a pas manqué d'insister sur le fait que les corps ne mentaient pas, qu'il y avait un principe de réalité et que tout le reste n'était que verbiage. Elle l'a regardée droit dans les yeux à ce moment-là. Bien sûr, c'était dirigé contre elle. Même si cette fois, Clélia ne prend pas la parole, combien de fois se sont-elles affrontées en procès ? Langlois reprend évidemment ces arguments dans sa plaidoirie :

l'eau dans la rétine, le regard des petites filles sur leur mère en train de les tuer, l'urine dans les poumons de Manon, Chloé tuée sous les yeux de sa sœur, la force qu'il faut pour maintenir une petite fille de quatorze kilos et une autre de vingt kilos sous l'eau, le temps de les voir mourir. Il est direct, clair, précis, il ne met pas d'affectif, ou en tout cas, pas comme Meyer. Non, il est juste OBJECTIF, en tout cas, il semble être objectif, et il le dit. « Je ne veux pas vous influencer, je souhaite être le plus objectif possible pour laisser ces petites filles et leur mort parler d'elles-mêmes. » C'est bien joué, il a parfaitement préparé la plaidoirie de Lamier. Lamier va être bref, percutant. Clélia s'inquiète d'un coup. Merde, même si Meyer est douée, ce n'est pas gagné. Isaac lui pose la main une seconde sur le genou, en signe de rassurance, un geste bref mais inattendu, ils n'ont jamais cette proximité physique. Isaac est préoccupé, il ne sait pas comment Clélia peut réagir si, cette fois encore, la justice ne l'entend pas.

L'avocat général Yves Lamier se lève. C'est son tour, il est sûr de lui. Il sait ce qu'il a à dire, il l'a préparé. Il regarde les jurés, c'est gagné. Il regarde le juge, faussement contrit, lui, c'est l'obstacle qu'il n'attendait pas, il n'est pas impartial et c'est lui qui préside les délibérés, mais normalement, il n'influence pas. Lamier a passé un coup de fil à Lermieux en milieu de procès pour se plaindre. Lermieux lui a répondu sèchement qu'il devait faire avec, même et surtout après que Lamier lui a fait remarquer qu'il l'avait soutenu pour qu'il soit nommé procureur. Merde, est-ce qu'il n'aurait pas misé sur le bon cheval ? Ce n'est pas grave, il pourra s'en sortir tout seul et il pourra bien trouver deux ou trois dossiers sur Lermieux, s'il en a besoin. Il regarde Clélia Rivoire et, à côté d'elle, Isaac Delcourt, qu'est-ce qu'ils le font chier ces deux-là. Enfin, cette fois, elle est allée trop loin, elle est sur les bancs du public. Mais elle a briefé Meyer, c'est clair, elle est bonne celle-là et elle est ambitieuse, il va aller la voir après le procès, il a des choses à voir avec elle. Il regarde Clélia droit dans les yeux, cette plaidoirie, c'est pour elle aussi. Il va gagner contre elle, il va gagner tout court, depuis quand une femme infanticide aurait-elle des circonstances atténuantes ? Le meurtre est punissable et le meurtre d'un enfant sans aucune question. Il commence, sobre et grave.

— Mesdames et Messieurs les jurés, je vais être bref. Je vais être bref car je sais que vous êtes fatigués, je sais combien l'épreuve d'un procès, surtout aussi terrible que celui-ci, peut être difficile. Je sais aussi que vous avez déjà tout entendu. Je sais aussi que Manon et Chloé Sauveur ont besoin, elles aussi, d'aller se reposer. Elles ont besoin qu'on les laisse reposer en paix. Parce que Mesdames et Messieurs, c'est bien de ça dont il s'agit : Il s'agit de deux petites filles qui sont mortes. C'est de leur vie dont il s'agit. Elles ont été tuées par leur mère. Elles ont été incinérées. Leurs cendres ont été dispersées immédiatement après. Ce procès est le dernier acte de ce drame qui a commencé le six juin deux mille dix-huit à vingt heures. Ce six juin deux mille dix-huit à vingt heures, Manon et Chloé Sauveur prenaient, comme tous les soirs à la même heure, leur bain mais ce soir-là, leur mère, Rosine Delsaux les a noyées. Elle leur a tenu la tête sous l'eau, Chloé d'abord, Manon ensuite, six minutes au moins chacune, jusqu'à ce que les petites filles s'arrêtent de respirer. Car c'est de ça dont il s'agit Mesdames et Messieurs. C'est de la vie de ces petites filles dont il s'agit. C'est de leur vie et de leur mort, atroce et bien réelle, profondément injuste. On voudrait nous faire croire que Rosine Delsaux est une victime. On substitue l'image bien réelle de deux petites filles, Manon, qui avait six ans, et Chloé, qui avait quatre ans, noyées froidement des mains de leur mère, à une autre image, tout à fait improbable qui arrange la défense. L'image tout à fait improbable de cette femme de trente-cinq ans qui, à six ans, aurait été tenue sous l'eau par sa mère. On veut nous faire croire que cette image-là est plus grave que la première. Mais, je vous le demande, Mesdames et Messieurs les jurés : Qui est vivant aujourd'hui ? Qui est mort ? Manon et Chloé ou Rosine Delsaux ? Voilà la vraie question. Qui est vivant ? Qui est mort ? Qui a tué ? Je passerai outre la polémique autour de la réalité de ce souvenir. Je vous rappelle que même la tante de Rosine Delsaux n'a rien vu. Je passerai outre le fait que ce souvenir survient fort à propos pour Rosine Delsaux. Je passerai outre, car, même s'il était vrai, et alors ? Si tous les enfants qui ont vécu des traumatismes dans leur enfance tuaient leurs propres enfants, ce serait un carnage. Passons. Je passerai outre tout ça pour en revenir aux faits, à la réalité. Qui est mort ? Qui a tué ? Manon et Chloé sont mortes, tuées par Rosine Delsaux. Il faut au moins six minutes pour noyer un enfant, six minutes d'atroces souffrances. Je vous épargnerai les détails que Madame Frédérique Maurois nous a remarquablement expliqués à la barre et que vous retrouverez dans son rapport d'autopsie et que mon confrère Maître Langlois a parfaitement repris dans sa plaidoirie. Je vous épargnerai le tableau terrible, atroce, qu'ont été les dernières minutes de la courte vie de Chloé Sauveur et plus encore celles de Manon Sauveur qui a vu sa sœur mourir sous ses yeux, qui a été tellement effrayée qu'elle n'a rien pu dire, qu'elle n'a rien pu faire, elle était tétanisée, comme un lapin pris dans les phares d'une voiture, et qui a dû ensuite implorer sa mère, au moins silencieusement, et qui, quand celle-ci a avancé sa main vers elle, savait ce qui allait lui arriver. Manon Sauveur savait qu'elle allait mourir. Qui est mort ? Qui a tué ? Je demande que le châtiment soit en corrélation avec la monstruosité du geste. Je ne dirai pas que Rosine Delsaux est un monstre, contrairement à ce que la défense a voulu nous faire croire, je ne le dirai pas, car ça serait l'excuser, ça serait la mettre à part. Rosine Delsaux n'est pas un monstre, elle n'est pas non plus une femme ordinaire. En tout cas, je ne le souhaite pas. Car alors, on pourrait parler de mal ordinaire. Non, Rosine Delsaux est une femme qui, pour garder son amant, a sacrifié ses filles. Cette femme n'a aucune circonstance atténuante. Elle savait ce qu'elle faisait. Il faut six minutes, six longues minutes, pour noyer un enfant. Pendant au moins douze minutes, Rosine Delsaux a regardé ses filles mourir, l'une après l'autre. Et peu importe le reste, que leur grand-père veuille voir sa fille punie pour faire triompher la justice et faire son deuil, ou que leur père pardonne leur meurtrière certainement pour supporter, lui aussi, à sa manière, l'insupportable. Non, Mesdames et Messieurs, c'est pour elles que je parle, c'est pour elles que je m'adresse à vous. Pour elles, pour Manon et Chloé, pour ces deux enfants qui n'ont réellement pas pu vivre leur vie, pour qu'elles reposent en paix, je demande la perpétuité pour Rosine Delsaux. Pensez à Manon et Chloé quand vous serez en train de délibérer. Imaginez-les en train de mourir. C'est ça la réalité. Merci.

Lamier se rassoit. La salle entière bruisse d'une rumeur comme un choc et une approbation. Il a été convaincant. Isaac et Clélia le savent, Nathalie Meyer aussi. Il va falloir que cette dernière ne soit pas seulement brillante mais époustouflante. Il va falloir qu'elle soit Clélia.

Nathalie Meyer s'avance vers les jurés. Elle a beaucoup travaillé, elle joue le lancement de sa carrière et elle le sait, elle a choisi de se mettre Clélia dans la poche et elle n'a pas convoqué la presse, elle a laissé fuiter un article au début du procès, un article dont elle s'est défaussée vu la réaction épidermique de Clélia. Elle s'est dit qu'elle jouerait cette carte-là après, si elle réussissait, que ce serait tout aussi bien, et même encore plus gratifiant. Du coup, elle n'a qu'elle pour gagner les jurés, elle le sait, quatre-vingts pour cent du verdict se joue maintenant. Elle regarde les jurés rapidement, quatre hommes et deux femmes, elle les a beaucoup observés pendant le procès, elle les observe encore, elle les analyse, au-delà du juge qui a son influence, ce sont eux qui font le verdict. Nathalie Meyer se concentre sur les femmes, les hommes sont susceptibles d'être émus par Rosine, les femmes, elle sait que ça va être plus difficile. Les femmes n'aiment pas les autres femmes quand elles les renvoient à leurs faiblesses, ou pire, comme dans le cas de Rosine, à l'impensable, à un tabou : une mère PEUT tuer son enfant. Aucune femme n'a envie de se confronter à ses propres pulsions infanticides. Un des hommes fuit son regard, ce n'est pas la première fois. Elle va devoir aller le chercher lui, elle doit le convaincre, il peut faire basculer le verdict d'un côté ou de l'autre. Tout le long de sa plaidoirie, elle ne les lâchera pas du regard, aucun, et même, elle ira chercher le regard de ceux qui ne le lui rendent pas. Tout le long de sa plaidoirie, elle sera engagée à mille pour cent, presque en transe. Le temps de sa plaidoirie une seule chose compte : les convaincre. Elle a dit qu'elle pouvait obtenir dix ans. C'est son objectif, son challenge, et elle n'aime pas perdre. Elle se lance.

— Mesdames et Messieurs les jurés, pendant trente-cinq ans, Rosine Delsaux a vécu, dans un monde factice, un Disneyland qu'elle s'est fabriqué, parce que son monde était trop atroce. Il était non seulement atroce mais IMPENSABLE. Le monde de Rosine était IMPENSABLE pour TROIS RAISONS. D'abord, comment un enfant peut-il « penser » que sa mère pourrait le tuer ? Comment Rosine pouvait-elle penser cette folie ? SA MÈRE POUVAIT LA TUER À N'IMPORTE QUEL MOMENT. Elle pouvait mourir n'importe quand des mains de celle qui lui avait donné la vie. À quel moment Rosine a-t-elle décidé d'oublier cette chose impensable ? À quel moment a-t-elle dû oublier pour vivre ? Personne ne le sait, mais sans doute dès la première fois. La psychiatre Madame Viviane Tremblais nous dit qu'en cas de traumatisme, l'amygdale cérébrale fonctionne comme une alarme interne, elle engendre la production d'hormones du stress, elle ajoute que, quand le cerveau de la victime est incapable d'élaborer ce qui se passe, ce qui est le cas du cortex d'un enfant, qui est immature, l'alarme continue à hurler, et qu'alors la déferlante d'hormones de stress, adrénaline et cortisol, est telle qu'elle devient toxique pour l'organisme, et qu'elle peut entraîner des risques vitaux cardio-vasculaires ou neurologiques, et que donc, il y a un risque DE MORT RÉELLE. C'est à ce moment-là que le cerveau « disjoncte », pour échapper à la mort, comme le ferait un circuit électrique au survoltage. Le cerveau fait disjoncter le circuit émotionnel à l'aide des neurotransmetteurs gaba et de sérotonine qui sont des « drogues dures », anesthésiantes et dissociantes. Alors, le cortex est déconnecté. La réponse émotionnelle est éteinte. Ça s'appelle la dissociation. En termes plus simples, Mesdames et Messieurs, quand le cerveau reçoit une dose de stress qu'il ne peut pas gérer émotionnellement, il y a un risque de MORT RÉELLE, et, pour que le sujet ne meure pas RÉELLEMENT, le cerveau s'auto-suicide. Il MEURT un moment pour que le sujet VIVE. Et c'est ça que Rosine a vécu. À chaque fois que sa mère lui tenait la tête sous l'eau, son cerveau a disjoncté. Il est mort plusieurs fois pour qu'elle vive. Son esprit ne pouvait pas « penser » l'impensable, elle a donc oublié, peut-être même entre deux fois où sa mère lui tenait la tête sous l'eau, elle a oublié. TOUT, elle a TOUT oublié, la cause et les effets, pour vivre. Vous me direz, et alors ? Elle n'est pas morte. Non, la mort psychique ne se voit pas, elle est sournoise, insidieuse, IMPENSABLE. Et pourtant SI Mesdames et Messieurs, LA MORT PSYCHIQUE EST BIEN RÉELLE. ROSINE EST BIEN MORTE À L'INTÉRIEUR. Une part d'elle est morte. ROSINE DELSAUX MESDAMES ET MESSIEURS EST MORTE À ELLE-MÊME. Madame Viviane Tremblais nous dit que la conséquence directe de la dissociation, c'est la mémoire traumatique. Le sujet oublie littéralement tout ce qui l'a sidéré. Il enferme le tout bien caché dans l'amygdale et pourtant, tout est bien là, la mémoire traumatique est bien là, toujours présente quelque part, c'est une mémoire « fantôme », enkystée, hypersensible et incontrôlable, une « boite noire » qui reste active. Si bien que les victimes vivent dans une terreur, une douleur et un désespoir permanent. Elle ajoute que cette mémoire est comme une bombe à retardement, elle peut exploser à tout moment. Et cette explosion, Mesdames et Messieurs, a eu lieu pour Rosine le six juin deux-mille dix-huit à vingt heures, nous y reviendrons. Je vous disais que le monde de Rosine était impensable pour TROIS raisons. La deuxième raison c'est parce qu'il était OUBLIÉ justement. Oui, Mesdames et Messieurs, le monde de Rosine, le vrai était IMPENSABLE, enterré sous un monde factice. Il était OUBLIÉ au profit de Disneyland. Rosine a OUBLIÉ que sa mère lui tenait la tête sous l'eau jusqu'à ce qu'elle perde connaissance, elle a OUBLIÉ qu'elle avait été torturée pendant toutes ces années. Elle a OUBLIÉ pour vivre. Elle a OUBLIÉ pour vivre une vie « normale », pour continuer à aimer sa mère, son père, pour avoir un amoureux, pour faire des enfants, pour avoir un travail. Mais qu'est-ce qu'une vie « normale » quand on a OUBLIÉ ses souvenirs ? Sommes-nous la somme de nos souvenirs ? Dans ce cas, Rosine Delsaux n'était pas grand-chose. Elle était morte. Oui, Mesdames et Messieurs, je vous le rappelle, elle était morte à elle-même. Elle n'est peut-être pas morte PHYSIQUEMENT, la tête dans l'eau, tenue par sa mère qui la lui sortait toujours in extremis, parfaitement consciente du moment où elle devait s'arrêter, mais elle est morte PSYCHIQUEMENT. Son cerveau a disjoncté des dizaines et des dizaines de fois, ne supportant pas ces actes monstrueux et je ne vous parle pas de la douleur, la souffrance physique atroce qu'elle a vécue, les poumons brûlés, à chaque « fausse vraie noyade ». Alors SI Mesdames et Messieurs, Rosine est morte la tête dans l'eau, noyée de chagrin par sa mère, chaque fois que son mari voulait la quitter ou peut-être, chaque fois que ça les excitait, tous les deux. Car lui, Mesdames et Messieurs, ne vaut pas mieux qu'elle. Einstein a dit : « Le monde ne sera pas détruit par ceux qui font le mal mais par ceux qui les regardent sans rien faire. » Le monde de Rosine Delsaux n'a pas seulement été détruit par sa mère mais également par son père, qui regardait sa femme la torturer sans rien faire, et qui AUJOURD'HUI ENCORE nie les faits. En niant les faits, il la TUE une deuxième fois. En droit, les actes de Monsieur Delsaux sont qualifiables de non-assistance à personne en danger, moi, je les qualifie sans hésiter de complicité de meurtre, un meurtre difficile à prouver puisqu'il ne se voit pas, puisqu'il n'y a pas de cadavre à part les morceaux brisés d'un cœur et d'un cerveau d'enfant, à part les souvenirs en miettes d'une petite fille, mais c'est bien d'un MEURTRE dont il s'agit Mesdames et Messieurs, UN MEURTRE D'ÂME. Rosine a été tuée dans son âme. Et AUJOURD'HUI, en maintenant son mensonge, Monsieur Delsaux est coupable de MEURTRE à nouveau, le même meurtre que dans le passé, un meurtre d'âme. Il massacre l'âme de sa fille à nouveau, dans le présent. OUI MONSIEUR DELSAUX, AUJOURD'HUI VOUS CHOISISSEZ DE TUER VOTRE FILLE TOUT SEUL. OUI, j'ai bien dit TUER, car le silence tue les victimes aussi sûrement que la maltraitance, car le silence les plonge dans le doute parfois jusqu'à la folie. Et je tiens d'ores et déjà à souligner, Mesdames et Messieurs, LE COURAGE dont Rosine Delsaux fait preuve en se confrontant AUJOURD'HUI à la réalité. Oui, le courage, Mesdames et Messieurs, car certains vont vous dire que ce souvenir vient à point, qu'il est « aidant ». Ce ne sont que les apparences Mesdames et Messieurs les jurés. En réalité, ce souvenir est une CATASTROPHE pour Rosine Delsaux : il fait voler en éclats son monde, sa vie, l'ensemble de son histoire. Alors, oui, elle a le courage de l'accepter, d'affronter sa douleur, de ne pas oublier, une fois de plus ne serait-ce que pour donner raison à son père, ou plus sûrement pour être aimée de lui. Rosine a perdu ses filles, elle perd son père, elle perd tout dans cette histoire. Alors NON, ce souvenir n'est pas FACILE. Il ne faut pas se fier aux apparences. Et j'en viens à la troisième raison qui fait que le monde de Rosine était IMPENSABLE : les APPARENCES Mesdames et Messieurs, LA FORCE DES APPARENCES. Les apparences disaient le contraire de la réalité que Rosine vivait. Les apparences disaient : nous sommes une famille PARFAITE. Monsieur Delsaux continue à nous dire : NOUS ÉTIONS UNE FAMILLE PARFAITE. Il ne faut pas se fier aux apparences. La sagesse populaire a souvent du bon et les apparences sont rarement conformes à la réalité. Le problème, c'est que, dans le cas de Rosine, les apparences ONT PRIS LE PAS SUR LA RÉALITÉ. En réalité, les Delsaux étaient tout SAUF une famille parfaite. Mais le problème, Mesdames et Messieurs, c'est que TOUT LE MONDE disait le contraire de la réalité. Le problème, c'est que TOUT LE MONDE validait les apparences. Vous avez entendu les témoins, les parents de Rosine étaient si gentils, si aimants, l'amie d'adolescence de Rosine, Nadine nous a même dit : « Quand Élisabeth est morte, je lui ai dit que j'aurais préféré que ce soit ma mère plutôt que la sienne. » Comment voulez-vous, Mesdames et Messieurs, que Rosine, si tant est qu'elle se souvienne un jour de la réalité, puisse la croire ? Qu'elle puisse SE CROIRE ? Comment, même avec un souvenir, aurait-elle pu PENSER que c'était vrai alors que tout le monde lui disait le contraire ? C'était impossible. Et d'ailleurs, quand elle a retrouvé un souvenir, au cours de l'enquête, quand elle a commencé à pouvoir à nouveau PENSER son monde, elle a douté, elle disait, et si je me trompe ? Et si j'invente ? Et si mon père avait raison ? Et si mon père avait raison. Monsieur Delsaux nous dit, SOUS SERMENT, nous étions un couple exceptionnel, uni pour la vie, cinquante ans d'amour. Élisabeth était une mère dévouée. Rosine était très attachée à sa mère, la fille à sa maman. Et, il a l'air tellement convaincu, et il est tellement convaincant, que Rosine m'a encore dit hier, ET S'IL AVAIT RAISON. MAIS IL A TORT.

Je le sais, vous le savez, tout le monde le sait et pourtant Mesdames et Messieurs, Rosine DOUTE encore. Sans la confirmation de SON PÈRE et malgré le témoignage de sa tante, et même avec nos efforts, Rosine reste plongée dans le doute. Son monde RESTE IMPENSABLE, sauf si VOUS, MESDAMES ET MESSIEURS LES JURÉS, vous dites à Rosine, C'EST VRAI, tu as souffert, tu as tué et tu dois payer, mais tu as été tuée avant, et ceci explique cela. Et pour Rosine, au-delà de la peine, c'est ÇA QUI EST IMPORTANT, c'est ÇA QUI EST ESSENTIEL, qu'on lui dise C'EST VRAI, qu'on lui rende sa vie, qu'on lui rende SON MONDE. Permettez à Rosine de PENSER son monde. Permettez-lui de le PANSER. C'est essentiel en droit de réparer, de permettre la réparation. Quand je dis que ceci explique cela, que Rosine a été tuée et que ceci explique qu'elle a tué, entendez-moi bien Mesdames et Messieurs, je ne dis pas que Rosine était OBLIGÉE de tuer ses filles. Je dis qu'elle était en partie PROGRAMMÉE pour ça. C'était un de ses destins possibles. Vous me direz quel destin ? Vous me direz, heureusement que tous les enfants qui ont vécu des sévices ne tuent pas leurs enfants. Oui, heureusement, bien sûr. Vous me direz qu'elle est responsable. Oui, elle est responsable. Mais de quoi ? Sa responsabilité a été d'OUBLIER POUR VIVRE. Sa responsabilité a été de préférer les apparences à la réalité. Sa responsabilité a été de ne plus PENSER son monde. Sa responsabilité a été de vivre à côté d'elle-même, séparée d'elle-même, en tant que femme et en tant que mère. Sa responsabilité a été d'être une mère absente à elle-même. C'est cette absence, cet oubli « volontaire » guidé par un esprit de survie, qui l'ont conduite au crime. Elle aurait dû se connaître avant d'enfanter. Elle aurait dû saisir sa souffrance au moment du départ de Christophe et s'en servir pour se connaître. Alors, oui, Rosine Delsaux est RESPONSABLE. Elle est responsable d'être passée à côté d'elle-même et ainsi, de donner raison à son destin le plus tragique. Sommes-nous la somme de nos souvenirs ? Je crois que oui. Rosine Delsaux n'a jamais été elle-même. Elle NE L'ÉTAIT PAS quand elle a tué ses filles. Elle ne l'était pas durant toutes ces années. Et j'ai une question Mesdames et Messieurs les jurés : Qui peut dire qu'il sait tout de lui-même ? Rosine ne savait pas tout d'elle-même. Ceci n'excuse en rien son acte, cela permet de comprendre, de remettre les faits à leur place. LES FAITS SONT SIMPLES dans le cas de Rosine. Oui, Mesdames et Messieurs, elle a noyé ses filles, et elles sont mortes de ses mains. OUI, ELLE A TUÉ SES FILLES. Et, OUI, j'interroge la responsabilité de ses parents dans ce meurtre. OUI, elle combat tous les jours pour se souvenir, pour comprendre, pour réparer, pour payer sa dette, pour que ses filles ne soient pas mortes pour rien. Elle avance sur le chemin qui la mène à elle-même. Elle est une femme ordinaire qui est devenue une criminelle ordinaire et qui, aujourd'hui, est une RÉSISTANTE ORDINAIRE. Elle se bat. OUI, elle se bat pour se souvenir et il faut du courage. OUI aussi, elle vient de réparer sa famille. Vous avez entendu sa cousine Murielle, Murielle qui nous dit qu'elle se sent mieux depuis qu'elle SAIT, qu'elle espère que la révélation de ce SECRET DE FAMILLE va lui permettre de vivre une relation constructive avec un homme, qu'elle commence à prendre des cours pour apprendre à nager, qu'elle ne rêve plus qu'elle meurt étouffée et que contre toute attente SON CORPS NE FABRIQUE PLUS DE FIBROMES. Alors vous pourrez me dire qu'il n'y a pas de rapport mais quand même, le timing est parfait et l'image aussi. Un acte aussi terrible soit-il peut-il avoir des conséquences positives si celui qui l'a commis le prend en charge, essaye de le comprendre et de réparer, ce que Rosine Delsaux fait ? Oui, je crois que oui. OUI, je pense que Rosine Delsaux est coupable d'un crime atroce. OUI, vous devez la condamner pour ça. ET OUI, MILLE FOIS OUI, elle a droit à une seconde chance. Elle a droit à une seconde chance plus que n'importe qui. Elle a droit à une seconde chance qui est en fait une première chance, la chance de pouvoir vivre, enfin et réellement sa vie. Grâce à vous, Mesdames et Messieurs les jurés, Rosine pourrait avoir la chance, pas tout de suite, mais à sa sortie de prison, de vivre sa vie avec le double drame qui l'a marquée : elle a été tuée psychiquement par ses parents et elle a tué physiquement ses filles. Juste un mot sur la vie de Rosine Delsaux, Mesdames et Messieurs les jurés et je ne m'étendrai pas, mais sachez que la vie de Rosine Delsaux est difficile, même si vous vous dites à qui la faute ? TOUS

LES JOURS, Rosine pleure ses filles, tous les jours, elle se demande comment elle va vivre sans elles, comme n'importe quelle maman qui a perdu ses enfants, sauf que là, C'EST PIRE, c'est elle qui les a tuées. Je ne m'étendrai pas, sachez juste que cette seconde chance, cette première chance de vivre sa vie, ne sera pas que rose, mais je crois SINCÈREMENT que Rosine y a DROIT. Alors, Mesdames et messieurs les jurés, je vous demande, à vous, personnellement, dans le plus profond de votre intimité, de lui offrir cette seconde chance. Cette seconde chance qui est en fait une première chance de vivre. Merci.

Nathalie Meyer a fini, la salle bruisse de ses derniers mots qui résonnent dans le silence. Les jurés ne l'ont pas lâchée des yeux et quand l'un d'entre eux le faisait, elle allait le chercher, encore et encore, comme elle se l'était promis. Une femme a baissé la tête à la fin, elle, elle ne l'aura pas mais les autres oui, potentiellement, oui. Celui du début se grattait souvent l'oreille, il n'avait pas envie d'entendre, lui, ça l'étonnerait, mais ça dépend. En tout cas, elle en a gagné quatre sur six, c'est suffisant. Rosine a beaucoup pleuré mais c'est comme si ses larmes nettoyaient toute la boue de son enfance. Les mots de Nathalie l'ont rendue à elle-même. Christophe n'a pas lâché Rosine du regard. À la fin de la plaidoirie, Clélia a regardé Rosine qui, immédiatement voulait son avis. Elle a hoché la tête. Oui. C'est bien. C'était bien. On a nos chances. Et c'est vrai. Nathalie Meyer est douée, elle a tout compris. Dans un tout autre style, Clélia n'aurait pas fait mieux.

Le juge Marchand prend à son tour la parole, il remercie les parties, et comme c'est l'usage, il demande à Rosine si elle a quelque chose à ajouter. Clélia, Isaac et Nathalie Meyer ne savent pas si elle va parler, Clélia était pour, Meyer contre, avec la plaidoirie de Lamier, Clélia est encore plus pour et Meyer encore plus contre, évidemment, la moindre défaillance, le moindre mot même de justification peut jouer contre elle et la partie est serrée, très serrée. Nathalie Meyer se tourne vers Rosine, les jurés, Marchand, Lamier, toute la salle est suspendue à cet instant, elle va parler ou pas ? Tous les regards sont tournés vers elle, et Rosine, elle, est tournée vers Clélia. Elle hésite, dans ses yeux, il y a son doute et sa sincérité, son besoin de parler aussi. Clélia l'encourage d'un hochement de tête. Alors, Rosine se lève, forte et fragile, profondément humaine.

— Oui, Monsieur le juge, j'aimerais bien dire quelques mots.
— Je vous en prie.

Rosine hésite encore une seconde, elle regarde les jurés et le public, elle prend appui sur Christophe et puis, elle se lance.

— Je voudrais demander pardon. Pardon à mes filles. Mes petites filles, mes chéries, Manon et Chloé, pardon. Il n'y a pas une seconde où je ne pense pas à vous. Vous me manquez tellement. Je ferais n'importe quoi pour revenir en arrière, mais je ne le peux pas et même, aujourd'hui, je ne le veux pas, parce que je risquerais de recommencer. Je risquerais de vous tuer à nouveau parce que revenir en arrière, c'est revenir sous ce voile noir qui occultait ma vie. Je suis désolée. Je suis tellement désolée de ne pas l'avoir déchiré plus tôt. J'aurais dû et rien n'excuse ce que j'ai fait. Pardon mes chéries, je vous demande pardon. Je voudrais demander pardon à leur père aussi. Pardon Christophe. Pardon et merci. Tu m'as dit que ma plus lourde peine était de ne plus les voir et d'en être responsable. C'est vrai, c'est ma plus lourde peine mais je mérite une peine rendue par la justice aussi, parce que ce que j'ai commis n'a pas de nom et que j'en suis responsable. Je ne veux pas d'excuse et mon enfance n'en est pas une. Ce que j'ai fait est monstrueux. C'est juste… Je voulais comprendre. Pardon. Je demande pardon à mon père aussi, parce que je sais que malgré tout, il adorait ses petites-filles. Pardon. Je demande pardon à Nadine et à tous ceux à qui j'ai enlevé mes filles et à qui elles manquent aujourd'hui. Pardon.

Rosine se rassoit, les larmes coulent doucement sur ses joues. Isaac se dit que Rosine a parcouru un sacré chemin et que, les grandes douleurs, les épreuves subies ou provoquées, sont parfois des déclencheurs de changements positifs. Clélia a raison et Nathalie Meyer a bien fait d'en parler. Aujourd'hui, Rosine est là, vraiment là, vivante.

Elle ne dit plus qu'elle est un monstre, elle dit que ce qu'elle a fait est monstrueux. Elle assume sa responsabilité et sa culpabilité. Au fond, elle est mieux. Il regarde Clélia. Elles se ressemblent un peu, ça le frappe, soudain.

Après un silence de quelques secondes qui paraissent des minutes, le juge Marchand conclut le procès avant la délibération.

— Mesdames et Messieurs les jurés, comme je vous le disais en entrée de procès, il ne s'agit pas de savoir si Rosine Delsaux est coupable, elle l'est, c'est un fait, mais bien de décider de quelle peine elle doit s'acquitter pour la société. Je termine donc par votre obligation au regard du Code pénal. La loi ne demande pas compte aux juges des moyens par lesquels ils se sont convaincus. Elle ne leur prescrit pas de règles desquelles ils doivent faire particulièrement dépendre la plénitude et la suffisance d'une peine. Elle leur prescrit de s'interroger eux-mêmes dans le silence et le recueillement et de chercher, dans la sincérité de leur conscience, quelle impression ont faite, sur leur raison, les preuves rapportées contre l'accusé et les moyens de sa défense. La loi ne leur fait que cette seule question, qui renferme toute la mesure de leurs devoirs : Avez-vous une intime conviction ? Avez-vous une intime conviction Mesdames et Messieurs les jurés ? C'est selon cette intime conviction que vous jugerez Rosine Delsaux et que vous déciderez, en votre âme et conscience, de ce qu'elle doit payer.

Le juge et les jurés se lèvent pour aller délibérer. Clélia se lève rapidement pour rejoindre Rosine qui va être emmenée dans les geôles, elle lui touche la main, la rassure, elle ne peut pas aller avec elle mais Nathalie Meyer l'accompagne. Clélia se surprend à éprouver une pointe de jalousie, elle aurait aimé être près de Rosine. Elle se dit qu'Isaac a raison, elle doit se tenir à carreau.

Isaac et Clélia sont dehors sur les marches du palais, Samuel les a rejoints. Pris au commissariat, il n'a pas pu assister à tout le procès mais il a témoigné. Il a répété ce qu'il avait dit à Clélia, sincère, franc et empathique, il a dit que Rosine « n'était pas là » quand il l'a trouvée. Il est venu pour le délibéré, c'est un mec bien. Ils attendent en silence. Nathalie Meyer les a rejoints une minute mais elle s'est sentie de trop et elle est partie. De toute façon, elle bosse déjà sur sa prochaine affaire, c'est l'ambition qui la guide et c'est dommage. Clélia a vu aussi le regard de Lamier, elle va peut-être passer dans l'autre camp. Sans se concerter, Clélia, Isaac et Samuel s'éloignent en silence, ils vont manger un morceau, prendre un whisky aussi, une bière pour Samuel, ils font un métier éprouvant, c'est la vie de Rosine qui est entre leurs mains, les mains de la justice en fait, eux ne sont qu'un maillon, mais ces trois-là se sentent entièrement responsables de « leurs » criminels.

Attablés Aux Chaises du Barreau, le restaurant du palais, Isaac et Clélia en sont à leur deuxième whisky, Samuel finit sa pinte, ils n'ont finalement pas eu envie de manger. À une table plus loin, Lamier est au Perrier, il discute avec Langlois. Nathalie Meyer prend un verre de vin, son dossier ouvert. Christophe, Nadine, Béatrice, Murielle et Ismaël sont en train de dîner. Clélia se dit qu'avec ceux-là, Rosine a une famille. Claude Delsaux est à une table seul, lui, finira sa vie tout seul, pour un peu, elle aurait de la compassion, mais pas trop quand même, ça dépendra du verdict. Soudain, les téléphones de Meyer et de Langlois sonnent, et puis celui de Lamier et d'Isaac. C'est l'heure, le verdict est tombé. Le délibéré a été rapide, c'est bon ou mauvais signe, ça dépend, ça veut dire en tout cas que c'est tranché. Dix ans ou trente ans ? Clélia ne croit pas à dix ans, elle espère que ce sera quinze. Tous les représentants de la justice se lèvent. Christophe, Nadine, Béatrice, Murielle, Ismaël et Claude Delsaux comprennent et les suivent. Ils sortent tous, le cœur serré de peur ou d'excitation. Les assises sont un sport de combat de haut niveau, un grand shoot d'adrénaline.

Dans la salle des assises, il ne reste que quelques badauds, les habitués, ceux qui ne rateraient aucun procès, aucun verdict, et quelques journalistes. Clélia s'agace, Meyer n'a pas pu s'en empêcher finalement. Et puis, il y a eux, eux pour qui le sort de Rosine importe, eux qui sont en attente de son jugement presque autant qu'elle, eux qui ne sortiront pas indemnes de cette histoire, la famille de Rosine mais eux aussi, eux qui ont participé à l'élaboration de ce procès, il reste toujours des traces après cette plongée en apnée dans la vie d'un criminel ordinaire, sauf pour Lamier peut-être, et encore. Clélia est anxieuse, elle est très anxieuse, elle sait, elle sent, qu'elle ne supportera pas une déception, elle répète dans sa tête quinze ans, comme un mantra, comme si la force de sa pensée pouvait encore changer quelque chose. Et soudain, ça y est. Rosine est amenée, menottée, elle cherche Clélia du regard, elle la trouve. Ça va aller. Si Clélia en était sûre, ça irait mieux. Un gendarme lui enlève les menottes. Comme tous les jours, chaque matin, chaque après-midi, après chaque suspension d'audience, la voix de l'huissier de justice résonne.

— La cour.

Tout le monde se lève, puis se rassoit avec le juge, ses deux assesseurs et les jurés, les visages sont graves, impassibles, personne ne peut faire un pronostic et les secondes s'étirent comme des minutes qui s'étirent comme des heures. L'attente est insupportable. Isaac a peur, il faut que ça soit bon pour eux, il le faut. Enfin, le juge Marchand prend la parole. Il décide de s'adresser directement à Rosine.

— Rosine Delsaux, levez-vous. En regard de votre histoire et de votre passé, en regard de l'acte terrible que vous avez commis, en regard des regrets que vous avez exprimés et de la peine que vous éprouvez, mais aussi, et surtout, en regard de votre présent, fait d'honnêteté, de droiture et même de bienveillance, en regard de ce présent donc que vous avez voulu juste, et du courage dont vous avez fait preuve pour vous extraire de ce terrible passé tout en assumant votre entière responsabilité, le jury à l'unanimité a décidé de ne pas vous reconnaître de circonstances atténuantes, mais pas non plus aggravantes, Rosine Delsaux, le jury a décidé de faire preuve de clémence. Vous êtes condamnée à quinze ans de réclusion criminelle pour homicide volontaire. C'est une vraie seconde chance, j'espère que vous saurez la mettre à profit.

Il y a un brouhaha dans la salle. Clélia se demande si elle a bien entendu ou si c'est la voix dans sa tête. Rosine regarde Clélia comme si elle n'avait pas compris. C'est bien ? Évidemment que c'est bien. Je le mérite ? Bien sûr que tu le mérites. Isaac laisse échapper un soupir de soulagement. Cette fois, la justice a été juste. Dans un élan, Clélia serre Isaac dans ses bras. Elle va ensuite dire au revoir à Rosine qui va être emmenée directement en prison. Elle regarde Meyer, elle a été bonne, la suite dira si elle a raison de se méfier ou pas, en tout cas, elle est déjà en train de ranger ses affaires. Christophe suit Clélia vers Rosine. Ça va aller, je viendrai te voir, on viendra te voir. Nadine, Béatrice, Murielle et Ismaël attendent Christophe, très émus. Claude Delsaux se lève, soudain vieux et voûté. Voilà, au vu du verdict, Clélia veut bien avoir de la compassion. Lamier lui serre la main, ils peuvent faire appel, mais

Delsaux s'en va, il ne fera pas appel. Les portes du palais de justice s'ouvrent, laissent passer les habitués, les journalistes et Claude Delsaux. Rosine est emmenée. Clélia rejoint Samuel et Isaac, ils forment une bonne équipe. Oui, ils forment une bonne équipe. Clélia sourit, elle respire, soulagée pour la première fois depuis la mort de Préjean. Pas longtemps. Soudain, elle pense à Varennes. Il sort dans une semaine. Isaac sent son changement d'humeur. Il la prend par le bras, encore un geste d'affection inattendu. Elle respire, sait qu'elle peut compter sur lui. Ils sortent. Dehors, en bas des marches, le palais de justice derrière eux, ils se séparent. Clélia s'éloigne dans la nuit.